阅读之前 没有真相

午夜文库

下町火箭

(日) 池井户润 著
吕灵芝 译

新 星 出 版 社 NEW STAR PRESS

目录

1	序章
7	第一章 倒数
81	第二章 星尘计划迷航
129	第三章 下町之梦
185	第四章 摇摆的心
211	第五章 佃的尊严
247	第六章 品质的城寨
273	第七章 发射升空
309	尾声

序章

"总算等到这个时刻了，真是心潮澎湃啊。"

发射管制塔内充满紧张情绪，连同事三上孝说话的声调都比平时尖厉了几分。

佃航平瞥了一眼监控器上的发射场情况，确认了屏幕右侧的风速测量值。外面依旧吹着十五米每秒的强风。

"距离发射还有八分钟，开始倒数。现在开始转入自动倒数计时序列。"

种子岛宇宙中心机构内外的广播结束后，大喇叭发出了"四百八十、四百七十九、四百七十八……"的倒数计时信息。宇宙科学开发机构主任本木健介坐镇在管制塔最后排。他是兼任东大宇宙航空研究所教授的火箭科学家，也是本次实验卫星发射任务的总指挥。

所有人都屏息静气注视着屏幕。运载火箭端坐在发射台上直指天空，看起来过于整洁干净，俨然怪兽电影里出场的道具。佃看着它，心里依旧充满了紧张感。

倒数还在继续。

四百零八、四百零七……"发射台准备完毕。"本木的声音与自动倒数重叠在一起，"一号液氧系统准备完毕……二号液氧系统准备完毕。"

"终于到了接受考验的时刻啦，佃。"三上紧紧盯着屏幕上的发射台，难以抑制内心的兴奋，"赛壬，你可别耍我们，要乖乖升空哦。"

"赛壬"就是此次实验卫星运载火箭上搭载的新型发动机代

号。这个代号来自希腊神话中的海之精灵。本次用于配套新系统，以海之精灵命名的大型氢发动机，可谓佃研究主题的结晶。

为开发这台发动机，佃在大学研究了七年，又在加入宇宙科学开发机构，成为研究员后继续研究了两年。经过各种试错最终开发而成的赛壬，将会通过本次发射，成为开拓商用火箭道路的试金石。

然而，给这架火箭搭载这个引擎，当中的压力难以想象。虽说是实验，但发射大型火箭要耗费上百亿日元资金。而这一切全部靠国家预算来支撑，因此一旦失败，必然会遭到舆论炮轰。

他最忧心的是，此前做的八次发动机燃烧实验中，发生过两次振动频率超标问题。如果说失败是实验中难以避免的，火箭发动机则更是如此，倒也无可反驳。只不过，无论有什么理由，一旦在正式发射中失败，责任极有可能会被推到大场一义的身上，因为他是在实验结果的基础上决定给火箭搭载新型发动机的总负责人。

大场对佃开发氢发动机的热情和相应的技术给予了信任。

为了报答他的信任，这次发射也绝对不能失败。无论如何，一定要让发射实验成功。

佃努力抛开胸中郁结的种种想法，耳边再次传来倒数计时声。

四十五、四十四……

距离发射还有不到一分钟。另一个角度的监控器上显示出火箭底部如同白色幕布般摇曳的液氢。

三十二、三十一……

倒数声仿佛直接在佃的脑中轰鸣。

"水幕开始洒水。"

广播声响起，屏幕上显示洒水已经开始。

佃紧紧闭着眼睛，耳朵捕捉到一个声音："飞行模式开启。"

倒数终于数到十了。

九、八——

"驱动电池启动。"

七、六、五、四、三、二——

"全系统准备完毕。"

这个瞬间，佃睁开了眼。

"主发动机启动。SRB点火——升空！"

一向不带感情的广播员的声音也透着兴奋，第一级火箭的主引擎轰然喷出火焰。

拜托了，赛壬！

佃在心中祈祷。飞起来！飞起来！

赛壬喷射出橘色火焰，同时扬起阵阵白烟，总重量三十吨的火箭从发射台上缓缓浮起。

"好！去吧！"

三上握紧拳头，大叫一声。

佃眼看着火箭离开发射台，在追踪镜头中化作一团烈焰，按照计划飞往种子岛东南方上空，渐渐变成一个小点。

"赛壬，初期飞行方位角九十九度，东南方向太平洋海域十五公里，高度十七公里。"

没过一会儿，佃就放弃了肉眼观察，而是转向跟踪雷达发回的飞行路径图。

"好样的，继续保持！"三上兴奋地说着。佃也带着祈祷的心情盯着那张路径图。

屏幕的计时区域显示出发射后经过的时间。一百七十秒、一百七十一秒、一百七十二秒——

就在这时，佃发现了异常。主绘图仪显示的赛壬轨道开始偏离预定路线。

"糟糕！"

面色苍白的三上慌忙跑向另一个绘图仪。管制塔内顿时一片骚动，而佃则被绘图仪上显示的异常轨道吸引了全部注意力，一句话都说不出来。

"飞行异常！"

研究员们慌忙跑向各自的控制台。

"第二级发动机点火！"

骚乱中，广播里发出遵循原订飞行计划的播报。

佃脑中一片空白，等他回过神来，一只手正死死抓着对讲机。对方是身在总指挥塔，与他相隔好几公里的大场。

他朝对讲机喊："预计顶点高度为七十公里，发生安全问题，第三级发动机点火困难。"

赛壬的轨道异常无须佃来报告，大场应该在总指挥塔的监控仪上看到了。

眼前这块屏幕的右上角，依旧在计算发射后经过的时间。

一百八十七、一百八十八、一百八十九……在此期间，由于高度不足，火箭应该已经失去控制，几乎变为水平飞行，以接近音速的速度从太平洋上空呼啸而过。

一阵短暂而凝重的沉默过后，大场很快就冷静地下令道："紧急停止程序，开启安全指令。"

他没时间思考那意味着什么，也无暇让感情介入。那是爆破指令。大场的命令同时从对讲机和广播系统中发出，安全监控团队管理的通信系统立刻发出了指令。

管制塔内一片死寂，画面上的计时停止了。

发射二百一十二秒后，赛壬回到了大海。

第一章 倒数

1

"真不好意思啊，这么忙还麻烦您跑一趟。其实今天我有件事想求您帮忙。"

德田挠着标志性的鹰钩鼻，请佃坐到沙发上。这是四月第三个星期，新财年刚开始的某天。

此处是总部设在品川的京浜机械公司会客间。用蓝色挡板隔开的单间里只放着一张四人桌和一部电话。这家主板上市公司是日本顶尖的机械制造商，也是佃航平掌管的佃制作所的头号客户。佃那里将近一成的营业额都来自这个京浜机械的外包工作。

"这次请佃社长过来，其实是想向您传达本公司的采购政策有所改变。"

"政策有所改变？"

佃做好了心理准备。

京浜机械的成本控制之严格远近闻名，人称"霸凌外包商"。他们会口口声声说税金我们这边包了不用你操心，然后把外包商那点可怜的利润都剥削掉。这种做法臭名昭著，佃自然会倍加提防。而且采购部部长德田亲自请他来面谈，恐怕不是什么小事。

"以前我们一直请贵公司制造发动机部件，不过这次社长提出了核心部件自主制造的方针，当中也包括发动机。"德田说，"所以，你们家的出货能不能算到下个月为止？"

"请等一等。"佃慌了，"下个月底……现在已经二十几号了呀，那不就只剩四十天了？如此突然地终止交易，我们这边不好安排啊。既有生产线问题，也有人员问题。能不能请您宽限一些？"

"佃社长，您的心情我很明白。"德田的语调变得生硬，"不过啊，不管是生产线问题还是人员问题，那不都是你们自己的问题吗？既然您这么说，那我们也有我们的难处嘛，这不是彼此彼此吗？"

"怎么是彼此彼此呢，这实在太突然了吧。"

由于对方是客户，不能高声质问。但尽管佃的语气很客气，肚子里却早已气炸了，这根本就是大企业的暴政。

"其实不止你们一家，我们对所有外包商都一视同仁。"

那又怎样？佃硬把这句话咽了回去。

"德田部长，我们接贵公司的订单制作精密部件，每年订单总额不下十亿日元。工厂生产线上长期有几十个员工，而且之前不是说好了不仅会续签订单，还要增加数量吗？我们为此追加了整整三台两千万日元的机床以增加产能，你却突然说，我们到此为止吧，这不是过河拆桥吗？"

"嗯，就是这样，不好意思。"

要是对方反驳，他还能争上两句，可德田竟一脸僵硬地朝他低下头，搞得佃也没了脾气。他长年跟德田打交道，彼此都很了解，怕虽是公司的决定，但德田本人也觉得太过分了。

"说不好意思有什么用……"

"算了，至少你家跟我们合作的不只有发动机部件嘛。"德田安慰道。

"那发动机部件以外的订单能增加吗？"

"同步增加大概不太可能，不过今后好商量。"他含糊地回应道。

"部长,您很清楚我们公司的情况吧。"佃说,"我们从上一代社长开始,就诚心诚意与贵公司做生意,不是吗?"

"这我当然清楚,只不过社长下了命令,公司的人也只能遵从啊。我想您也知道,这儿就是那种公司。"

"贵公司要把发动机部件全部吸纳到内部进行生产吗?"佃有点好奇,就问了一句。

"应该基本上是了。"

德田躲开了视线。

"基本上?那也就是说,还有一些外包商可以保住订单?"

佃瞪大眼睛看着德田。

"毕竟我们也没办法一口气全吸收进来……"

"如果贵公司不是同时停掉所有订单,那能麻烦您至少给我一点时间吗?我们也要做准备,突然说停止,实在太让我们为难了。"

"真不好意思,你就理解理解好吗,小佃?"

来了,一到为难的时候他就成了"小佃",这是德田演苦情戏时的惯用套路。

佃长叹一声,德田继续道:"事情已经定了,没办法改了。"

佃咬紧下唇。他们跟京浜机械的合作可以上溯到前代老板,也就是他老爸。于是他又冒出了毫不相关的想法:老爸想必也经历过许多这样的大风浪吧。

佃原本在宇宙科学开发机构担任研究员,七年前父亲去世,他便回到佃制作所继承了家业。

佃制作所属于精密机械制造业,父亲担任社长时,工厂主要以电子部件为重点。而在大学和研究所主要研究发动机的佃成为社长后,就开始向精度更高的发动机及周边设备发展。

辞去研究职务回家当社长，佃的经历堪称异类，不过他成为社长后，佃制作所的营业额猛增三倍，让周围的人都吃了一惊。虽然公司还只是一个年营业额不满百亿日元的中小型企业，但在发动机技术和专业领域都获得了甚至高于大企业的评价，这主要得益于佃曾参与设计制造火箭发动机的经历。

他在研究上遭受挫折，却因此在新天地绽放出花朵，所以人生这东西，仔细一想还真是充满讽刺。尽管如此，客户哭穷，搞得自己捉襟见肘的中小企业的烦恼，佃也没能逃脱。虽然他并不想继承家业，但继承了就总归是自己的责任，只得硬着头皮上。这一下突然没了十亿日元的订单，他感到十分肉疼。

"你们也成长了不少，就算没有我公司的订单也不算什么吧。所以，拜托你了。"

德田仿佛事不关已地说完，就离开了。

"这样会赤字啊。"财务主管殿村直弘敲完计算器，抬头对佃说。

"果然会吗……"

从京浜机械总部回来的路上，佃也边开车边大概算了一下，最后得出同样的结论。整整十亿日元的营业额突然蒸发，人手自然也会富余出来。

宇都宫工厂专门为服务京浜机械订单的生产线约有二十五名员工，其中十名签的是派遣劳务合同，这些倒好处理，问题是剩下的十五名正式员工。

"最近固定成本也上涨了，再从中扣掉接近百分之十的营业额，根本无法避免赤字啊。"

可能因为殿村以前是银行职员，话从他嘴里说出来，听着莫名冷漠。他长着一张长方形的脸，还梳了个中分发型，人们便给他起了个绰号叫"主公"。据女职员偷偷告诉佃的八卦，这个绰号一是取自殿村名字里的"殿"，二是暗示他的外貌如同飞蝗[①]。被她这么一说，佃确实感觉自己在跟戴着银边眼镜的大蝗虫说话。

半年前，上一任财务主管退休后，佃从主要合作银行白水银行请来了殿村。此人做事极为认真，不过来公司的日子不算长，总感觉有点生分。

"那肯定得赤字了吧。津老弟，你有主意吗？"

佃询问的是中途加入讨论的第一营业部部长津野薰，可对方只是苦着脸回了一句："这个嘛……"京浜机械的订单一直是津野在负责，对方偏偏在终止交易的时候越过他直接找了佃，他的心情自然不会好到哪里去。

津野高中毕业后，就通过上一代社长的朋友的介绍，进入了佃制作所工作，是个资格很老的员工。他三十八岁，比佃小五岁。佃刚从研究所回来继承家业时，对工厂业务一无所知，还是津野手把手教会了他。此人虽然外表看来让人感到很难接近，说话也不好听，但很会照顾人。

"其他公司的追加订单或许能填上两亿日元的空缺，但要想全部填满，恐怕很难啊。十亿实在太多了。"

佃闭上眼睛，双手捏着眉间。此时殿村略显犹豫地说了一声："那个……我知道这个时机不太好，不过社长，差不多该去融资了。"

这话让佃感到肩头的重担又沉重了几分。

[①] "主公"在日语里读作"tonosama"，有"殿"字。蝗虫在日语里被称为"tonosama-batta"，故有文中飞蝗一说。

"我认为最好今天就到银行去谈,您觉得呢?"

"那就拜托你了。需要多少资金?"

七年来,佃已经熟悉了社长的工作,但唯独融资实在搞不定。他根本不懂怎么跟银行打交道。

殿村再次一脸认真地敲起了计算器,然后说:"大约需要三亿日元。"

"要这么多?"

即使成了营业额近百亿日元的公司,一想到要找银行借三亿日元,佃心里还是会害怕。别看他表面上是个体形健壮、大大咧咧的中小企业老板,内心其实还是个心思细腻的研究员。

"按照这一期的业绩来看,那点钱恐怕也会马上花完。"殿村说,"毕竟收益情况有点那个。"

他没直说"很一般",这种面面俱到的性格也像极了银行职员。

"真不好意思。"

因为他是银行派驻在公司里的人,所以佃感觉不是下属在对自己说话,而像是银行在警告他,忍不住道了歉。这是他头一次请派驻人员,现在想来有点像银行融资机构整个儿搬到了公司内部。

"能借到吗?"

"应该会有点摩擦。"

殿村回答的口吻就像取款机吐出的明细单一样冷漠。

"是吗……"

"毕竟借款有点多。"殿村的措辞虽然小心,用意却正中靶心,"现在各种款项总额已将近二十亿日元,再加上若不及时想到对策,本期还可能出现赤字……此时再借三亿日元,恐怕不容易。另外研究开发费用的大幅膨胀也让我有点担心……"

殿村暗中指出了佃制作所存在的所有问题。

"可是研究就得烧钱啊。"

针对佃的说法，殿村只应了一声"是啊"，但佃隐约感觉他并没有被说服。

"多亏了研究，我们才拿到了发动机方面的专利，只要设立商业化目标，应该能给营业额做些贡献——能用这个说法说服银行吗？"

殿村默不作声地想了一会儿。

佃又说："我认为，银行最担心的是投入巨额开发费用获得的专利到最后变成'死专利'。如果能把这方面解释清楚，应该没什么问题吧。"

"那可能有点难啊，毕竟我们还没做出商品呢。"殿村看了一眼佃的脸色，委婉地说，"单纯说氢发动机的阀门系统，感觉有点实用性不足啊。"

佃有点生气。他获得的专利虽然写着阀门系统，但其中蕴含的技术和专业水平会给发动机及其他方面都带来正面影响。佃坚信，这样的研究开发将来会成为佃制作所技术水平发展的关键。

"我倒不是那个意思，只是把银行可能会说的话说出来了而已。"殿村慌忙辩解道，"我是认为，研究开发费用肯定会被银行提出来……"

津野在旁边听着，忍不住长叹一声。

"殿村部长，我们可是研究开发型企业，技术力量和专业水平都要建立在研究开发的基础上。我认为，要是没有这个，我们可能马上就会失去竞争力和优越性啊。"

"是吗……"

殿村没有反驳，这场讨论就要在双方都没有互相理解的情况下草草结束了。津野心生烦躁，自言自语地说出了真心话："银行那边真的不能理解吗……"

"我这就去做申请融资的资料。"

殿村站起来，逃也似的离开了。

"他什么意思啊。"津野看着殿村走出门外，咂了一下舌，"有话想说，那就直说嘛。"

太对了。佃心里虽然这样想，嘴上还是换了种说法。

"人家还没混熟呢。可能殿村先生也想在这里好好干，只是同时还要兼顾银行那边的想法。"

"这我又不是不明白。"津野还是有点不满，"那人真的在认真替我们着想吗？我总感觉他就只担心钱，无论怎么看都是个不折不扣的银行职员。"

佃跟津野的感想相同，但没有说话。要是连社长都这样说话，那就真完了。

津野继续道："他的专业是财务和融资，怎么可能理解技术的真谛，要是不理解，照理说应该开口问吧。结果他一上来就说要削减研究经费，太不合理了。"

"津老弟，你就少说两句吧。"佃继续安抚生气的津野，"他这不是还没习惯我们这儿嘛，你就把眼光放长来看吧。"

"既然社长都这么说了……"

津野咕咕哝哝地离开了社长室。

佃独自坐在社长室的扶手椅上，闭上了眼睛。客户跑了，公司要裁员，融资困难，内部矛盾——哪一个都不是能轻易解决的问题。

经营一个企业，就是跟这些问题作战。

我到底在干什么啊……

虽说是因为父亲去世而继承家业的，但实际上，接手佃制作所这家城镇工厂，对佃来说是一次挫折之后的选择。那次实验卫星发射失败，让佃失去了作为研究者的资格。

小时候，佃的梦想是成为一名宇航员。小小少年在图书馆读到阿波罗计划的故事，心中涌出前所未有的兴奋，并如痴如醉地埋首其中。那是当然，毕竟书里写的不是虚构的冒险故事，而是如假包换的现实。

一九六九年七月二十日，登月舱降落在月面纬度零点八度、经度二十三点五度的巨大陨石坑"静海"上。少年佃捧着那本书，仿佛成了尼尔·阿姆斯特朗率领的阿波罗十一号的宇航员之一。当时，佃完全被那项伟业迷住了，丝毫不知道阿波罗计划的感动背后，还有许多"太烧钱"的批判声音。

佃虽然没能成为宇航员，但对宇宙的兴趣转向了火箭工程学，并且听到了决定他前进方向的那句话。一位专攻火箭工程学的助理教授站在讲台上，对佃和其他学生说了这么一番话。

"你们中间可能有几个人对火箭工程学感兴趣。火箭工程学是一个充满未知的领域，而你们心中那种向未知领域挑战的热情，是任何事物都无法替代的崇高之物。所以，我希望同学们能毕生不忘那种热情。包括我在内，立志钻研火箭工程学的人都认为，火箭发动机是远远超越了智力与想象力的创造物，那是所谓的圣域，或者说上帝的领域。"

上帝的领域。

佃从这句话里感受到了无尽的力量。

做了那场难忘演讲的助理教授，就是后来成为他导师的大场一义。大场是掌握着最尖端技术的研究者，也是实际参与火箭发动机开发项目的超级工程师。后来，佃加入了大场的研究室，梦想就从做宇航员变成了让火箭搭载自己设计的引擎发射升空。然而——

那个梦想，最终破灭了。

如今，他坐在父亲那一代就在使用的扶手椅上，回想着大场那句话。

紧急停止程序，开启安全指令。

佃的梦想，随着安全指令的开启，化作了海中的泡沫。

2

"殿村先生已经给我介绍过情况了，不过老实说，一次借三亿日元，确实有些困难。"

柳井哲二用一本正经又严肃的表情看着佃。他是白水银行池上支行的融资负责人，在支行的头衔是课长代理。融资课有很多没有正式头衔的职员，柳井算是里面的二把手，发言分量很重。

这是刚进入五月的一个阳光明媚的日子，早晨殿村对佃说："能请社长亲自到银行去一趟吗？"

"少申请一点金额比较稳妥吗？"佃问了一句。

"要是能减少，那就再好不过了。这是我的个人看法。"

柳井这人说起话来得绕好几个圈子。佃含糊地应了一声，却感受到对方射来一道冷酷的视线。只听他装模作样地说："不过我感觉，问题在于贵公司的基础结构。"

这是啥意思？佃用目光询问坐在一旁的殿村。

"简而言之，就是我们的商业环境和管理结构可能存在问题。"

殿村解释完，柳井把他的话接了下去。

"首先，贷款数额太大了。而且从账面上看，那些钱都不知道被用在了什么地方，这让银行很为难啊。"

"柳井先生，您是说研究开发费用吗？"

佃问了一句，心里越来越烦躁。

"我知道社长肯定有各种想法，只不过，这些研究不一定能转化为营业额吧？"

"当然能转化了。"佃说，"客户都很看重我们在研究开发方面的投入，正因如此，业绩才能一直提升啊。"

"真的吗？"柳井发出疑问，"贵公司投入了这么多钱，到底开发出了什么？发动机部件的话，也仅限于氢发动机，对吧？那东西真的能转化为商品吗？我听说有人在研究给汽车安装氢发动机，只是还要很久才能应用吧。现在，使用氢发动机的东西也就只有火箭了，你能拿到火箭发动机的订单吗？肯定没戏吧。"

"怎么能一口咬定没戏呢。"

佃的反驳让柳井露出不耐烦的表情。

"火箭这种东西啊，是国家研究开发机构主导制造的设备。火箭本体的制造和运营虽然交给了民营企业，但也都指定给了帝国重工等大企业。恕我直言，您这种乡下中小企业，根本轮不上。一个几乎毫无用处的死专利，贵公司却投了十几亿日元进去。如果有回收资金的可能性，我倒想请您指教指教。"

佃听到一半就闭上眼睛，抱起手臂。此时终于睁开了眼。

"回收资金的具体策略目前我们还在讨论。"佃说，"不过有句话我一定要说出来，我们申请的阀门系统专利，恐怕是目前世界上最先进的技术，这点不会有错。那是一种普适性很高的技术，不仅可以用于火箭，还可以应用在很多方面。除此之外，我们在开发过程中获得的技术和专业性，也可以以各种方式活用于新型发动机的开发工作。所以，这种研究是有意义的。"

"社长，我听说您原本在宇宙科学开发机构工作，对吧？"柳井说，"我还听说，您在那里参与了火箭发动机的开发工作。如果是国家的研究机构，自然可以大手大脚地花钱，但现在不一样了。"

柳井揭开了佃心中的旧伤。佃生气了，紧紧盯着对方。

"火箭开发工作一直在捉襟见肘的预算中苦苦挣扎，您对我们的技术根本一无所知。"

佃一口气说完，却得到了"那是当然"的反驳。

"我怎么可能知道。您听好了，世界上有太多人拿着所谓全世界最先进的技术，到处找人投资。就拿上个月来说，有人提出了以水为动力的电脑和永动机，还有各种稀奇古怪的玩意儿，全都拿到了专利，要么就是马上要申请专利。可是银行把他们都拒之门外了。道理还不简单吗？如果那些技术真有那么厉害，就算扔着不管，也会有大企业主动找上门来。确实，我对贵公司的技术没有进行正式评估。可是，正式评估需要委托专业部门，花费好几百万日元，这还只是评估的费用而已。要是评估出来果真没什么价值，那就毫无意义了。专利这种东西，很多只是人们的自以为是罢了。"

"够了。"佃不想跟这人聊下去了，"您就直说吧，到底给不给我们融资？"

"本行没有人能对贵公司的技术开发能力做出评估。"柳井断言道，"支行长也持否定态度。"

佃回想起支行长根木节生那张毫不讲情面的脸。他与此人交谈过几次，若是土地、房屋或数字化业绩这些看一眼就能理解的东西，他还能聊上几句，但要换成最新技术，他就一概不愿了解,丝毫不关心了。

"那您说说,我该怎么办?"

柳井鼓起脸颊,吐出一口气。

"我是没有具体方案,只不过很难赞同你继续在研发上投钱。"

"您让我停止研发?"

"我可没说停止。"柳井狡辩道,"您身边不是有殿村先生这位可靠的参谋嘛,可以请他指一个正确方向啊。"

可靠的参谋?佃看了一眼身边那个一本正经的人,叹了口气。

"如果我不停止研发,银行就不给我融资。这跟命令我停止研发有什么区别?"

佃在回公司的车上发着牢骚,殿村却没什么反应,只会说"哦""是啊""真没办法"。这个"参谋"的态度让他很火大,甚至没来由地怀疑是殿村让柳井说了那些话。无法真心信任下属的烦躁让佃越来越沉默了。

车子开出银行,不久后就进入上池台的安静住宅区。就在此时——

"不如追梦的行动暂缓片刻吧?"

来自副驾的嘟囔声飘进了佃的耳朵。正好在一个没有红绿灯的交叉路口,佃忍不住一脚踩住刹车,扭头盯着殿村。只见那人脸上露出豁出去的表情。

"社长,公司里没人会对您说这句话,所以只能由我来说了。您还忘不掉自己搞研究时的梦想,可现在您是社长,是一名经营者,不再是研究人员了。社长可能觉得只有我一个人不看好公司的研究项目,其实有好几个人这样想。好不容易赚到的钱,全被拿去当成研发经费了——这就是他们的想法。社长说研发的成果决定了业绩的上升，可是，公司里抱有同样想法的人反倒是少数。再这样下去，整个公司就会分崩离析。所以我请求您，哪怕不完全停止研发，至少也把经营资源多分一点到别的方面。不要过度专注于氢发动机，不如做些更具实用性的发动机构造研究，这样不仅能让公司里的人更团结，还能真正产生收益。社长，您就听我一句劝吧。"

佃凝视着殿村，一时无言以对。很奇怪，他心中并没有感到愤怒，反倒对殿村的拼命劝说产生了共鸣。他的脑子一片空白，直到被后面的车辆鸣笛声催促，才重新接收到现实的风景和声音。

他再次踩下油门。

大田区有很多坡道。爬坡、拐弯、再下坡，佃不禁想，这就好像我的人生一样啊。如此说来，现在我正走在下坡路上呢。

"我会仔细想想的。"

车子开回上池台的公司后，佃嘀咕了这么一句话。殿村一路都默不作声地缩在副驾座上，闻言马上松了一口气。

佃心里想，殿村把话说得如此直白，肯定需要很大的勇气吧。因为万一搞不好，他所面对的社长可能会大发雷霆，直接让他收拾包袱回银行去。尽管如此，殿村还是把话说出来了。不，应该说他还是决定帮佃一把。

原来殿村只是笨嘴拙舌，实际确实在为我们公司认真考虑啊。这让佃感到非常高兴。

殿村先下了车，正一蹦一蹦地走上正门楼梯。佃看着那个瘦削的背影，低声说道："谢谢你，殿村先生。"

然而，殿村刚走进公司没过多久，又慌慌张张地跑了出来。

"社长，不好了，您看这个。"

佃看了一眼他递过来的信封，惊得无言以对。

那是东京地方法院寄来的诉状。

3

佃坐在社长室里，双手抱头。

"这到底是怎么回事，他们竟然要告斯特拉的技术？"

起诉方是他们的竞争对手——中岛工业。

起诉内容是专利侵权。

问题在于赔偿数额——九十亿日元。

简直是天文数字。

佃制作所专门制造小型发动机及相关部件，五年前正式发售了斯特拉，从此它就占据了公司最热门商品榜首。斯特拉是佃制作所研发制造的一款高性能小型发动机，单品年销售额占总营业额三成。公司每年都会对它进行改良，去年春天更是推出了经大幅改动的最新型号。最新型号的斯特拉上搭载了自主研发的燃料系统，而眼下中岛工业却递来一纸诉状，声称该最新型号的发动机抄袭了他们开发的产品，并以侵犯专利权为由，要求他们立即停止销售。

"扯淡！"佃气不打一处来，大声骂道。

他们跟中岛工业在小型发动机领域属于竞争关系，时常闹得剑拔弩张。事实上，新款斯特拉刚发售没几个月，中岛工业就发来投诉，说你们的设计是不是有问题。佃制作所先经过内部讨论，后来又跟中岛工业协商，最终确定中岛工业的说法中存在误解，实际并没有任何问题。

"抄岛工业瞎胡扯什么玩意儿，我还想投诉他们呢！也不知道是谁抄了我们的发动机设计,还山寨出来跟我们竞争。"津野得到消息后,怒火中烧地跑过来骂道。

什么东西一旦畅销,中岛工业就会削尖脑袋往那个领域钻营,所以才会被业界揶揄为"抄岛工业"。

"结果呢,别人的发动机跟他们家的有点像,就跑去告侵犯专利权。"

"这就是中岛工业的一贯做法啊。"殿村涨红着脸说,"先模仿,然后挑剔对手的技术,打乱别人阵脚。如果对手是小公司,他们就更加明目张胆了。"

"这是主板上市公司会用的手段吗?!"津野怒气难平,一口咬住殿村发泄。

"他们就是那样的公司。"殿村劝说道,"总之,既然我们被告了,就不能坐视不理。社长想必也知道,如果不回应诉状,官司就算输了。我们必须起来迎战,首先要找一个对技术和知识产权都很熟悉的律师。我曾听说,抄岛工业的顾问律师全都是从搞技术那边转行过来的奇人,您知道为什么吗?"

"因为能在法庭上占到优势吗?"

佃说完,殿村的方脸上下动了动。

"社长,这肯定不是一场简单的官司,对方也要分出人力和时间来打官司,一定事先跟律师商量过,确定有胜算了,才会给我们发来这种东西。"殿村瞪了一眼诉状说道。

"太乱来了。"佃无处发泄怒火,只好看着屋顶叹息,"怎么会有这种事呢?"

"对方的手段就是如此下三烂。"殿村说,"而且,我们被中岛工业告了这件事一旦传出去,自家的信用也会受到影响。银行那边也不例外。"

"喂，喂。"佃无奈地看着殿村，"银行还会把这种事当真？太扯淡了吧。"

"在一般人看来，中岛工业既然会提起诉讼，肯定是有依据的。当然，就算我们没做错什么也一样。"

这实在太不讲理了。

"请您想一想，如果我们官司打输了，不得不停止销售斯特拉，那对营业额造成的影响将高达三成。再加上京浜机械那边减损的营业额，就是将近四成。那样一来，别说赤字了，整个公司可能都维持不下去。银行向来会考虑最坏的情况，那我们就更不可能拿到融资了。"

"你等等，什么叫官司打输了？"佃粗声道，"怎么可能打输。这场官司根本就是胡扯。殿村先生，你心里也清楚的吧？"

"那当然。"但殿村仍不依不饶地说，"可是，您觉得白水银行那些人心里能同样清楚吗？要是不出庭，您要如何证明我们能打赢这场官司？"

佃被呛住了。尽管很不甘心，可殿村的话确实有道理。

"还是先找一个能应付这种难题的律师吧。"殿村说，"您有相熟的人选吗？"

"我有几个大学同学是律师，不过毕业后都没见过面。田边律师不行吗？"

田边笃在五反田开着一家律师事务所，公司平时会请他来制作跟客户签订的合同，以及处理一些别的业务，然后每个月给他支付几万日元的顾问费。虽然没请他打过官司，不过以往遇到货款延迟支付时也找他咨询过。

"田边律师了解技术吗？"

"不知道呢。"佃歪着头说，"我能肯定他在合同违约和索赔这方面特别专业,但此前从未跟他谈过专利这种复杂话题。只是我也想不到别的律师了。"

殿村仔细想了一会儿。

"总之,先找他商量商量吧。"

说完他就走出社长室去打电话了。

佃目送殿村的背影离开,疲惫地叹息一声。就在此时,外面有人敲门,一个模样邋遢的男人探头进来。是山崎光彦。

山崎今年三十八岁,是佃制作所技术研发部门的领头人,正式头衔是技术研发部部长。他是佃的大学师弟,也是一名很有能力的研究人员。可是他性格比较特别,跟教授合不来,五年前就离开了研究室。

一头乱发、满脸胡楂,鼻梁上架着沉重的黑框眼镜,身穿脏兮兮的白袍,他这副样子无论怎么看都像个御宅族,但实际上,他喜欢实验甚至胜过一日三餐。可能就因为这样,此人年近四十了还没成家。

"社长,我听说我们被中岛告了,这是怎么回事?"

山崎性格内向,说起话来也磕磕绊绊,眼睛总是看着地面,头发绑成一条马尾辫。他跟别人说话时喜欢用中指不停推眼镜。

"我也不知道是怎么回事。"佃回答,"对了,阿山,上回中岛来找我们麻烦时不是有个什么联系人吗,说是企划部的经理还是啥的。你还有那家伙的名片没?"

"稍等。"

山崎说着,抬手拍拍胸口和屁股,好不容易从裤子前面的口袋里掏出手机来。

"我记得记过他的名字,应该还没删掉……啊,找到了。"他打开手机，把一则联系人资料拿给佃看，"头衔应该是事业企划部法务小组经理。"

那人名叫三田公康。

"对，对，就是这个家伙。"

几个月前，中岛向他们提出投诉时，佃曾跟这人见过几次。

他跟佃年纪相仿，浑身散发着大企业高管的气场，把自己打理得有模有样，却给人留下不可一世的印象。

佃用座机拨了那个号码，不是公司总机，而是直通部门的电话。他向接电话的年轻男人报上名字，听到一声"请您稍等"，随后听筒里便传出八音盒版的《卡农》。佃觉得这个旋律跟这个部门给人的印象不太相符。

等了好久，才听到一个生硬的声音说："您有事吗？"对方并不是三田，而是刚才接电话的人。

"我想谈谈诉讼事宜。"佃回答道。

"三田让我转达，对于那件事他没什么好说的。"

对方给了一个让人火大的回答。

"麻烦您转告他，就算他没话说，我也有话说。"

佃说完，电话又被切换成等待音，过了一会儿，他听到一声："喂，你好。"对方连名字都不报一下，看来就是三田本人了。

"您好，我是佃制作所的佃。今天我收到贵公司发来的诉状了。"

对方沉默不语。佃有点火大，烦躁地说了声："喂？"对方这才不耐烦地应了一声："嗯。"

佃继续道："对于贵公司的发动机设计，我还是之前的说法。当时您也认同了，说并不存在问题。那现在这是怎么回事，能请您解释一下吗？"

"认同？我可没认同什么。"对方带着敌意回应，"您怕是有什么误会吧？"

"等等啊，三田先生，你当时对我们的回应完全没有提出异议吧。不仅是你，我记得贵技术部门的人也都认同了。"

佃说完，心里想起那次难忘的经历。

二月，中岛工业突然寄来一封"贵公司开发并在销的斯特拉发动机疑似侵犯本公司专利权"的信函，还附上了证据。

公司内部以佃和山崎为中心，展开了一次讨论，最终认定两者确实类似，但模仿的一方是中岛工业，佃制作所没有任何问题，并把这个结论告知了对方。佃好像为此跟三田见过两次面。

其后，由中岛工业发出邀请，两公司负责人在东京都内某酒店召开了正式谈判会议。佃一直坚持自己的主张，中岛工业虽然提出了几项反驳，但都被佃说服了。最后，谈判会以双方接受了佃制作所的主张结束。

"你们现在才说没有认可，那倒是告诉我，究竟什么地方不认可了？"

"您看过诉状自然会知道。"三田口气生硬地说。

上次开谈判会，佃制作所只有佃和山崎两个人出席，中岛工业则派出了以技术部门为中心的十几名员工。当时应该把技术问题都讨论透彻了。

"我就是看了诉状还不明白，才打电话问你的啊。为什么要跟我们打官司？如果有问题，在那次谈判会上明确提出来就好了，不，会后也行。而你们却突然发来一纸诉状，这简直太乱来了。"

"恕我直言。"三田说，"本公司是因为你们当时一味自说自话，认为就算当场反驳也只是闹得会议没完没了，才选择沉默的。关于这点，麻烦您有点自觉好吗？"

佃感到有一股强烈的怒气涌了上来。

"那你们提出开谈判会的初衷又是什么啊？"

"总而言之，"三田语气轻浮，看起来并不把佃当回事，"无论您怎么想，这件事都已经递交给法院了。既然如此，我对您也没什么好说的了。"

"三田先生，这不是违反社会常识的行为吗？"

佃刚说完，三田就在电话另一头尖声反问："社会常识？"他似乎嗤笑了一声，随后半带嘲讽地问："不好意思，您说的社会常识是指什么？能明确一下定义吗？"

佃气得眼前发黑。

他突然想起年轻时在大学研究室与人发生的争论。研究室里有个自诩学者的人，凡事一开口便是"你如何定义这个词"，佃当时最讨厌那个人了。

"定什么义啊，别开玩笑了。"佃怒火攻心，恶狠狠地说。

"我可告诉你，这次通话是有录音的。"三田说。

"那又怎样。"佃也不服输，"到法庭上去诬告别人，还把这当成做生意的手段。我想问问，像你们这种大企业，利用官司来赚钱真的好吗？"

"佃先生，您所谓的诬告，只是单方面见解吧。"三田得意地说，"我可不这么想。你们侵犯了我们的专利权，并以此获得不正当利益，纠正这种行为才叫正义吧。您在这里跟我说没有用，一切到法庭上解决吧。话就说到这里，我要挂电话了。今后您如果还对这件事有疑问，麻烦不要联系我，直接联系我们的代理律师。我还要奉劝您一句，千万不要用那种类似威胁的口气说话哦。再见。"

他显得格外自信，说完就把电话挂了。

"王八蛋！"

佃把听筒一摔，气愤地抱起了手臂。

"他说什么了？"山崎镜片背后的双眼满是不安。

"他说当时根本没认同我们的结论，还说只有我们单方面觉得自己没问题。明明在谈判会上被反驳得体无完肤，还好意思说那种话！"

佃一生气就会体现在态度上，而山崎则会藏在心里。所以他生起气来反而会变得很安静，而且一脸苍白，太阳穴突突乱跳。就像现在这样。

"就因为他们跟我们争不赢，所以才把法院牵扯进来，想歪曲事实吧。毕竟人家底下可有一大堆一流事务所的优秀律师啊。"佃充满嘲讽地说。

"只要把我们告赢了，让我们再也卖不了发动机，他们就能从中获利，是这么想的吗？"山崎说。

"没错，这招太下三烂了。"

以打官司为手段踢走同一领域的竞争者，这是不可原谅的。

"正义与我们同在。"

佃自言自语地嘟囔着，却见殿村回来了。

"田边律师今天下午六点以后有空，您打算怎么办？"

佃打开记事本，上面写着晚上有同业者聚会。

"那就六点以后吧。"佃说完，在聚会日程上重重地划了两道。

4

佃来到五反田拜访顾问律师田边，这位今年已经六十岁的资深律师却眉头紧蹙。

"与中岛工业的诉讼啊，这个专利侵权是怎么回事？"

"对方提出问题的部分是将燃料有效输入发动机内部的控制装置。"

佃起了个头，山崎接过话头，拿出带来的发动机模型开始详细说明。现在他们被告侵犯了专利权，自然要先让律师对技术有一定的理解。然而，田边一开始还挺热心聆听，后来就越来越没有反应了。五分钟后，他就抱着手臂一言不发。过了一会儿，他直接打断了山崎的说明。

"好，够了，反正我听了也不明白。"

山崎有点无措地看向佃，仿佛在问他这样有没有问题。佃很理解他的心情。

田边继续说道："总之先要进行事实认定，我们应该做一份资料，直接反驳对方的说法……简而言之，诉讼的焦点在于技术原创性，对吧？"

田边先说了几句好像很有信心的话，但还没等佃回答，就话锋一转。"不过既然对手是中岛工业，问题就成了我们能否证明没有侵权这点了。还要考虑到法官的个人印象，毕竟有不少法官会偏心大企业。"

"这可不行啊，律师。"佃慌忙说，"个人印象是怎么回事？不是要讲事实的吗？真相不是只有一个吗？"

"我不是那个意思。"老练的律师似乎有点烦躁了，"我明白你们的主张是没有侵犯专利权，然而对方也是觉得自己能打赢官司才闹上法庭的对不对？这事可没有你想的那么简单啊。"

"只要把证据整理好，应该就能证明我们没错。"佃这么说道。

然而田边却陷入沉思，好久都没回应。

"这种技术战一旦变成持久战，就不好办啦。"最终律师这么说道。

"所以呢？"佃反问，"您这是叫我乖乖赔偿九十亿日元？那不是正中他们下怀吗？律师，您怎么能这样呢？"

佃正忙着发火，殿村在他身边冷静地问了一句。

"请问，田边律师对这种知识产权诉讼有经验吗？"

知识产权是指发明创造和编写软件等不依附实体的产权。

"这种案件可不怎么常见。"田边一脸"那又怎样"的表情盯着殿村，"我是从做律师的经验来判断这种诉讼很难短期解决。说句不好听的，中岛工业应该很了解情况，才会以这种手段提起诉讼。总而言之，你们的主张是不存在侵犯专利权的事实对吧？那么，我会写一份表明主旨的答辩状。另外，刚才几位向我做的说明能否简单总结一下，以书面形式发给我呢？电子邮件就可以。"

山崎一直欲言又止，他特意把模型带来，就是为了进行详细的解说。没想到这个律师听都没有认真听，就说了这种话。他脸上的表情仿佛在说：难道做成书面形式你就能看懂了？

"知道了，律师。"看到佃和山崎都对律师失去了信任而一言不发，殿村便替他们说，"我们会在内部先商量商量，感谢您的帮助。"

"殿村先生，你准备怎么办？"

三人离开律师事务所来到附近的停车场，坐到车上后佃问了一句。

"总之先把人家要的资料做出来吧。"殿村说，"也不能因为自己心里不安，就马上跑去找别的律师。"

佃极不情愿地点了点头。从上一代社长开始公司就跟田边律师合作，在制作合同、回收债务和人事咨询等方面请他帮了不少忙。佃对这次商谈确实心怀不满，可是毕竟交情摆在那里，也不能因为不满就换人。田边想必也觉得自己能应付，才叫他们准备资料的吧。

"刚才他说的那些都是真的吗？大企业真的会比较有利？"

驾车行驶在通往大田区方向的中原街道上，沐浴着夕阳，佃问出了心里一直在琢磨的问题。问完马上通过倒车镜看到后座上的殿村露出了沮丧的表情。

"老实说，我在银行工作时也听过这种说法。银行也属于被偏袒的一方。"

"太气人了，堂堂法官怎么能偏心呢。"

"这就是日本的现状啊，最近已经好很多了。现在连银行也可能败诉，当然，也是因为坏事做尽，遭到报应了。"

"真让人生气。"

佃不高兴地说完，沉默了好一会儿。再次开口时，车子已经开到公司附近了。

"对了，殿村先生，打官司的事要不要告诉银行啊？"

"这个嘛……"殿村应了一声，又想了一会儿，"我觉得不能不说啊，双方还存在信赖关系。"

只要这边不去说，对方应该不会知道，殿村肯定也知道。遮丑是人之常情，但可能出于银行职员的习性，殿村给出的意见还是跟他的人一样稳健保守。

"更何况，在跟银行签合同时也规定，若发生可能影响业绩的事项，必须主动向银行汇报。斯特拉的年销售额高达三十亿日元，所以我们是有义务汇报这场官司的。"

"真没办法，那我们明天就去吧。"

佃发出叹息时，已经能看见佃制作所的五层办公楼了。

佃把车开到停车场，走进办公室，还没来得及脱掉上衣，白水银行的柳井就打来了电话。这个时机也太巧了，佃打算顺便跟他约一下明天见面的事。

"喂，事情不太妙吧？"

一上来柳井就语气强硬，连句客气话都没有。

"什么事情不太妙？"佃问。

"你们被中岛工业给告了？"

柳井说出了意想不到的话。

"您怎么知道的？"

"媒体都报道了。"

"媒体报道？"

佃忍不住重复了一遍，同时回过头，发现殿村正在不远处的办公桌旁，惊讶地看着他。

"中岛工业刚才开了媒体发布会，公开宣布他们对你们佃制作所发起了侵犯专利权的诉讼。还是总部那边的相关部门告诉我的。你们申请融资时隐瞒了如此重要的事，这样不行啊，完全是背信弃义的行为嘛。"

"我可没有隐瞒，请您别误会。"被对方的气势影响，佃的语气也有点不受控制了，但还是继续解释道，"诉状是下午才送到我们公司的，我刚去五反田找顾问律师回来，还跟殿村说明天就去找您汇报呢。"

"别等明天了，这么要紧的事，怎么能不马上汇报呢！"柳井毫不留情地说，"支行长现在特别关心这件事，还问我佃制作所能不能行呢。您这样实在太让人为难了。"

电话那头的人明显表露出不信任。

"既然如此，那我马上过去。没能及时联系，实在很抱歉。"佃道了歉。

"嗯，那我跟支行长一起等您过来。"

柳井着重强调了"支行长"三个字，然后挂断了电话。

"柳井先生怎么说？"殿村忧心忡忡地问。

"中岛那边好像在媒体上公布了这件事，银行叫我们马上过去汇报。"佃关上手机说，"是银行先联系的我们，确实有点糟糕。我去一趟。"

"我也跟您一起去。"殿村马上说。

5

支行长根木满脸不高兴地坐着，一言不发。

这里是银行的接待室，桌上摆着东京地方法院发来的诉状，还有斯特拉的产品图册，摊开的图册旁边还摆着个孤零零的发动机模型。

像山崎在田边律师事务所做的那样，佃花了将近一个小时，亲自说明了发动机的构造和这次诉讼的焦点。随后，他又把此前与中岛工业的交涉一一道来，表明了这次诉讼的不合理之处。

全部说完后，众人陷入了短暂的沉默。

"佃先生的话我都明白了。"跟说出的话语相反，根木的表情显露出难以掩饰的烦躁，"但您说的这些只是你们这边的主张，而对方也会提出可与之对抗的证据，对不对？"

"无论对方提出什么，侵犯专利权一事都是不存在的，这场诉讼毫无根据，我们不可能输。"

根木只是一言不发地听佃说话，没有给出回应。他面无表情地沉默了一会儿，对旁边的负责人柳井说："佃先生申请了融资？"

"三亿日元，名目是运转资金。"柳井回答。

"三亿……"

根木张开拇指和食指，摸着下巴思考了片刻。他从柳井手上接过佃制作所的资料，凝视着写满数字、貌似分析表的文件。

"开发这方面投入了不少费用啊，结果开发出来的发动机还被人告了……"根木一脸苦涩地嘟囔道，"要是官司输了，贵公司的发动机连卖都卖不出去。而且你们还要支付九十亿日元的赔偿金，那样一来，恐怕连公司都很难支撑下去了……"

"如果事情真变成那样，这个世界就不存在正义了。"

佃有点冒火。

"正义啊……社长，正义跟法律，难道不是两回事吗？"根木以一副仿佛知晓世间所有道理的样子看着佃，"银行这边呢，必须设想到最糟糕的情况，当然，我也不是说贵公司一定会输哦。"

那不是一样吗。就在佃为根木的话怒火中烧时——

"我很明白支行长的意思，只是本公司也非常为难。"殿村声音冷静地说道，"我们正在积极应对诉讼，也会随时向银行汇报进展。与此同时，融资一事还请支行长尽量通融。如果没有融资，我们公司的资金运转就岌岌可危了。所以支行长，万事拜托了。"

殿村深深低下头。佃是个急性子，很难冷静应对问题，所以殿村这趟跟来真是太好了。只不过——

"你们这边局势不太好啊。"根木的反应很冷淡，"前脚才被京浜机械撤销订单，光这一样就注定要赤字了，结果这头又打起了官司。这种时候找我们借三亿日元，老实说，挺为难的……殿村先生，你也是银行职员，想必明白这个道理吧。"

"请等一等，支行长。"佃说，"就因为我们被告了，所以就设想最糟糕的事态，然后不同意我们的融资申请，这也太过分了。"

"要是结果已有定论，谁还会打官司呢。"根木正面反驳了佃的主张，"中岛工业也是因为手握胜算，才会打这场官司的吧。你们想想，那可是中岛工业啊，那个中岛工业啊。"

旁边的殿村也沉默了。尽管支行长的话很不讲道理，但他知道对方也是出于无奈才会有这种反应——这点从他的表情也能看出来。

佃把话咽了回去。他并非无言以对，而是深知中岛工业这样的大企业向法庭提起诉讼，世人会以什么样的眼光看待这件事。

对方是知名上市企业，单是那块招牌就是信用的象征。中小企业无论怎么挣扎，在社会信用度这一点上都很难与之对抗。

法官在法庭上会对大企业怀有好印象，这件事确实对佃造成了打击。可是说到底，法庭的情况已经算好了，真正不公平的是现实社会。在社会上，大企业拥有绝对优势。

只要是大企业提起诉讼，随便什么人都会想：那么大的公司把人家告了，被告方肯定特别坏吧。再怎么坚持主张"我们没错"，也没有人会相信。

然而，世人的误解无可避免，但连银行都如此妄断，这一点他实在难以接受。

对中小企业来说，银行是资金源，也可以说是它们的生命线。

本来应该站在自己这边的银行支行长却一味给出否定意见，

这让他感到很气愤。

"支行长，我们的合作关系已经持续二十年了。"佃强忍住心中怒火，这样说道，"只要是贵行的要求，我们都尽量满足，因为双方的合作本来就建立在彼此信任的基础上。老实说，我们现在确实是四面楚歌。首先要尽快应对京浜机械撤销订单造成的资金问题，为此才来融资的。您就不能给我们多些信任吗？"

"你叫银行怎么判断这种技术上的东西呢。"根木冷冷地回答，"融资可不是你想的那样。"

"那是哪样？"佃忍不住问。

"是生意啊。"根木凝视着佃的双眼说。

"可恶，什么鬼。那帮人只在有利可图的时候点头哈腰。"

佃坐在支行停车场的车上，很不甘心地敲了一下方向盘。

他很想抱怨银行，可是在殿村面前又不好开口。

"不好意思。"

殿村没精打采地说着，仿佛那都是自己的责任。

"那个叫根木的支行长根本不听人说话。"

"要是我的口才再好一点，说不定就不会这样了。"

殿村确实不算巧舌如簧之人。

"跟那个没关系吧。无论你怎么费尽口舌，都很难改变一个只顾着自保的人。"

其实，佃并非头一次经历这种事。

那次火箭发射失败后，佃作为发动机开发主任，被迫承担了所有责任，在研究所内失去了立足之地。

火箭发射是投资超过百亿日元的大项目，而且所有资金都来自税金，一旦失败就会遭到舆论的猛烈攻击，所以被追究责任也是理所当然。只是佃万万没想到，连平时对他评价很高的总负责人大场，在关键时刻都选择了自保。他将发射失败的原因归结为佃的发动机设计失误，把责任推得一干二净。

只有在离开日常，被逼到绝路时，才能看到真正的人性。

在名为"校验"的踢皮球过程中，佃之前构筑起的人际关系网彻底崩溃了。曾经齐心协力的伙伴都露出了真面目，争相批判对方，坚持自己的正当性。

人一旦选择了自保，就会变得顽固任性，当时佃就深刻体会到了这个事实。佃之所以决定离开研究所，既不是因为父亲去世，也不是因为自己背上了实验失败的责任。他感觉，对人际关系失去信任才是最大的理由。那种东西一旦出现裂痕，就再也无法复原，仿佛脆弱的瓷器。

"白水银行已经靠不住了。"

他把车开出去，带着沉重的心情穿过住宅区。回到公司，殿村马上拿来了融资表格，那张表上有公司未来半年的流水预测情况。

"到七月就不够用了吗？"

佃看完表格，坐在社长室的待客沙发上，双手交叠在脑后。

按照殿村的测算，佃制作所的结算资金到下个月就要见底，即使算上期间的营业额，预计七月下旬进行的结算也会出现资金不足。佃的公司没有发行期票，也就不存在"空头支票"，可若不支付采购款项，公司的运转就会停滞，再这样下去，就只有倒闭这一条路了。

"不能到别的银行借吗？"佃问。

"明天我先去其他银行问问，不过请别抱太大希望。"殿村说，"银行业界有个不成文的规定，就是公司面临危机时，会由主力银行给予援助。我们的主力银行就是白水银行，连他们都拒绝了融资请求，其他银行恐怕更不容易了。"

"全都照葫芦画瓢吗？真好，都不用动脑子。"佃嘲讽地说。

"真不好意思。"殿村又道了一声歉，"非主力银行一般会暗自揣测，认为主力银行跟企业来往较为密切，一定掌握了其他人不知道的经营情报。换言之，要是主力银行都收手了，肯定是出于某种原因。要是不顾这层关系，硬要给那个公司融资，不仅很难在行业内得到认可，万一发生什么事，还会被追究责任。"

又是自保。

"我是不懂银行内部的情况。"听殿村说明完内情，佃回答道，"不过，应该也有能理解我们、信任我们的银行吧。殿村先生以前不是说过，银行并不仅有人和纸吗？既然如此，说不定有那么一两个怪人愿意帮我们啊。"

殿村熟知银行的做派，所以低垂着头没有回答。佃想，那里面一定存在我这个外行人不懂的难处吧。

"那个，社长……"殿村抬起头问，"我想跟您商量件事。假设没法从银行筹集资金，那能否解约定期存款？我们也没有可以变卖的资产了。"

"拆定期？"

这话说起来有点滑稽，在殿村提起之前，佃甚至想都没想过解约定期存款。因为定期存款就像银行融资担保一样，他还以为一旦存进去就拿不出来了，没想到殿村竟提出解约。

"那样银行不会有意见吗？那叫什么来着，什么存款？"

"您是说保证金存款吗？"

"就是那个。"

虽然不是债务担保，可银行会要求公司保持那笔存款，以备不时之需。

"现在已经不是那种时代了，金融厅都禁止那种行为了。"殿村说。

"对方可能会要那笔钱做担保啊，白水银行搞不好已经考虑到我们要破产的情况了。"

"那就拒绝担保。"殿村斩钉截铁地说。

殿村是银行调派过来的人，解约定期存款不相当于他对银行竖起反旗吗？佃思索着，殿村如此建议，肯定下了很大决心吧。

"殿村先生……你如此提议让我很高兴，只是那样做，你的立场不会变得很尴尬吗？"佃担心地问了一句，没想到换来了殿村的反问。

"届时社长一定会聘用我吧？"

佃一脸呆滞。殿村又严肃地看着他说："我相信社长。虽然我以前是银行职员，但现在已经是佃制作所的员工了。为自己的公司考虑，难道不是理所当然的吗？"

佃实在太震惊了，一时回不上话。殿村继续道："我这人嘴笨，很容易被人误会。因为这个缺点，在银行也吃了不少亏。来这里之后有时我也会想，这个公司里是不是也有不少误解了我的人。不过，我喜欢这个公司，想跟社长、和大家一起工作。现在银行那边怎么看我我都无所谓了，只要能为佃制作所带来好处，就请您让我去做吧。"

殿村说完，深深低下了头。

"谢谢你，殿村先生。"

佃备受感动，好不容易才挤出这么一句话来。

殿村在桌上摊开定期存款明细表。

佃和他一起端详了一会儿，然后抱起手臂。

"拆了定期能撑多久啊?"

"要是勒紧裤腰带,大概能过一年吧。"

"一年……"

现在的佃实在说不清这段时间算长还是短。

"据说就算没油了,飞机也会因为惯性再飞一会儿。"殿村说,"现在的佃制作所就处在惯性飞行状态。没有了融资这个燃料,接下来就是能飞一会儿算一会儿。而那个时间就是一年。"

"在此期间,若找不到新的燃料就糟糕了。"

"没错。"殿村无比严肃地点点头,"为此,我们首先要应付这场诉讼。要是官司输了,不,就算官司没输,若不能在一年内解决问题,那就……"

"坠机。"

赛壬——佃突然想起自己研发的发动机。佃制作所就像当时的赛壬一样,正在一点一点偏离轨道。

它会跟赛壬一样化作海中泡沫,还是会重新回到成长的轨道上呢?

现在正是紧要关头。

6

"你回来啦,吃饭没?"

佃回到家,母亲和枝来到门口迎接。佃目前跟母亲和女儿三个人一起生活。

"还没,我一直待在公司。"

"是嘛,那真是辛苦你了。"

在母亲问话前,他甚至忘了自己还饿着肚子。

"今晚吃干烧青花鱼。"母亲边说边把锅架到炉子上，点起火来，"我给你把饭菜热热，你先去洗澡吧。慢慢来，不用着急。"

"那我就多泡一会儿……喂，我回来了。"

佃在走廊上朝起居室喊了一声。女儿利菜正在沙发上看电视。

那边传来一声不耐烦的回应。这孩子现在念初二，大概半年前就不怎么跟他说话了。佃不知道究竟发生了什么事，也不明白女儿到底对自己有什么不满意。虽说这也算是成长的一个阶段，可她的态度转变得太突然，让佃吃了一惊。

"学校怎么样？有意思吗？"

利菜上的是一所初高中连读的私立学校，社团加入了羽毛球部。学校方针讲究文体双全，所以校内的社团活动也很活跃。她每周一、三、五都有早练。

"没怎么样。"

利菜拿起遥控器，把上补习班时录下的唱歌节目音量调大。起居室里顿时响起流行歌曲的轰鸣。

"吵死了。"

佃忍不住生气地说完，却被女儿反咬一口。"最吵那个不是你吗？"

"你再这么说话我就把电视关了。"

"干吗啊，我不出声还不行吗。"

利菜不高兴地说完，打开电视机柜拿出了耳机。轰鸣的歌声马上变成细微的鼓点，家中总算恢复了足以听见佃叹息的安静。

"别总这么爱发火嘛。"母亲在厨房里安抚道，"这个年纪的孩子，就爱事事跟老爹对抗，这种时候你说什么都没用。我也经历过这个。"

"那都多少年前了。"

佃松开领带，穿过厨房跟起居室一体的房间，正要走向浴室。此时母亲从厨房探出头来，小声对他说："啊，对了、对了，差点儿忘了说，刚才沙耶给你打电话了哦。"

佃愣了片刻，接着露出不高兴的表情。沙耶是他的前妻。

"哦，她说什么？"

"说还会再打过来。"

佃继承家业第二年，沙耶跟他分开了。

他跟沙耶原是同一所大学的研究员，两人上大学时在网球社团结识，并开始交往。

沙耶坚强又知性，每次在社团讨论问题，她都会率先发表意见，一旦发展成争论，她也从未输过。

佃考上硕士研究生后，沙耶进入了另一个领域的研究生院，两人后来又读完了博士，在此期间一直保持着恋爱关系。佃获得留在大学担任研究助手的职位时，就跟尚在读书的沙耶结了婚，没过多久就生下了利菜。

沙耶与佃同为研究者，又是他的妻子，她带来的刺激和散发的魅力都无人能比。

两人的婚姻和研究生活都很美满，只是，那场火箭发射失败，同样给他们美好的生活造成了裂痕。

"哦，你要因为这种事辞职吗？"

佃找到沙耶商量离开研究所的事时，她用轻蔑的口吻说了这句话。无论当时还是现在，他的妻子都坚持要走研究道路，定期发表许多论文。在她看来，佃的决定恐怕是不可原谅的吧。

"你根本不懂。"

几经烦恼、深思熟虑得出的结论竟被如此嘲笑，佃忍不住反驳道。

这就是两人美满婚姻出现裂痕的那一刻。

之后，佃因为自己所不习惯的社长工作而历尽艰辛。毕竟他原本是个与实体经济毫无关系、不谙世事的研究者——

佃辞去研究工作后，环境的突然改变影响到了生活的方方面面。首先，当上社长以后，他发现这项工作十分繁忙，以往能分担的家务，现在都做不到了。另外，有一些场合需要沙耶以社长夫人的身份出席，给她也带来了不小的负担。

两人意见相左的情形越来越多，整天吵个不停。原本一致的价值观开始分道扬镳，最终到了再也无法修复的境地。

与此同时，沙耶接到邀请，让她到筑波的研究机构出任客座教授。她接受了。

她选择了与佃分开，扔下还在读小学二年级的利菜。换言之，沙耶放弃了家庭，选择了事业。

两人开始了分居生活，沙耶一个月顶多回来一次。原本预定为期一年的客座教授任期延长为两年，沙耶干脆提出了离婚。

"现在的你既没有梦想也没有希望。"沙耶说，"你整天只想着钱。我不想把余生浪费在这种人身上，不想再欺骗自己维持婚姻了。我想对自己诚实，度过无悔的人生。"

佃觉得这番话太任性了，不过这一定是沙耶的心声。因为她是个优秀的人，又追求完美主义，整个人充满斗志，绝不容忍妥协。

对沙耶来说，放弃研究者的道路，成为中小型企业经营者的伴侣，一定如同放弃浪漫理想，沦为现实主义者的落后人士吧。

"是你提的分手，所以我不能把利菜交给你。你接受吗？"

谈判最后，沙耶接受了佃的条件。

最后一晚，妻子陪伴着毫不知情的女儿睡。第二天一早，她仿佛正常上班一样走出了家门，包里装着佃签了字盖了章的离婚协议。

佃从挂在起居室的外套口袋里拿出手机，走到二楼的卧室。

他翻开手机，发现屏幕上显示有一通未接来电。

是沙耶。看来她是打到手机上没人接，才又打到家里来了。佃给她回了个电话。

"不好意思，打扰你了。我打电话是因为听说了一个消息。你是不是被中岛工业告了？"

沙耶久违的声音传来，语调干练，仿佛在跟工作对象说话。佃仿佛能看到她撩起头发的样子。

他站起来，下意识地拉开窗帘。窗玻璃上映出一个紧握手机、一脸疲惫的中年男人。

"我想问问你情况如何。我跟中岛工业有过一些来往，知道他们的法庭策略很高明。而且我听说，他们手下有一支专业的律师队伍，就想问问你们公司的律师怎么样。"

"我的事轮不到你操心。"佃冷冷地说。

"是吗，那算了。"沙耶很干脆地回答。

"就这些吗？"

"就这些。"

佃正准备挂电话，却听到沙耶继续说："要是你找不到合适的律师，我可以给你介绍一位。是专攻知识产权的，很厉害，出身于田村大川法律事务所。"

"什么田村大川？"

"你不知道吗？那就是中岛工业的签约律所。那个律所的头号律师几年前独立出来了，专门跟帮中岛工业牟利的原事务所对着干。你有兴趣吗？"

"不好意思，我已经有律师了。"

佃边说边想起了田边律师的脸。

"是吗，那我挂了。看你这么有精神我就安心了，代我向利菜问好。下周六我答应带她去购物，拜托了。"

你近况如何——佃还没来得及问，前妻就把电话挂掉了。

"还是这么以自我为中心。"

佃把手机往床上一扔，自言自语地骂了一声。

7

"不过话说回来，那个佃制作所的社长还真是什么都不懂啊。竟然主动给原告打电话，真是贻笑大方。"

来到饭仓片町经常光顾的酒吧喝第二摊时，下属西森说了这句话。两人刚从合作公司的招待宴中解放出来，郑重婉拒了对方送行的提议，只请他们帮忙叫了一辆出租车。

那天下午接到佃社长电话的人就是西森，他是把佃告上法庭的中岛工业事业企划部的一名组长。

下属轻蔑的语气惹得三田嗤笑一声。这个西森被劝了不少酒，比往常更口无遮拦了。

"谁管他原来是不是研究者，现在不过管着一个中小企业里的中小企业。连危机应对机制都没有，真让人无语。"

三田心想，那是当然，哪有把诉讼风险都考虑得面面俱到的中小企业，当然没有了。所以才对他们有好处啊。

"这轮我们赢定了吧。"

西森醉醺醺地给尚未开始的官司下了定论。

西森今年三十二岁，三个月前刚调到三田手下。他的工作能力不好不坏，是个爱打扮的单身男子，很受女员工欢迎。只是作为下属，他就略显不足了。

"老实说，赢不赢不是问题。"三田对口出狂言的下属严肃地说，"胜诉乃是理所当然。"

他把目光转向昏暗的虚空，露出狡猾的微笑。

"我们起诉，然后通过媒体公开宣布本公司要起诉佃制作所侵犯专利权。你觉得世人会怎么想？以前一直购买佃制发动机的公司会作何反应？跟他们合作的银行会怎么想？然后我们真正来到法庭上了。这时候要花的钱不计其数，要花的精力也难以估量。要是官司一直拖下去会怎样……佃究竟能支撑多久，这难道不是一场好戏吗？"

"原来如此，这是看谁最耗得起啊。"西森邪魅地笑了，"等到把他拖垮，那无论结果如何，都是我们获胜啊。"

"你这才明白过来？"

三田高举双手，抻了抻刚才在酒局上绷得僵硬的背部肌肉，继续他惯常的说教。

"你给我听好了，这世界上有两种规则，一种是道德，一种是法律。我们人类之所以不会轻易杀人，并非因为法律禁止，而是被道德所支配，知道不能做那种事。可是公司就不一样了。公司不需要道德。公司只要遵守法律，无论做什么都不会受到惩罚。就算弄死竞争对手也可以。怎么样，是不是学到一招？"

为此而把诉讼当作道具，这就是中岛工业的撒手锏。

若对方是中小企业，就更适合动用这招得意技能了。

"既然如此，咱们就赶紧把佃给弄死吧。"西森用醉汉特有的开朗语气说道，"只要那个公司倒掉，小型发动机领域就是我们的天下了。"

"呵呵。"三田煞有介事地举起酒杯,"不过西森啊,这里面还是有点讲究的。"

"什么讲究?"西森一脸茫然地问道。

"最佳策略不是把佃彻底消灭,而是要让他半死不活。"

"半死不活?"西森似乎没太明白,眼睛滴溜溜地转了几圈,"为什么啊?那种狗屁公司,直接碾死不是更痛快吗?"

明明跟佃制作所没打过什么交道,西森却将其视为眼中钉。

"那我这样说你该明白了吧。"三田似乎有点不高兴,竖起了中指,"假设你指挥着一支英国舰队,刚刚发现了一支拿破仑军的舰队,我们假设那些船上装满了金银财宝。这种时候,把船击沉真的是最佳策略吗?"

"我当然想在击沉对方之前先把金银财宝搞到手!"

这个轻浮的下属不正经地敬了个礼。

"对吧?道理都是一样的。"三田将犀利的目光投向虚空,"之所以说佃是我们的强劲对手,完全在于他的技术能力。如果让那个宝贝沉到海底就太可惜了。所以我们要先狠狠出击,趁他半死不活的时候再伸出援手。"

"庭外和解对吧?"

也不知西森到底明没明白,不过应声倒是很快。

"没错。我们可以不要赔偿金,转而要求佃交出超过一半的公司股份。这样一来,就能把佃制作所收入中岛工业的麾下了。你觉得这个计策怎么样?"

"不过那位社长会接受我们的条件吗?"西森突然发出疑问,"从电话里的感觉来看,他好像很顽固啊。"

"钱能使人改变。"三田道出自己的信条,"等到明天就要揭不开锅，员工的工资发不出来，采购的货款快要到期，金融机构过来催债，再这么下去，不仅是家人，连公司员工都要露宿街头的时候，我们提出的和解方案就会变成地狱里遇到的菩萨了。要是哪个经营者不马上接受，那他就是真正的傻瓜。"

"真不愧是三田先生，想得太周到了。"

西森竖起拇指开始拍马屁。

"这就是中岛工业的策略，你给我记牢了。"

三田自豪地说完，朝酒保举起空酒杯，让他给自己添满。

8

"虽然我已经做好了心理准备，不过感觉比预料的还糟糕啊。"

殿村一脸筋疲力尽。为了找人接手已遭白水银行拒绝的三亿日元融资，他这几天跑了不少银行。

现在是下午五点的经营会议。

"我向东京中央银行和城南银行各申请了一亿五千万日元，可是公司卷入了诉讼，以及合作银行拒绝融资的事都让事情非常难办。东京中央银行昨天已经正式告知事情成不了，城南银行那边还在商议。不过听负责人的话，希望应该不大。"

"因为主力银行拒绝了，所以别人也跟着拒绝，那被主力银行抛弃的公司就再也借不到钱了吗？"佃不甘心地说。

"我认为银行也有苦衷。毕竟融资变成坏账就得担责任，只要不融资就不用担责任。这个世道，很少有支行长会冒可能会破坏自己仕途的风险。"

殿村的语气带着对这种憋屈事态的苦恼。

"金融公库怎么样?那里应该不太一样吧?"

听了佃的话,殿村摇摇头。

"我已经问过了,那边说不可能……"

佃长叹一声,绝望地说:"还是只能把存款拆出来花掉了啊。"

"解除定期的事,我已经跟白水银行说好了。"殿村说。

白水银行是殿村的前东家。不,正确来说,现在他还是外派的身份,一部分薪水仍由白水银行支付。殿村虽然不说,但说服银行让公司把长年累月存下来的七亿日元用掉,肯定是一场艰难的交涉吧。

靠这笔钱他们还能支撑一年。

在此期间,必须解决诉讼,并填上京浜机械停止交易造成的营业额缺口。

一年的时间,实在太短暂了。

中岛工业提起起诉一事已经过去两周了,现在是五月下旬,诉讼的余波开始影响公司的业务。再这样下去,资金困难的局面恐怕会提早出现。

就在佃一脸阴沉,心中充满不安的时候,第一营业部部长津野举起手说:"我有句话,可以说吗?"他的表情异常僵硬,"那个,京叶和平工程公司提出,取消斯特拉的订单。"

会议室内一阵骚动。

"为什么?他们的订单都上线生产了。"佃慌忙追问。

津野咬了咬嘴唇说:"虽说如此……对方说是担心维护问题。要是我们的官司输了,不得不中止销售,那就会在更换零部件时遇到麻烦。我极力劝说他们不会这样,可对方就是不松口。"

佃无言以对。津野继续沉重地说:"要是不打赢官司,我们可就走投无路了。官司现在到底是什么情况？"

"已经送出了答辩书。"佃回答，"下周会有第一次口头辩论。"

"预期如何？"津野略显迟疑地问道，"我是觉得我们不可能输，只是一旦变成在法律条文上进行争论，我就不知道结果会怎样了。"

佃不知该如何回答。虽然把事情交给了田边，但老实说，他并不放心。

"我不是怀疑田边律师的能力，可专利诉讼应该属于特殊类别吧。"

插嘴进来的是技术研发部部长山崎。

山崎照田边的吩咐提交了资料，后来还被田边叫去了两三次对资料进行解释。

他那张窥向这边的脸上仿佛写着，要不换个律师吧？

"中岛工业的律师好像都是专家吧。"津野表现得越发不安了，"跟那些人对抗，我们真的没问题吗？"

"我认为，对技术的理解也不能决定一切。田边律师也是身经百战的老资格，应该能应付得来。"

佃的话里有几分祈祷的意思，一半也是对自己说的。在场的所有人都面色凝重，沉默着，有的咬紧嘴唇，有的抱起胳膊看向天花板。大家或许都有自己的想法，只是没有一个人说出来。既然社长都这么说了，他们只能姑且听从——佃能清楚感觉到他们的这种态度，只是……

第一次口头辩论当天，看到原告席上的中岛工业代理律师，田边的表情十分僵硬。

"被告把我们的主张全盘否认了,这实在难以理喻,更让人怀疑他们的说法是否经过正规途径检验。"原告律师一上来就如此主张道。

佃坐在旁听席上,真想骂一句"哪里难以理喻了",然后愤然离场。

然而中岛工业的律师并不管佃在想什么,接二连三地吐出专业用词,进行一连串技术性控诉。

"虽然是第一次口头辩论,但我想请问被告代理律师,对于刚才原告律师的问题,你有什么说法吗?"

审判长的问题让田边的表情越发僵硬了。

"情况不妙啊,社长。"

在安静的小法庭中,在佃身旁一同旁观的殿村耳语道。

"关于这点,我方将在下次提出反驳证据。"

田边选择了逃避,可是——

"我反对。"中岛工业的代理人毫不留情,"被告在答辩书里就没有提出足够的证据,已经给我方的口头答辩及准备工作造成阻碍。"中岛工业的代理人充满自信,"刚才我方提出的,都是与本案所述的侵权事实相关的基本事项,被告代理人在方才的表态中完全否定了我方的主张,但关键就在于,必须拿出相关证据,方可得出否定结论。可到目前为止,被告一直无法拿出明确证据,我方很难理解,被告究竟是以什么为依据制作了答辩书。"

说到这里,中岛工业的律师带着不能称为敌意,而是游刃有余的表情落座了。

叫什么来着……佃开始回忆与前妻的那通电话。中岛工业签约的律师事务所叫什么来着?

刚结束发言落座的律师看起来四十出头,戴着银边眼镜,样子看着就机灵。他旁边还坐着一位二十几岁的年轻律师。两人都正值壮年，精力旺盛，给人的印象也是充满活力。

与之相比，六十岁的田边律师看起来无比弱小、苍老。放在被告席上的破公文包更突出了这种印象。

很早以前，佃制作所卷入了一起索赔诉讼，田边律师表现出了充满自信的英姿。如今的身影与那时实在相差太远，这让佃不禁感叹，同样是律师的工作，一旦业务领域不同，就会表现得天差地别。

据田边事先的说明，第一次口头辩论法官顶多只会确认资料，表明对争议点的态度。可眼下的发展完全出乎意料。

反过来说，如果这就是中岛工业的法庭战略，那佃制作所或许已彻底陷入对方的圈套中。

"被告代理人，你意下如何？接下来我想占用你一些时间，计划一下审理手续。你方的反证方案准备完备了吗，能定下具体提交日期吗？"

审判长略显尖厉的声音里仿佛透着责难。

"目前我方尚在巩固反证相关的证据。"田边满头大汗，发言响彻法庭，"只是还不能明确提交反证方案的具体时间。请容我方在下次辩论准备手续中一同确认日程。"

"是吗……"审判长盯着田边看了好一会儿，才嘀咕了这么一句，"那很遗憾，这次辩论到此为止。至于下次辩论的准备手续……"

双方代理人各自陈述了预定时间，最后定为四十天后。佃走进法庭时特别紧张，没想到辩论不到三十分钟就结束了。可是，在这么短的时间里，中岛工业的律师似乎已经稳稳地抓住了审判长的心，给自己赚足了分数。

"照这个节奏，真不知道什么时候才能完成庭审啊。"佃沮丧地说。

"就是。"

殿村一本正经地点点头，此时田边也抿着嘴唇从法庭走了出来。

"辛苦您了。"

佃打了声招呼，却听到田边说了句："能换个地方说话吗？"说完，律师便径直走进了旁边大楼里的咖啡厅。

"今天的口头辩论有点出乎意料，不过情况和我想的差不多。"田边强装镇定，喝了一口服务员端来的咖啡，"下次进行辩论准备手续时要提交我们的反证证据，所以在此之前必须准备好充足的证据，否则将会很难办。正如两位在庭上听到的，对方的代理律师对技术非常熟悉。"

佃不知道该如何回应。老实说，今天的庭审让他很不满意。

庭审开始前，他们已经充分分析过诉状，也对田边仔细说明了公司对争议点的反证依据。要是他真的理解了那些内容，方才中岛工业的攻击根本不算什么，说不定还能反过来将对方辩倒。可是田边却没有这么做。不，是没能这么做。

"下次辩论前，贵公司能把论点总结成更详细一些的资料给我吗？"

听了田边的话，佃忍不住开口道："律师，恕我直言，这个诉讼对您来说是不是负担过重了？"

可能在庭审中渴得不行，一直轮流喝着咖啡和凉水的田边停下了动作。

佃继续道："刚才对方律师指出的事项都属于基本中的基本，如果律师您完全理解了此前我们做的解说，应该能轻易反驳回去。"

"佃先生是搞技术的,那当然容易了。"田边略显心虚地反驳,"但对门外汉来说,要充分理解专业知识,还要应付对方突然提出的指责,那可就有点难了。"

"话确实是这么说没错。"佃尽量语气平和地说,"也正因为这样,我才感觉这次的诉讼可能很困难。而且对方律师看起来掌握了很多技术方面的知识,不是吗?要是今后庭审时,每次受到攻击,都要推脱到下次回答,那时间就拖太久了……"

"那不是推脱。"可能是伤到了自尊,田边的语气变得尖锐起来,"打官司就是这样的。要是没做准备就进行反驳,一旦被人揪住说错的地方,就正中他们下怀了。"

田边说得或许很有道理,可照他那种做法,根本无法预料审判会何时结束,佃制作所什么时候才能证明自身清白。

佃制作所的资金只够运转一年。

可是,按照现在的节奏,恐怕区区一年根本不够用。

届时,佃制作所就会被逼到悬崖边上。然而现在佃也不知道该如何渡过这个难关。

他感到口中一片苦涩,仿佛胆汁上涌。

"律师,我们只有一年时间。"就在此时,殿村在旁边开了口。他将双手放在膝头,挺直了身子,表情决绝地看着田边,说:"其实,考虑到实际的资金周转情况,审判最好能在十个月内得出结果。必须想办法在这段时间内打赢这场官司。"

"你跟我说这些也没用啊。"田边说出了算是否定的话,"光是侵权裁定就要花上那么长时间。"

田边继续解释道,简单来讲,侵权裁定就是对中岛工业提出的佃制作所存在的侵权部分进行审理,然后裁定是否存在侵权现象。如果侵权被认定为事实，接下来就是审定损害赔偿。专利诉讼一般都会分成这两个阶段。

"律师，我不是说了我们根本没侵权嘛。"佃有点窝火，"那只需完成侵权裁定，诉讼就结束了啊。"

"如果能提出完美无瑕的证据，那确实就算结束了。可是，对方肯定也会提出各种证据来驳回我们的说法，对不对？这样就很难百分之百得出我方正确的结论了。"

"要是得不出我方正确的结论，我们不就要赔钱给中岛工业了吗？开什么玩笑，哪怕只判决赔一分钱，都是我们输了。"

听完佃愤慨的发言，田边沮丧地说："还要考虑审判长的个人印象啊。"明明是田边在庭上一句话都反驳不上来，给审判长留下了不好的印象，他却若无其事地说出了这种话。"无论你再怎么主张自己是对的，只要审判长不认可，那就没用。"

"话可能是这么说，可是……"

不知是因为不甘心还是生气，佃用力咬住了嘴唇。就在这时——

"律师，实在不好意思，能让我们重新选一个律师应对这场官司吗？"

是殿村说出了这句出人意料的话。

"你说什么？"

资深律师的目光中充满愤怒，死死盯着比平时显得更方的殿村的脸。

"不是你们跑过来委托我辩护的吗，现在又让我退出？第一次口头辩论才刚结束啊。"

"我们没有时间了。"殿村带着毅然决然的表情看着田边，"然而，像今天这种做法，肯定会超出我们预期的时间。刚才那场口头辩论，如果处理得当，应该能直接推进到计划审理才对。那样一来，或许还能预测出大致的进程。"

"我不是说了吗……"田边略显恼怒地说，"随意反驳会中了对方的圈套。"

"那就别随便反驳啊。"殿村反驳道。他这说法有点孩子气，但通过表情，可见殿村是在十分认真地跟资深律师叫板。

"要是能那样，我还费什么力啊。你到底懂不懂什么叫打官司？"田边很不高兴地看向佃，"要是贵公司想更换代理律师，那就请便吧。随便你们怎么换，只要换完了通知我一声就好。在此之前，你们的官司我就不管了。"

田边说完，留下佃和殿村，大步离开了。

9

"真不好意思，社长。我刚才不该如此僭越。"

回到公司，走进社长室商讨下一步对策时，殿村先这么说道。

"别在意。虽然吓了我一跳，不过仔细想想，那句话其实应该由我来说。"

殿村略显惊讶地抬起头，很快又说："真不好意思。"

收到诉状时，殿村担心的就是今天庭审时的光景。

殿村早已提议把官司委托给熟悉知识产权诉讼的律师，而正是佃坚持要找田边，只因为他是公司的顾问律师。

看来，他的决定出错了。

"这场官司更讲究技巧，而不是法理。"殿村说，"因此，仅仅是法学专业出身的文科律师无法取胜，还是要找懂技术的律师才行。"

"就像中岛工业请的那些律师吗?"

"没错。社长,我们赶紧去找那样的律师吧,时间紧迫啊。"

"能找到那种律师吗……"

佃咕哝了一句,突然想起沙耶的话,立刻抬起头来。

"您有想法了?"

——要是你找不到合适的律师,我可以给你介绍一位。是专攻知识产权的,很厉害。

"对方是什么样的律师?"殿村追问道。

"据说是从跟中岛工业签约的律所出来的律师。"

"中岛工业?"殿村吃了一惊,"来自那个律所的律师,怎么会……"

"是独立出来的,而且据说很厉害。"

"社长。"殿村向前探出身子,"我们跟这位律师见见面吧。如果对方愿意接手我们的官司,绝对比现在这样要好。能请您联系他吗?"

尽管请前妻帮忙办事让他很不爽,可是看殿村低下了头,佃只得掏出手机。

"是你啊,有事吗?"

前妻的声音有点含糊,听起来有气无力。

"不好意思,打扰你了。没事吧?"

佃以为她身体不舒服正在休息,便问了一句。

"不是啦。"沙耶说,"我在伦敦参加学术研讨会呢,这里现在是早上六点。"

学术研讨会和伦敦,这两个词对现在的佃来说是无比遥远的概念。

"我想请你帮忙介绍一下上回你提过的律师。"

隔了一会儿，佃才听到回答。

"情况怎么样？"

"今天是第一次口头辩论，老实说，情况算不上好。我并非不信任公司的代理律师，只是就算他不会把官司打输，也会拖很长时间，我们的钱包会先撑不住。"

"毕竟中小企业，血量有限啊。"

"一点没错。"佃承认道，"所以，希望你把上次说的那位律师介绍给我。"

"可以啊，他叫神谷——"

"稍等一下。"

佃开始在办公桌上到处找便笺，而沙耶仿佛能看到他那副样子般，在电话那头说了一句："别找了，我发邮件给你。他在西新桥开了间事务所，就是聚集了很多律所的地方，这样吧，我先跟神谷律师联系一下。"

结束通话几分钟后，沙耶发来了神谷的联系方式。

> 他现在好像就在事务所那边，你马上联系他吧。这种事早做早好，宝贵的时间要用在有意义的地方才行哦。
>
> 神谷修一律师，神谷坂井法律事务所代表，律所地址在虎之门。

佃用座机拨通了那个号码，然后盯着邮件最后一行字看了好多遍——他可是知识产权方面全国顶尖的律师。

10

　　六月的第一个星期一，初夏的阳光已十分炫目，佃与殿村、山崎一同来到虎之门的律所拜访神谷。

　　乘电梯上到七楼，穿过毫无装饰，整洁得略显煞风景的走廊，三人来到了只有一部电话的前台。

　　内线电话一览表上罗列着律所律师的姓名，他们拨通了最上方神谷律师的内线。不一会儿，一名貌似秘书的女子走了出来，他们被领到一间放着大办公桌和皮椅子的会议室。

　　等待了几分钟后，走进来的竟是一个跟佃年龄相仿，气质和蔼可亲的男人。

　　听闻对方是该领域全国顶尖的律师，佃还以为会见到一位德高望重的老律师，因此他的年轻首先让佃吃了一惊。

　　"让各位久等了，这地方还算好找吧？"

　　来人边问边把怀里抱着的一沓资料放到桌上。

　　那是佃制作所两天前送过来的资料，里面有诉状、佃制作所和中岛工业的发动机图册与设计说明书，另外还有佃制作所总结的比对资料和争议焦点的专利资料。送来时资料塞满了一个小号纸箱，数量庞大，现在再看，里面夹了很多标签。看来神谷在这两天里把资料都看了一遍。这项工作应该十分辛苦，可他丝毫没有表现出疲态。

　　神谷先叫人给他们端来咖啡，然后说："不过贵公司还真是不走运啊。跟中岛作对，一般律师基本上都胜不过他们。"

　　佃还没告诉他第一次口头辩论的情况，不过既然人已经来了，神谷恐怕也能猜到是什么情况。

　　"不好意思，请问和泉老师跟佃先生是什么关系？"

"她是我前妻……"

虽然有点尴尬，佃还是如实回答了。沙耶那家伙，既然说介绍，干吗不把情况说清楚。她还是那么不解人意。

"哦，那真是失礼了。"神谷苦笑着挠挠头，"和泉老师什么也没说，我还以为您是不是跟研究所有关系。不过，佃先生以前也是做研究的吧？我看过贵公司的主页了。"

"是的。"佃说完，介绍了两名同行人员，"这位是我们的技术研发部部长山崎，他是我大学时的后辈。另外这位是财务殿村。"

殿村十分拘谨，一本正经地鞠躬道："请多关照。"

一行人迅速进入正题。

"感谢你们给我的这些资料，真是派上大用场了。不过我还有几点不明之处，在讨论诉讼之前，请先让我问几个问题。这次约了这么长时间，也是因为这个。"

来之前，神谷就明说请他们空出大约两小时的商谈时间。

山崎闻言，迫不及待地把发动机模型抱到了桌面上。

"首先，我想就贵公司的发动机结构提个问题。"

神谷从摊在桌上的资料堆中拿起笔记，向山崎提出了专业性的问题。

接下来的将近一个小时，他们都没在谈诉讼，而是一一解答神谷感兴趣和关心的问题，以及关键疑问。

令人惊讶的是，神谷的专业知识水平非常高。

佃好几次都产生了自己在跟研究人员说话的错觉。神谷虽然在做律师工作，但恐怕能力也足以成为一流的技术人员。

此行出发之前，佃看律所成员介绍时也预见到了这一点。

神谷大学学的是技术专业，毕业后他一边在机械制造厂工作，一边兼任专利代理人。其后他开始学习法律，并通过了司法考试。拥有这种经历的神谷，正是佃制作所现在所需要的人才。神谷的求知心让佃有种熟悉的感觉，因为那不是法律工作者的求知心，倒更像研究者的求知心。

神谷问的问题也印证了他的能力水平之高。他没有提任何浪费时间的问题，也不存在重复之处。

"这样就清楚多了。"漫长的对话告一段落后，神谷笑着这么说。

佃闻言，发自内心地回答："这不算什么。"

在银行和田边律师那边，他们已深刻体会过解释技术问题的难度。而神谷与田边不一样，他不会逃避技术问题，而是努力去倾听，这种态度就能帮助他理解双方争论的焦点了。

"我反倒想感谢您，提出了很多有质量的问题。"

这话听起来可能夸张，却是佃的真实想法。

神谷又浏览了一遍中岛工业的诉状，以及中岛工业的专利内容，随后抱起双臂。

"这个嘛……"神谷的脸上没有了笑容，"我已经理解了佃先生的主张，不过，此次诉讼中，要在庭上让审判长完全认可，恐怕很困难。"

"是吗……"佃大失所望。

若是田边那种不懂技术的律师说出这样的话，他会嗤之以鼻，但被神谷这么一说，就是沉重的打击了。一度高涨的期待瞬间萎靡下来。

"可是说句实话，我无法接受。中岛工业说我们的技术侵犯了他们的专利权，这简直是胡说八道。"佃不高兴地说，"不仅如此，中岛工业的这个专利跟我们更早以前申请到的专利极为相似，我还想告他侵犯专利权呢。"

"正是如此。"神谷把圆珠笔放到桌上，重新看向佃，"您知道事情为什么会变成这样吗？"

"您问我为什么……"佃不知该如何回答。

"恕我直言，那是因为佃先生在更早以前申请到的专利不够好。"

佃不明白神谷究竟想说什么，只能盯着他看。专利不够好是什么意思？

"律师，您是说我们的技术不够好吗？"

佃忍不住换上了冷冰冰的语气，而神谷则摇摇头。

"不是。贵公司创造出专利技术的研发能力，以及技术本身都非常好。可是，这跟专利够不够好是两回事。"

他的话让佃感到很意外，或者说他想都没往这方面想过。

"我来简单说明一下吧。假设我发明了杯子这种东西。"神谷拿起剩下半杯咖啡的塑料杯，摆到佃面前，"那么，我该如何表述这个东西呢？所谓专利，就是以前从未有过的发明，因此问题的关键就在于如何对它进行说明和定义。这是一个中空的圆柱状物体，有底，材质是塑料——假设我在专利申请上写了这样的内容，请问，这样够不够好？"

"我感觉没错，这样不行吗？"佃问。

"从结论来讲，这算不上好专利。这个专利被认可后，如果有人做了一只玻璃杯该怎么办？或者外形并非圆柱形，而是方形的，又该怎么办？这两种杯子算侵犯了专利权吗？"神谷轮番看着佃这边三个人的脸，继续道，"从结论来说，第一个人申请专利时，将自己的发明定义为圆柱状的塑料材质物体，所以以此为根据，就很难控诉别人侵犯专利权。"

"原来如此。"佃恍然大悟,"换言之,我们的专利也有同样的问题吗?"

"正是如此。佃制作所申请到的专利是运用了新概念的优秀技术,只不过,这个专利存在漏洞。中岛工业后来申请的专利,说白了就是利用了你们的漏洞,再将周边加固,变成一个滴水不漏的专利。"

神谷用指尖"咚咚"地敲着桌上的诉状,开始了激情演说。

"无论发明杯子这种概念多么惊为天人,佃先生的专利都没能充分涵盖到自己的发明。因为你把它定义为圆柱状的塑料材质,使它的范围变狭窄了。中岛工业利用这个漏洞,申请了涵盖性更广的专利,包含各种形状和各种材质。这样一来,如果下次佃先生做了一个方杯,就反倒侵犯了他们的专利权。这就是目前这起专利诉讼案的基本构架。"

神谷的意思是,一切起因都在于佃制作所的专利不够好。

"那我们该怎么办啊,律师?"

佃问了一声,神谷却没有直接回答,而是说:"能给我一点时间吗?大约一周就好。"

"那您的意思是,愿意接受我们的委托啦?"殿村问道。

"只要佃先生没意见。"神谷回答,"更何况贵公司的对手是中岛工业,我出于自己的理由,也不能扔下你们不管。"

神谷曾经在中岛工业的顾问律师事务所工作过。后来,他跟事务所产生经营方针上的分歧,最后分道扬镳。对他来说,这恐怕不仅仅是一次普通的专利诉讼。

"那就麻烦您了。"

佃说完,神谷伸出右手。

"我也是,希望能与您合作愉快。"

佃用力握住他的手，双方站到了同一阵营。

"我们更换代理律师一事，是否该知会对方？"殿村问道。

"是的，不过这件事我这边会负责。田边律师那边就请您去处理了。另外，我现在最担心的是，一旦庭审长期没有定论，贵公司可能会撑不住。也就是说，资金问题是最让我操心的。"

神谷主动提出了关键点。

"这点由我来说明吧。"

殿村向他道明了筹集资金的经过，神谷的表情更加阴郁了。

"我们正在寻找新的合作银行，只是很难找到。"

以白水银行为代表的现有合作银行已回绝了融资申请，佃制作所也没找到新的合作银行。佃已不抱任何希望了，觉得在官司结束之前注定是借不到钱了。

"您的情况我很理解。"神谷说，想必他一直做这种工作，总会遇到情况相似的案例，"不过贵公司掌握着如此尖端的技术，这样实在太可惜了。也可能正因为这样，中岛工业才会打这场官司。"

神谷说了句让佃很在意的话。

"这是什么意思呢？"佃说。

"中岛工业提起诉讼的目的。"

"目的？不是因为我们的斯特拉跟他们的产品抢生意，想要除之而后快吗？"

"如果硬要说的话，这也算目的之一。可我觉得事情并没有这么简单。"

"那他们还能有什么目的？"

"收购。"神谷给出了意料之外的回答。不仅是佃，连山崎和熟悉金融的殿村都一时愣住了。

"收购？我们？"

"中岛工业确实有可能这么做。这样一想，他们打这场官司的目的就可能不仅仅是为了胜诉，而是想把佃制作所逼上绝路。只要这起诉讼久拖不决，贵公司就会陷入资金困境。中岛工业极有可能趁此机会提出和解议案，比如用超过半数的股份来冲抵赔偿金。"

要是被中岛工业掌握了超过半数的股份，公司的所有权也就会落到他们手上。

"这也太乱来了！"佃激动得唾沫横飞，"中岛工业是金融黑帮吗！"

"发展到这个地步，我想也差不多可以这么说。他们跟律师一向合作紧密，把这种行为当成企业经营的一环。"

神谷曾在中岛工业的顾问律师事务所工作过，他的话自然值得信任。佃听完这番话，有点理解他为何要离开那个事务所了。

这种不道德的做法真的没有任何问题吗？

佃气愤不已，咬紧牙关，抱起胳膊，死死盯着神谷头顶的虚空。神谷的话再次传到他的耳朵里。

"他们的方针就是，只要合法就能为所欲为。中岛工业一直在靠这种手段将中小企业研发的技术据为己有。利用法律从弱者手中夺走重要的财产，这就是他们的策略。请您务必意识到，现在佃制作所成了他们的目标。"

殿村在佃旁边咽了口唾沫。

神谷的话极具威胁性，几乎等同于宣判死刑。

被如此强大的敌人盯上，他们真的能全身而退吗？

而且，佃虽然懂技术，却对专利和法庭策略一无所知。现在能依靠的人只有神谷。可是，神谷这样做算是跟前东家作对，而且恐怕也万分困难，毕竟那个事务所里一定有不少跟神谷水平相当的人。

"因此，这不是单纯谈论技术就能解决的问题，恐怕需要一个更宏大的战略。"

"更宏大的战略？"佃反问道。

"为了在诉讼中获得有利地位，光靠收集技术佐证还不够。但至于还能做些什么，我要再想想办法。"

接着神谷又向山崎等人要了些追加资料，然后对佃说："法庭上的战略就请交给我吧，只是资金问题我无法解决。我会尽量在贵公司提出的十个月期限内完成诉讼，可即便如此，贵公司可能也无法马上筹集到资金。这样一来，就要提前想好对策了。佃先生，请您尽力寻觅能够提供资金的对象。"神谷十分笃定地说，"贵公司拥有如此高端的技术，一定能找到愿意支持佃制作所的金融机构。"

可以说，资金问题是佃制作所目前面临的最大难题。

殿村一脸悲凉，沉默不语。

真正的战斗才刚刚开始。

11

"你要我到哪儿去找金融机构……"

殿村右手拿着啤酒杯，长叹一声。

为了犒劳大家，佃带他们来到了自由之丘的一家居酒屋。

在场的人有佃、殿村、山崎和津野。

"原来打过交道的银行都找过了，连为开发新业务留下名片的银行我也都走了一遍。"

不知道还能去哪里找能融到资的金融机构了。

"对不住啊，殿村先生。"津野不好意思地给殿村满上了酒，"要是业绩再好一点，结果可能就不同了。"

佃制作所有两个营业部，第一营业部负责公司主打的小型发动机的销售，第二营业部负责其他产品。京浜机械的订单由津野担任部长的第一营业部负责，他感到自己责任重大，最近铆足了劲儿开发新业务。

"我会想办法，在半年之内填上京浜机械的缺口。"

"那就拜托你了。"殿村用中指推了推银边眼镜，低头说道，"在此之前，我会用存款想办法渡过难关。"

这顿酒喝得真够悲凉。

"不过，说起来，那个神谷先生有点天真了啊。"山崎说，"说什么一定有金融机构愿意支持我们的，这话虽然好听，可实际上根本没有吧。"

"他只是为了鼓励我们。"津野说完，转向佃寻求赞同，"对吧，社长？"

"嗯，可能是吧。"

神谷律师的专业是与专利相关的法务工作，并非资金流。从这个意义上说，殿村更了解银行贷款业务，而且是个专家。

"他理解错了。"殿村指出，"神谷律师认为，公司的技术摆在那里，所以一定能找到提供支持的金融机构。可事实上，几乎没有一家银行能对技术能力做出评判。"

"比如白水银行就不行。"佃拿起剩下一半的啤酒，仰脖喝了一大口，"无论我们怎么说我们的技术有多先进，他们就是不愿意相信。"

"我想问一下殿村先生，外面不是有很多创业公司吗，他们是怎么拿到银行投资的？"山崎提出了疑问，"要是银行无法评判技术能力，一定也无法评估新创意和新机制这种东西有多少价值吧？"

"基本上没有银行会给创业公司投资。"

他的回答让人十分意外。

"殿村先生，这是真的吗？"佃忍不住追问，"那他们的钱从哪儿来？"

"比如天使投资人。"

"天使？"

"就是给企业投资的资本家。"殿村回答，"很多天使投资人觉得，只要项目足够有趣，出个一千万日元也不是不可以。"

"这我可从没听说过。"佃吃了一惊，随后嘀咕道，"有没有愿意出三亿日元的天使投资人啊？"

"这肯定没有吧。"

山崎话音刚落，却见殿村陷入了沉思。

"殿村先生，你怎么了？"津野问。

"可能有。"

这个回答让佃等人吃了一惊。

"是怎么回事？"佃问。

"我此前满脑子想的都是找银行借钱，"殿村说，"可是仔细想想，金融机构不只有银行，也并非只有从银行借钱才叫筹集资金——社长，几个月前有个叫全国投资的公司来找过我们，社长您当时还跟负责人交换过名片，您还记得吗？"

"全国投资……"

佃努力回忆，但还是想不起来。

"是一家风投公司。"

"那是啥啊？"

"专门给还未上市，但是富有前景的公司投资的地方。"殿村解释道，"他们或许能看上我们公司。"

"那还是投资吗？"山崎提出异议，"要是公司被霸占了，可不得了。"

"但我认为还是值得谈谈的。只要有可能，我想挑战一下。"

"知道了。"看到殿村那么热情，佃同意了，"不过殿村先生，那个全国投资会看好我们的技术能力吗？"

"我认为应该比银行好。"

殿村给出一个让人大失所望的回答。

"只是比银行好，结果还不是一样吗？"山崎似乎不抱什么希望。

"只能希望咱们公司符合他们的投资标准了。"殿村说。

"什么投资标准，到底是什么意思啊？"

殿村把方方正正、一本正经的脸转向提出问题的佃。

"就是经营者的实际业绩。"

佃不说话了。因为他觉得自己根本不具备这种东西。

"我没什么自信啊。"

"就试试看吧，社长。让我联系他们看看。"

最后，佃还是被他说服了。

几天后，全国投资公司的浜崎达彦来到佃制作所。

他自我介绍说是全国投资公司的风险评估人，才三十多岁，非常年轻。

此人外表就是个顽皮小鬼头，仿佛刺儿头大学生未经打磨就进入了社会，整个人感觉很不讲究。嚣张狂妄，口无遮拦。不过佃觉得，比起那些说话拐弯抹角，尽用好话糊弄人的老狐狸，这种人反倒更好沟通。

"诉讼吗……"

听完情况介绍，浜崎露出了深思的表情。

"银行那边怎么说？"

听到浜崎的提问，在桌子另一头坐得笔直的殿村微微扭动了一下身子。"主力银行白水银行以诉讼为理由拒绝了我们的融资请求。"

殿村回答完，浜崎歪了歪头。

"他们为何会得出这一结论呢？"

"银行认为，就算不会以败诉告终，法院也会判决我们进行一定数额的赔偿。"殿村说，"另外，银行认为，如果没有胜算，中岛工业就不会提起诉讼。"

"原来如此。"浜崎应了一句，单刀直入地问道，"那么，贵公司需要多少钱？"

"需要运营资金三亿日元，以及诉讼费用几千万。"

回答问题的是佃。浜崎把数字记在本子上，又拿起摆在面前的表格，默默审视上面的数字。

过了一会儿，浜崎小声说道："暂时以可转换债券的形式向贵公司提供一亿五千万日元，怎么样？"

不仅佃愣住了，连殿村也愣住了。

"你们愿意考虑吗？"佃探出身子问。

"当然啊。"浜崎语气平淡地回答，"请你们先用这笔钱支撑半年，至于后面的事，到时候再考虑吧。"

"贵公司内部审查时间要多久？"殿村难以抑制兴奋。

"三周。"浜崎回答，"在此期间，要请佃社长跟我们的管理层见一面。届时只要介绍一下贵公司的经营方针、技术内容和今后的对策就足够了。上次来拜访时，我们已经调查过贵公司的技术能力。这样可以吗？"

"当然没问题。只是我有点担心，不知道诉讼一事会不会造成不好的影响。"佃说出了心中不安。

"我认为诉讼确实是一个要点，不过根据两位刚才的介绍，我想我们不会做出像银行那样的过激反应。"浜崎回答，"实际审批后，也可能会从可转换债券改为直接投资。反正让我说的话，如果不给贵公司这样的企业投资，那要把钱投到哪儿去呢？不过，话虽如此，听完两位的介绍，我发现有一个重要事项亟须完成。"

浜崎突然认真起来，看向佃，接着说道："佃社长，您是否忘了一件至关重要的事？"

"至关重要的事？"

浜崎严肃地点点头。可佃完全想不到那是什么。

"就是重新审查专利。"

殿村闻言抬起了头。

浜崎继续说道："贵公司持有的专利肯定不止被中岛工业起诉的新型发动机吧，应该还有更多投入使用的专利技术，比如最近刚申请到的氢发动机的相关专利。假设你们被中岛盯上，是因为专利注册信息存在技术性漏洞，那么今后也可能发生同样的事情，不是吗？"

佃满脑子都是诉讼的事，确实疏忽了这一点。

"请贵公司在应对诉讼的同时，对自己的专利展开全面审查。而且这个审查要彻底，不能留下任何漏洞。我想，此举将来一定能够成为保护贵公司权益的关键。"

说完这些，浜崎就把桌上的资料收到公文包里，道别后匆匆离开了。

"这人看起来有点狂妄，不过确实有狂妄的本钱啊。"

佃看着他离开的背影，这样说道。

"真是天无绝人之路啊。"殿村喃喃道。

"殿村先生，能帮我联系神谷律师吗？"佃说，"这可能是我们重新制定专利策略的好机会。"

12

"代理律师换人了？"

大手町某座大楼八层的田村大川法律事务所会议室内，中岛工业的三田发出尖厉的质问。

随后，他震惊的表情慢慢变为一抹坏笑。

"刚结束第一次口头辩论就更换代理律师，这就等同于认输了。对吧，中川律师？"

堆满文件的办公桌的另一头，坐着该律师事务所的两名律师。

其中一位就是三田刚才叫到的中川京一。他跟三田年龄相仿，是律所的资深律师，在技术和企业法务领域都小有名气。他旁边坐着一个面无表情、目光锐利的青年，名叫青山贤吾。他当上律师才第三年，还是个新手。

"再说了，请不了解技术的律师当代理人根本没用，这下胜负已定了吧。要是连计划审理的日程都交不出来，不客气地说，他们已经完蛋了。"

三田高声笑着，却被中川低沉的声音打断。

"还真有点问题啊。"

"问题？难道对方这就提出要和解了？"

"不是那样的。"中川面不改色地忽略了三田的轻狂发言，"佃制作所新找来的律师有点那个啊。"他含糊其词道。

"新律师？中川律师，你在说什么呢？你们不是日本国内专利诉讼无人出其右的田村大川事务所嘛，什么律师能跟你们作对？"

"神谷修一。"

三田突然闭上了嘴，死死盯着中川严肃的脸。

"神谷？就是以前在这里的那位神谷律师？"

"就是他。"

中川皱起眉，一脸为难。

"不过就算是神谷，在这种情况下恐怕也做不了什么吧。"

"就是啊。"三田对中川的过分担心一笑而过，"再说了，佃制作所根本没有足够的体力撑过这场诉讼。就算神谷律师加入了他们，也很难在佃制作所把钱花完之前结束这场官司吧，毕竟我们有的是办法把官司拖延下去。其实我们暗中调查过了，佃制作所现在连资金都筹集不到，早就陷入困境了。任他再怎么挣扎，佃制作所都没有生路了。还有啊……"说到兴头上的三田一口气又说到了神谷头上，"我听说那位神谷律师是在这边混不下去才离开的。要我看啊，那种人无论到哪儿都混不下去。要是真的优秀，田村律师肯定会不顾一切挽留他吧。"

"嗯，您说的可能也对。"中川含糊地应了一声，仿佛要抛开什么似的吐了口气，继续道，"现在这个阶段，就不要没完没了地讨论别人的代理律师了，还是进入今天的正题吧。关于正在进行的诉讼，将由青山向您汇报情况。"

* * *

佃和殿村，还有技术研发部部长山崎三个人再次拜访了神谷的事务所。

"我这边也打算日后向您提出重新审查专利一事呢，既然如此，那我们就尽快着手吧。对了，关于贵公司委托的诉讼……"神谷说着，换到主要话题上，"后来我又对本次诉讼的核心问题，以及中岛工业的专利进行了仔细的分析，从结论上说，通过否认侵犯专利权来击退对手的主张，实现起来应该不太困难。"

真是个意想不到的好消息。连坐在旁边的殿村都盯着神谷，眼睛都忘了眨。

"只不过，有一个问题，那就是时间。要问我能否在贵公司提出的时间范围内完成庭审——"

"关于此事，我们这儿有新消息。"

殿村打断神谷的话，向他汇报了全国投资公司提出的投资方案。然而，神谷脸上肃穆的表情并没有变化。

"即便假设这个可转换债券或直接投资真的能实现，也只是多出了半年时间，对吧？相对的，中岛工业那边肯定会用尽一切手段拖延时间，比如提交数量庞大的资料以拖延审查时间。这种行为一旦被法庭认可，转眼就会被他们拖过去一两年。"

"这也太胡闹了！"山崎恼怒地说。

"中岛工业的一贯做法就是这样。"神谷说，"不，不仅是中岛，事实上还有很多公司采取这种策略。当然，这种事不好大声说出来。"

"简而言之，就是对方会想方设法拖延时间，直到我们体力不支而倒下。"

"这么说虽然很让人生气，但一点没错。"

神谷说完就等待着佃等人的反应。

"律师，那我们该怎么办？"过了一会儿，佃问道。

"这一个星期里，我也想了很多。"神谷说，"到底怎样才能打好这场官司，怎样才能在短时间内胜诉。不，不仅是这场官司，我还想找到今后对付中岛工业的撒手锏——经过多方考虑，我想向贵公司郑重提出一个方案。"

靠坐在椅背上的神谷直起了身子，一脸严肃地看向佃。

"方案？"

佃预感到将听到一个出人意料的主意。

"您是说和解方案吗？"殿村问。

"不是。"神谷斩钉截铁地否定了，"我认为，本案将是把中岛工业打得体无完肤的大好机会。接下来我要提出的，便是作战方案。"

佃忍不住探出了身子。

13

"田村大川事务所收到通知，佃制作所日前已更换了顾问律师。由此可见，佃的法庭战略已告失败。"

三田面对会议室里的各位高管，十分骄傲地挺起胸膛说。

向董事会提议状告佃制作所，以清除这个小型发动机领域的竞争对手的不是别人，正是三田。他对佃制作所进行了信用调查，又仔细考察了公司的财务状况，最后判断该提案可以胜诉。

社长大友听闻此事，对竞争对手的侵权行为大为愤慨，并下令务必要对这种公司除之而后快。可谓一位热血高层。

大友听完三田的报告，满意地点点头。

"不久之后，对方就可能表现出寻求和解的意向。目前佃制作所在与合作银行融资的过程中遇到阻碍，再这样下去，一年之内必定出现资金短缺。他们此次更换律师，可能是想在遇到那种情况前找到求生之路。"

"没必要跟他们和解。"大友断言道，"那种公司必须斩草除根。这么说来，对我们今后的法庭策略也会更为有利吧。"

"您说得对。"

三田说着，因事情的发展符合预期露出了得意的微笑。

他跟律师事务所联合起来彻底调查佃制作所专利内容的行动有了回报。作为同一领域的竞争者，佃制作所对中岛工业来说无疑是眼中钉、肉中刺。此次彻底击败商业劲敌的功劳，恐怕不可估量。

中岛工业的法庭策略全仰赖三田公康——这次若能成功，足以打响这个威名。

"不过话说回来，三田君能发现佃制作所的侵犯专利权行为，真是太了不起了。今后还要再接再厉哦。"

"明白了。"

三田对大友深深鞠了一躬，全身都在因为狂喜而颤抖。

照这个势头下去，哪怕他坐着不动，高管的位子也会主动找上门来啊。这下老子的将来就高枕无忧了。

"三田先生。"

他刚从董事会回来，就被叫住了。

回头一看，只见西森罕见地一脸严肃，从座位上站了起来。

"刚才我收到了这个东西。"

西森把一个信封递了过来。

寄件人是东京地方法院，信封里的文件已经拿出来用夹子夹好了。

三田脸色骤变。这是诉状。

"他们起诉了我们的艾尔玛Ⅱ侵犯专利权。"

艾尔玛Ⅱ是中岛工业生产的小型发动机。这款产品五年前就推出了，因为销量良好，目前已经成长为动力制造部门的吸金主力。

"这份诉状你传真给田村大川那边了吗？"

"已经传过去了，中川律师正在过目。"

"哪家公司干的？"

三田在诉状上寻找原告名称，看到佃制作所几个字时，怀疑自己的眼睛是不是出了问题。

"他们反过来把我们给告了？而且告的也是侵犯专利权？"

难以置信。他们到底在想什么？

三田的手机开始震动，是中川律师打来的。

"啊，律师，这么忙真是打扰您了。我正想打电话过去呢。刚才西森发给您的诉状——"

"我刚看过了。"中川语速飞快地打断了他，"三田先生，我就先说结论吧。这个情况很不妙……"

第二章 星尘计划迷航

1

东京大手町，这里号称帝国村，汇集了众多能够代表日本的大企业。在这些帝国集团总部聚集的中心处，坐落着帝国重工的总部。

秋日阳光洒进十楼的会议室中，一个面色蜡黄、戴银边眼镜的男人正目光涣散地看着虚空。

此人名叫富山敬治，是该公司宇宙航空部宇宙开发组的主任。

帝国重工的宇宙航空部是政府委托民间进行大型火箭制造开发领域的一把手，在宇宙航空领域，目前是国内当之无愧的头号制造商。

富山今年三十七岁，是公司投入巨额资金开发的新型氢发动机项目的负责人。他身边还坐着一个眉头紧蹙、体格壮硕的四十几岁的男人。

小会议桌对面坐着一个胖男人，在残暑的酷热中依旧整齐地穿着全套深蓝色西装。

"三岛律师，这是真的吗？"

富山的声音十分缥缈，带着一丝绝望。

"很遗憾，这是真的。"身材肥硕的男人说，"此次贵公司开发的新技术已经存在相同内容的专利，因此我们的申请被驳回了。"

在名叫三岛的人的注视下，富山的嘴唇开始发颤。

"什么时候？"富山涣散的视线集中在三岛身上，"那个专利是什么时候审批的？"

"大约三个月前，只差毫厘啊。"

"怎么可能！"

三岛怜悯地看着富山气愤的脸。帝国重工虽是超大型企业，但遇到这种投入巨额资金，开发出来却发现早已被人抢先一步的事情，也是一记重创。

"前期调查不是说没问题吗，这到底是怎么回事？"

"半年前确实还没问题。"三岛的语气里渗入了一些困惑，听起来还有点像借口，"只不过，后来有人提出了专利优先权申请。"

"那是什么意思？"

"简而言之，就是只要专利被认可，可以在后期补全技术信息。这种做法虽然罕见，但并非不存在。若没有这个，贵公司开发的新技术就没有任何问题，所以说，真是太遗憾了。"

"这么大的事只用一句遗憾说不过去啊，律师！"富山谴责道，"要是存在那种可能性，你就该如实报告啊！"

"报告？"三岛的语调冷了下来，"这是技术开发领域的常见情况，你要问我如何规避这种风险，答案只有一个，就是比别人更早地把技术开发出来。从这个意义上说，难道不是贵公司落了下风吗？"

三岛说这番话时，富山仿佛中了看不到的箭，不由自主地往后一仰。他半张着嘴，嘟囔了几个不成话语的音节，目光闪烁。

"这怎么可能！"

即使发出低吼，摆在面前的事实也不会改变。

"总而言之……"三岛快速整理起摊在桌上的资料，"这次技术开发比别人晚了一步，对此我表示十分遗憾。"

"能提出申诉吗？"富山用颤抖的声音说，"只要提出申诉，我们的权利也能得到认可吧？"

三岛又露出怜悯的表情，缓缓摇了摇头。

"没办法啊。为了这次向你们汇报，我仔细分析过那个专利。从结论来说，那个专利显然经过了深思熟虑，没给他人留下任何可乘之机。这是拥有专利的公司的资料，请参考吧。"

三岛从公文包里拿出一份资料，顺着会议桌滑了过去，随后道声"告辞了"，转身离开了会议室。

屋里只剩下丢了魂儿似的富山，还有双手抱臂、一脸不高兴的男人——财前道生。

"部长，"富山站起来，深深低下头，"真是太对不起了。"

财前一言不发地松开双手，用拇指和中指揉起了两边太阳穴。他每次想事情都会做这个动作。

要是没能获得投入大量资金的大型氢发动机关键技术的专利，那不仅富山，连财前也要担责任。

"没想到事情竟会变成这样……"

财前嘟囔了几声，死死盯着三岛留下的文件上的公司名称。

佃制作所有限公司，董事长佃航平，旁边还写着位于大田区的公司地址。那个三岛也是有心，专门拿出了信用调查时得到的佃制作所的资料。

资本金三千万日元，员工两百人，是一家以制造开发发动机零件为核心的中小企业。

这种规模的企业在帝国重工眼中，只消一口气就能吹翻。

反观帝国重工，公司社长为促进宇宙航空领域的事业发展，一直在推行名为"星尘计划"的项目。这次的新型发动机研发是项目的重中之重，可以说是在大型火箭发射领域引领国际风潮的绝对条件。然而——

"这家公司到底是何方神圣？"

财前问出了富山心里的疑问。

毋庸置疑，帝国重工的技术实力在日本乃至全世界都属顶尖。若是大学研究室或其他大型企业的研究所也就罢了，没想到他们竟被一个中小企业抢了先。

"先查查看吧，其他的过后再说。"

说完，财前就站起来，结束了会议。

2

"信用调查课提交了佃制作所的调查资料。"

一个星期后的某天下午，富山捧着资料来找财前汇报了。

时间已是十月下旬，整整一个星期，他们都忙于内部调整。

专利申请失败一事无从辩解，这对一直走在顺利升迁道路上的财前来说，成了意想不到的考验。

如果遵照藤间社长核心技术自有化的方针，被人抢先一步的技术就应该立刻放弃，重新开发代替技术。可是这一行动需要耗费的时间和金钱都太多了。

"我绝对不会批准项目日程改动。"这是宇宙事业部部长安野健彦的态度，"要是被外人知道我们在发动机开发上落后于中小企业，藤间社长可就面上无光了！一个搞不好，客户还可能会说下回发射直接用阿丽亚娜吧。"

阿丽亚娜是欧洲的运载火箭。现在，宇宙事业已经进入国际化竞争时期，就算是日本企业，也有可能向廉价又安全的外国火箭制造商发出订单。

财前心里惦记着他跟安野的对话，看完报告书后突然抬起头问富山。

"宇宙科学开发机构的前研究人员成了公司社长？"

佃航平的简历上确实写着这样的内容。

"可是，这家公司已经开了将近三十年啊。他是第二代社长吗？"

"是的。"报告书上详细介绍了佃航平这个经营者从宇宙科学开发机构退出，到继承家业的过程。

"赛壬啊……我记得是有这么个发动机。"财前用力靠到椅背上说，"应该是将近十年前发射失败那次的发动机。原来他就是那个发动机的开发者啊……"他喃喃道，"从设计上看，那是一款极具创新性的发动机。要是当年发射成功，日本的火箭技术早就在那时站到世界顶峰了。"

财前想，既然对手是那样的角色，也就说得通了。与此同时他也感慨，此人竟独自研发出了这么不得了的东西。算下来，佃制作所用不及帝国重工几分之一的低成本，成功研发出了氢发动机阀门系统这种最尖端的技术。

富山继续汇报。

"这家公司一直稳扎稳打，只是最近卷入了一场官司……"

"官司？"

财前扬起眉毛，在报告书上找到相关内容，发现了中岛工业这几个字，顿时眉毛又拧成了一团。

"对手不好惹啊。"

财前毫不遮掩地说出感想，把报告书往桌上一扔。突然问了一句。

"如果你是佃，会开什么价卖掉这个专利？"

"一下子问我开什么价……"富山不知如何回答,"这个专利如此重要,应该不会便宜卖吧。"

"真的吗?"财前坐在椅子上提出疑问,"佃制作所不是成被告了吗,而且对方起诉的技术涉及佃制作所的主力发动机产品。要是这场官司败诉,会怎么样?他们那款产品恐怕连研发成本都没收回来吧。"

"只能停止销售那款发动机了吧。"

"不仅如此。"财前冷冷反驳了富山不充分的回答,"对方可能还会提出巨额赔偿要求。一旦演变成那种局面,佃制作所根本招架不住。先是京浜机械撤单,然后中岛工业又把他们给告了,现在佃制作所恐怕是拼了命地想筹钱吧。"

富山用力咽了口唾沫。

财前的情况判断能力在公司内部早有盛名。现在,财前正在发挥他那超群的洞察力,仅凭手头这点资料,就把对方看了个透。

"从这个情况来判断,我们可以狠狠砍价,是吗?"

"有可能。"财前一脸严肃地看着富山,"这次的失败使我们部门的信用严重下滑,毕竟投资了近百亿日元开发的发动机,却在核心技术上栽了跟头。照这样下去,整个星尘计划都可能没有前途。开发日程拖延,极有可能直接导致社会评价下降。"

公司社长藤间秀树已经在各种场合上大肆宣传,声称明年要将星尘计划升格为下一个长期经营的重点项目。这个项目获得社长青睐,若能成功,负责人将会平步青云,然而一旦失败,付出的代价也将无比巨大。

"可是部长,自有化方针该怎么办?"富山难以掩饰惊讶,忍不住问道。

"你能赶上自有化吗?"

被财前反问,富山无言以对。

"专利研发被人抢先一步,这个事实已经无法改变。"财前又说,"照这样下去,整个计划都会严重落后。为了挽回颓势,现在只能请上头放弃自有化方针了。我们要收购佃制作所的专利。"

"藤间社长会批准吗?"

富山说出了心中疑虑。

要用新型氢发动机将大型商用火箭成功送上太空,成为宇宙航空领域引领世界的先锋企业——这就是藤间四处吹嘘的话。藤间其人野心极盛,甚至有传闻说他盯上了日本经济团体联合会主席的宝座,因此他做起事来格外激进。

分析人士一开始只是冷笑着听他畅谈,可是在看到公布财报时正式发表的星尘计划概要后,他们全都变了脸色。该计划投资金额高达千亿日元,考虑到后续发展,预计金额更是惊人。

这个星尘计划的初期阶段有个必须达成的目标,那就是研发出更为稳定的新型发动机。要是在这个阶段就被别的公司抢了先,颜面丢尽还是小事,整个计划的执行都会出现问题。

果不其然,已经有消息称,藤间听闻这次的专利事件后,对财前的顶头上司、本部长水原重治大发雷霆。

不过水原并没有原样照搬藤间的怒火,而是语气平和地对财前说:"社长很生气啊,要是不想办法解决,那就麻烦了。"

每次想到那时的光景,财前就感到心情异常沉重。水原"含笑斩人"的名声在外,而财前又跟了他这么多年,自然知道那诡异的安静意味着什么。

"别管他批不批准了。"财前语气强硬,还瞪了富山一眼,"现在我们眼前只剩下一条路,那就是想办法把专利搞到手。要是能花点小钱从佃制作所那儿把专利买过来,我们就还能收复失地。对那种城镇中小企业来说,氢发动机的阀门系统毫无价值。我是不知道佃制作所申请那种专利想干什么,不过从他们的角度来看,这个专利的唯一用处应该就是卖掉了。"

"您说得对。"

富山仿佛胃痛一般,脸上一直挂着阴郁的表情。

"你约个时间,我亲自到那边去。"

"部长您要亲自出马?"

富山面露惊讶,但很快恢复了正常表情。财前是认真的。

帝国重工有个不成文的规矩:部长级别的大人物,向来都是等下属完成交涉之后才到"下界"去露露脸。财前现在直接忽略了这个顺序,可见他的危机感已经到达临界值,顾不上那许多做派了。

"我马上去约。"

事态紧迫,富山短促地回答完,绷着脸走出了部长室。

3

"殿村先生,资金情况怎么样?"

这半年来,他不知在董事会上问过多少次这句话了。

以体力和智慧决胜的法庭斗争还在继续,而佃制作所的处境是越来越艰难了。

公司业绩如实反映了这个情况。

由于中岛工业发起诉讼,佃制作所的主力发动机销售业务事实上已经停摆,这个消息瞬间传遍了所有客户。

其中一大理由是因为上了报纸,另外佃还听说,中岛工业的销售人员也在到处散播这个消息。

"我们把佃给告了,您现在买佃的发动机,售后服务和维修都很难保证哦。您真的要买吗?"

他们企图用这种卑鄙的策略,一点一点把佃的产品换成中岛的产品。诉讼因此走出法庭,开始对销售方面也产生影响。光是京浜机械的大订单被撤单,他们就已经面临赤字危机,现在不仅缺口没填上,别的订单也开始减少,颓势一直无法扭转过来。

"前段时间从全国投资那里拿到了一亿五千万日元的可转换债券,多多少少能喘口气了,只是情况依旧不容大意。"殿村回答道。

前几天,全国投资的浜崎联系他,说投资申请已经批准了。

这笔钱筹得并不容易。佃本人带领公司管理人员去介绍情况时,对方就针对今后的发展提出了相当尖锐的问题。

"就算有全国投资出资,可不彻底解决诉讼问题,现状就无法得到根本改善。现在预期究竟怎么样?"

问这句话的人是第二营业部部长唐木田笃。

唐木田是社招人员,进入公司以后,已经在经营销售领域工作了十年。佃制作所根据发动机种类把营业部分成两个,津野负责管理第一营业部,唐木田则任第二营业部部长。

来到佃制作所之前,唐木田在一家外资电脑系统开发公司从事销售工作,拥有很强的技术营销能力。只不过,他这人有点过分中规中矩。

"我们已经起诉了中岛工业,正在进行争论点整理。"殿村替佃做了回答,"如果一切顺利,不到一年就能完成审理。说不定比我们被对方起诉的官司还早结束。"

"这种时候哪里顾得上什么时候结束审理。"唐木田有点烦躁,"我是问有没有胜算。"

"我们作为被告的官司姑且不谈,不过,我们作为原告提出的专利诉讼,我认为胜诉的可能性很高。"

"只是你认为?"唐木田大声反问,仿佛想说这都什么时候了,你还在含糊其词。

在诉讼这方面,神谷似乎确实有自信应付。

然而不可否认,佃本人并没有完全相信他。

每次只要有时间,他就会到法庭旁听,还亲自出面参加争论焦点整理。神谷确实没在对方律师面前表现出一丝焦虑的样子,还一度在整理争论焦点的场合把对手辩驳得无从招架。然而都这样了,对方律师——好像叫中川——依旧面不改色,最后顶着一张扑克脸这样说:"我方希望在下次审理时提交反证对方论点的证据。"

等到下一次争论焦点审理,他们又会提交无法一次性核实的海量资料,把审理日程整整拖后两个月。

这是在拖延时间。

对方的手段实在太卑劣了,佃恨不得把那个律师痛扁一顿。

"这根本不是法庭策略,而是企业仗势欺人!"佃忍不住在旁听席上大声抗议,神谷则低声对他说:"请冷静一些。"并叫他坐了回去。当时对方律师带着怜悯的神情看向佃,至今回想起来仍让佃感到一口气闷在胸口。

中岛工业在作壁上观。

他们在等待这个渺小的企业资金断链的那一刻。

"佃好像快被官司拖垮了哟,真的没问题吗?"

中岛工业的销售人员也时刻不停地在客户耳边吹风。

现在,佃制作所每周就要接受至少一次信用调查,这些都是殿村在应对。不过很显然，都是客户感觉他们快倒闭了，才派人来调查的。

情况正在不断恶化。

"现在只能静等庭审发展，你能稍微忍耐一下吗？"

佃安抚着烦躁的唐木田，同时也闭着眼睛强忍心中同样的情绪。

4

"社长，能打扰您一会儿吗？"

董事会结束后，佃正瘫坐在社长室的办公椅上想事情，却看见山崎探头进来。

刚才那场会议问题实在太多了。佃满脸疲惫地看向他，山崎却说出了意想不到的话来。

"帝国重工那边问，能不能约社长见个面。"

"帝国重工？你是说那个帝国重工？"佃问了一句。那可是超大企业中的超大企业。

"我们以前跟那边合作过吗？"山崎似乎也很诧异。

"上一代不知道，反正我当上社长后还没合作过。他们说是什么事了吗？"

"据说他们想和我们谈专利的事。"

佃顿时警觉起来，不会又要打官司吧。帝国重工开发了各种类型的发动机，肯定也存在跟佃制作所存在竞争的部分。

"那边说希望能跟社长见一面，还要您定时间。据说是宇宙航空部负责研发的部长要来。"

"宇宙航空部？"佃惊讶地抬起头，"那他肯定是要聊氢发动机了。"

就是火箭发动机。

"他们会不会想使用我们的专利啊?"山崎预测着谈话的方向,露出笑容,"说不定是笔好生意呢。"

"能有这么凑巧吗……"

佃口头虽然这么说,心里其实也有点期待。大名鼎鼎的帝国重工要专门到佃制作所来谈专利的事,而且对方还是部长级人物。这叫他如何不期待呢!

如果最后能谈成新的合作项目,那或许能一口气吹散笼罩在佃制作所头上的阴云。毕竟对方可是帝国重工,说不定真能做成那种规模的生意。

"知道了,那就见一见吧。"说着,佃翻开了日程表。

"这下可有意思了。"山崎的声音已经一反会议中的沉重,变得明朗起来。

帝国重工那边希望尽快见面,佃就约了第二天下午两点。

十月最后一个星期三的下午一点五十五分,佃坐在社长室,俯视窗外的道路,发现一辆黑色汽车停在公司门前。车上走下来两个西装革履的男人,消失在公司门里。

"他们来了,我先把人请到接待室去。"

殿村很快来通报了,佃起身走向接待室。刚才那两个人已并排坐在会议桌旁,先行进来的山崎和殿村则一脸紧张地坐在他们对面。

"非常感谢您百忙之中抽空出来跟我们见面。我是帝国重工的财前。"

其中较年长的来客起身递来名片。单是宇宙航空部宇宙开发组部长的头衔，就足够让佃心里的期待越来越高了。另一个人是宇宙开发组主任，名叫富山。财前整个人散发出强大的气场，富山则僵着脸，给人有点神经质的印象。

"宇宙航空部是以制造大型火箭为主的部门。"

等佃在山崎和殿村中间落座，财前就开始介绍他们的工作内容。跟佃预料的一样，他们果然是进行火箭开发的部门。

财前又简单介绍了此前制造的火箭式样和业绩，以及火箭行业的现状和前景。

这番介绍十分恢宏，站在中小企业的立场上去听，甚至显得荒诞无稽。

然而，佃心中却久违地涌出了强烈的怀念之情，而非惊诧。

那是自己曾经置身并追逐梦想的世界——而现在，财前等人就在其中。

财前介绍完主要业务和公司沿革，很快就进入了正题。

"藤间社长对宇宙事业充满热情，为了使公司发展成宇宙开发领域的世界顶尖企业，目前我们正在开展星尘计划这一宏大项目。项目的第一阶段，交给我们的任务就是成功发射搭载新型发动机的火箭，而这边的富山就是发射现场的管理人员。"

富山紧张的面孔松动了一下，微微点了点头。

财前继续道："目前我们正在研发新型发动机的各类技术，没想到此次提交的新型氢发动机的关键技术专利申请却被驳回了。经过调查，我们发现是贵公司抢先一步申请了专利，老实说，我当时大吃一惊——那么，我就不拐弯抹角了。"财前话锋一转，直直看向佃问，"能否请贵公司将专利转让给我们？"

这个提议实在太令人意外了。

佃一时无言，死死盯着一脸严肃的财前。

"当然，我们会支付相应的费用。佃先生，能请您考虑一下吗？"

"你突然这么说，我……"佃十分困惑。

财前继续说道："那项专利技术应该只有应用在我们研发的火箭发动机上才能发挥真正的作用。请您认真考虑一下。"

"说是这么说，可我开发那个技术并不是为了卖给别人啊。"

"恕我直言，贵公司的哪种产品能应用到那个阀门系统的技术呢？"

财前提问的态度让佃忍不住想到去找白水银行借钱时，柳井对他的态度。柳井当时说，你们这种城镇中小企业，开发火箭发动机技术根本没有意义。

"专利技术只有在合适的环境下才能发挥作用，请您把那项技术投放到我们的火箭上吧，拜托了。"

财前深深低下头，前额几乎要磕到桌面了。

"请等一等啊，财前先生。"佃非常为难，"卖不卖专利跟火箭飞不飞得起来完全是两回事吧。你们只要使用我们的专利不就好了？当然，要支付一定的使用费。不过就没必要专门交易专利本身了，不是吗？"

这才是佃在脑中描绘的生意。然而——

"我们公司有个特殊情况，务必要完全拥有核心设备的所有权利。"

财前的语气突然硬了起来。

"明明支付专利使用费要比收购专利便宜得多，还是一定要买吗？"殿村一头雾水地在旁边问了一句。

"再次恕我直言，假设贵公司把技术提供给了其他企业，那我们的火箭就不存在优势了。"

"如果不希望这种情况发生，我们可以在合同中约定啊。"佃有些不耐烦了，"以独占使用权的形式签订合同，不就没问题了？"

"不，那还是……跟我们公司的方针不太相符。"

什么方针啊，光借用还不够，非要收购过来据为己有才安生，这也太霸道了吧。

帝国重工确实自视甚高，自然不愿意看到自己的核心设备，而且是最为复杂的技术竟要依赖其他公司。佃毕竟也在类似的地方待过，倒也不是不明白那种心情。而且，掌握那项核心技术的企业竟是大田区的一个小公司。他们已经在该项目上投入了巨额研发费用，肯定无论如何都想把技术据为己有——对方脑中的小算盘已被佃看在眼里，这让他有点气不过。

"二十亿，怎么样？"财前突然说。

这个金额让佃差点儿喘不上来气。左边的殿村也张大了嘴，连眼睛都忘了怎么眨似的，直愣愣地看着对方煞有介事的样子。

包含帝国重工想要的氢发动机阀门系统专利在内，佃制作所研发部门的此番研发是借了将近二十亿日元完成的。如今对方提出的金额足以偿还所有债务，还略有盈余。

有了那二十亿日元，他们至少能摆脱眼前的困境。然而作为代价，他们要把自己耗尽心力开发的技术拱手让人，眼看着它被带到再也见不到的地方去。

山崎坐在佃的另一边，凝视着桌上的一点，一脸憋屈。只见他慢慢咬住嘴唇，面部紧绷，目光中渐渐没有了温度。

他也是一样的心情。这个技术对佃和山崎来说，就像亲手抚养长大的孩子。在研发技术的过程中他们收获了许多，并认为这项技术应该能找到商用途径。

这不是仅仅出钱就能谈妥的问题。为了研发这项技术，佃和山崎身边的众多伙伴花了大量心血，拼上了命。正是那种对新技术的坚持和热情，最后才孕育出了这项专利。

"财前先生，事情可没那么简单。"佃说。

"请原谅我提出如此唐突的方案。"财前嘴上虽然道了歉，但很明显不打算改变态度，"那么请允许我问一下，您打算开什么价呢？"

"不是，这跟钱多钱少没有关系。怎么说呢……我们也对那项专利有感情啊。你叫我卖，我也不可能当场点头答应嘛。"

"感情吗……"财前的表情阴郁下来，"很抱歉，我此前派人调查过贵公司。听说你们正在跟中岛工业打官司啊。贵公司的主要领域不是小型发动机吗？而且旗下产品中并没有运用了这项技术的氢发动机。为了让贵公司的重点领域今后能持续发展，目前最需要的，难道不是足以撑过诉讼期的丰厚资金吗？"

"你觉得我们缺钱，所以要我把专利卖给你？"

佃有点火了。

"当然不是那样。"财前慌忙否定，"总而言之，今天我们先告辞，请贵公司内部好好考虑考虑。就这样，万事拜托了。"

再度低头行礼后，帝国重工的两个人就跟来时一样，坐上黑色汽车离开了。

佃一直目送帝国重工的车拐过街角，嘴里嘀咕着："二十亿啊……钱我当然想要，只是这桩买卖让人一点都提不起劲儿来啊。"

"真的是。"

山崎点点头，殿村却一言不发。佃知道殿村想说什么，只要接受了帝国重工的提案，佃制作所就能摆脱困境。

"既然是用不上的专利，不如卖掉吧。"唐木田这样说。

得知了帝国重工的提案后，当天傍晚佃就召集众人召开了紧急会议。

课长以上的人员全部出席，共有三十几人。佃一上来就公布了有人要来收购专利的消息，当他报出二十亿这个数字时，会议室顿时一片哗然。

不用唐木田开口劝说，在场所有人都对这个金额动了心。

唐木田十分不解地看着佃。

"我们公司最迫在眉睫的问题不就是资金吗？如果卖了专利就能解决问题，那绝对应该卖掉啊。大家可能还没那种感觉，可我们现在面临的可是生死考验啊。"

"那也不能对别人言听计从，拱手奉上啊。"津野恶狠狠地说。

由于经常意见相左，津野和唐木田这两位营业部部长基本就是一对死对头，平时对彼此的竞争意识就特别强。

"先考虑考虑卖专利是不是最佳选择吧。比如像社长说的，跟对方签订专利使用合约，我们不是还能拓宽经营范围嘛。如果整个儿卖掉，那卖完可就什么都没有了。"

"不是没有了，这不还有二十亿吗？而且新技术只要再研发不就好了。"唐木田分毫不让。

"有那么简单吗？你是不是想法太天真了。"津野也不放松。

"殿村先生怎么想？"佃听着那两人的争论，转头问殿村。

"财务这边当然是有钱最好。"殿村一脸苦恼地回答，"要是能得到二十亿，那相当于雪中送炭。不过，财务高不高兴，和要不要以二十亿卖掉专利，应该是两码事吧。"

这个见解让佃感到很意外，因为佃本以为他会支持卖掉专利。

殿村继续道："老实说，我认为二十亿日元这个金额低得离谱了。那个专利，就算卖个一百亿都毫不过分。毕竟我们光是研发就花掉了将近二十亿，卖给别人的时候，自然要在成本上附加利润，高价卖出去才对。"

他刚说出一百亿这个数字，会议室就又骚动起来。没想到这个方方正正、一板一眼的殿村竟能开出这么大的价码。然而，佃并不觉得他这么说只是单纯地虚张声势。仔细想想，他说得很有道理。为什么这个专利只值二十亿？那是因为对方早已摸透了佃制作所的底细啊。

"而且，还有更重要的问题。"殿村继续道，"这是关系到我们公司之根本的问题。我们的卖点是以自主研发的高新技术为基础的商品开发，这样的公司好不容易研发出世界级水平的技术，却卖给别人了——这种感觉……我说不好，但就好像切断了经营之本。正如津野部长所说，如果整个儿卖掉，事情就到此为止了，再也没有发展空间了。你觉得呢，山崎先生？"

一直坐在会议室角落沉默不语的山崎此时站了起来。

"我……我一点都不想出让那个技术。"

他隔着瓶底一样厚的眼镜片，坚定地凝视着会议室中间的虚空。

"你太感情用事了。"唐木田说了一句。

"不是的。"山崎斩钉截铁地反驳道，"那个专利确实是控制大型氢发动机的技术，可它的用途并不一定仅限于氢发动机，而是普适性更高的新系统。一旦卖掉，相当于把所有可能性都舍弃掉了。扔掉这么重要的东西，只为了换二十亿小钱，这怎么行呢？那个专利的价值远不止这些。"

平时不怎么说话的山崎，此时的语气却很决绝。

"什么普适性高，那你倒是说说，到底能干什么用？"唐木田追问道。

"我们目前正在探讨……"

山崎的语气突然含糊起来，唐木田立刻白了他一眼。

"眼下哪有工夫探讨那种东西啊。"说完，唐木田又转向殿村，"而且殿村先生，现在不是你在负责筹集资金吗？要是不抓住这次机会，你还有别的途径吗？更何况，正是因为你说资金不好筹，才有了这场争论。要是公司不需要担心钱的问题，我也不想卖专利啊。"

殿村咬紧下唇。

"我会尽量想别的办法筹集资金。如果你是为了钱的问题才提议卖掉专利的，大可不必如此担心。"

"可是殿村先生，你这个不必担心的根据在哪儿啊？"

唐木田无奈地问了一句，而殿村只是重复了一遍："没问题的。"

殿村又说："总而言之，现在请各位单纯讨论把专利卖给帝国重工是否真的是最佳选择。能得到那笔钱，我在短期内固然轻松许多，可是从长远来看，我不认为这样做是最好的。就这样。"

殿村说完深深低下头，这下连唐木田也无话可说了。

殿村低着头，难受地闭上了眼睛。佃把这些都看在眼里，感到胸口一紧。

他肯定也想要那二十亿日元。然而，他却没有盲目赞成卖掉专利，而是做出了冷静的判断。自从被银行外派到佃制作所工作，殿村就一直在操心资金问题，因此佃很明白，这番表态对殿村来说无比苦涩。

"大家的意见我都听到了。"佃在旁边拍拍殿村的背，又开口道，"我会跟帝国重工再谈一次，看能否将专利买卖变为签订使用合约。"

"要是被拒绝了怎么办？"唐木田问。

"只要我不卖，他们的火箭就飞不起来，星尘计划就会受挫。"这句话让所有人屏息静气，目不转睛地看着他，佃冲着围坐在会议长桌旁的员工说，"我们掌握了核心技术，怎么能不利用这个优势呢？如果现在接受帝国重工的提案，就等于我们输了。"

5

"关于贵公司上次提出的方案，本公司经过内部讨论，决定不出售。"

听了佃的话，帝国重工的财前深吸一口气。佃昨天开完内部会议后就联系了帝国重工说可以给答复了，财前马上坐公司的车过来，富山也跟他一起来了。

他一定做梦都没想到会得到这种答复。财前明显慌了手脚。

"不，可是考虑到贵公司的现状，难道不应该出售——"

"为什么？"佃问道，"因为我们资金紧缺吗？这事还轮不到贵公司来担心吧。"

"话是这么说，可是只要卖掉专利就能转危为安，那不是皆大欢喜吗？"

你别太小看人了——佃很想这么对他说。

"您是不是有什么误会？您之前说，贵公司正在研发跟我们性质相同的技术。那么请问，贵公司在里面投入了多少资金？五十亿？一百亿？可是现在，您却提出要用二十亿日元收购本公司的专利。这让我就有些无法理解了。"佃如此说道。

财前的脸上闪过一丝情绪波动。

"说白了，就是价格的问题，对吗？"

这句话充满了铜臭味。

"很遗憾，不是。"

佃的回答又让财前瞪大眼睛，满脸疑惑。

"不管您出多少钱，我都不打算卖掉这项专利。如果贵公司想使用这项专利，只能跟本公司签订专利使用授权合同。"

"那不行。"财前把探出去的身子收回来，语气一下子冷了不少，"原因此前已经向您解释过了，本公司向来的方针就是自主掌握关键技术。"

"这可不是对超前一步掌握关键技术的公司该说的话啊。"

财前脸上一僵，然后泛起了红潮。与此同时，坐在他旁边的富山也表现出了怒气。

"如果你们需要这项技术，何不自己研发呢？毕竟研发资金十分充足啊。只要再往里投放巨额资金，重新开发新技术就好了。这样一来不就没有任何问题了？"

帝国重工的两人默不作声。

"我想要特权，所以你就得卖给我，这真是大企业的自以为是啊，财前先生。"佃又补上一句，财前还是一言不发。

接着佃又说："你们一直在担心我们的资金问题，其实真正该担心的，应该是贵公司的项目，我记得是叫星尘计划吧？你们的项目是推迟还是失败，跟我都毫无关系，因为那为难不到我。财前先生，最为难的应该是您吧？在趁火打劫别人之前，能麻烦您先看看自己家后院起没起火吗？"

"这就是贵公司的最终结论吗？"

过了一会儿，接待室里响起财前冰冷的声音。

"当然。"

"您一定会后悔的。"

财前此时已经没有了一开始的装腔作势，而是愤愤地盯着佃。

"我不会后悔的。"佃淡然回应，"我不会把专利卖掉，不过，签订使用授权书的大门依旧向贵公司敞开。我想，您是否应该更冷静地做出判断，贵公司高大恢宏的方针是否该稍稍适应现状呢？"

"明白了。"财前说完，双手撑着桌子站了起来，"那就请您忘了这件事吧。告辞。"

他叫上旁边的富山，蹬开椅子走了。

"这样真的好吗，社长？"殿村目送两人开着黑色汽车离开，略显遗憾地说。

"我确实挺想让他们接受专利授权这个提议的，只是，看这个态度，肯定是没戏了。"

山崎坐在殿村旁边，脸上没有血色，表情也分不清是愤怒还是失望。

"怎么一下子就谈崩了……"

山崎的声音有点发颤，看来他满以为可以不把专利卖给帝国重工，但劝对方同意考虑使用授权一事的。

"这件事就到此为止了啊，殿村先生。真可惜那二十亿日元了。"

"不。"殿村毅然答道，"不能为了资金这种小事就卖掉宝贵的专利。我正准备去跟全国投资的浜崎先生见面，商量下一笔资金的事宜。"

"那边就拜托你了，把官司交给我吧。"

下周，佃制作所目前正在打的两场官司都安排了口头辩论。所有事情凑到一起，全到了关键时刻。

没有退路了。就算前途再怎么艰险，佃也只能向前进，因为他只能背水一战了。

6

"简直太扯淡了。"财前坐在车后座上，怒气冲冲地说。

他可是堂堂帝国重工的部长，从来没有外包商敢那样对他说话。当然，佃制作所不是外包商，可作为希望跟帝国重工合作的企业，他那种态度也太让人气愤了。

"说到底，他们还是为了钱吧。"富山说，"说不定他们觉得我们提出的二十亿日元太少，想要坐地起价啊。"

"那他们也太乱来了。"财前嘲讽道。

"肯定没想到部长会拒绝得如此干脆吧。这会儿肯定在后悔自己放过了一条大鱼。真是活该。"

富山嘴上这么说，可财前的脸色还是很阴沉。因为没有专利，火箭就飞不起来。

"可是部长，我们该怎么办？"

骂完之后，富山似乎也意识到这些话毫无意义。

"这个嘛……"财前想了一会儿，然后说，"说不定我们能用更低的价格买到那项技术。"

听了财前的话，富山猛地转过头去。

"部长，什么意思啊？"

"我有预感，佃制作所早晚要走投无路。"财前说，"那样一来，他们恐怕就要申请破产保护了。你知道这意味着什么吗？"

"这个……"富山不明所以。

富山拥有多年的研发经验，在这方面是首屈一指的资深专家，但对公司破产这档子事却不太了解。

"所谓破产保护，就是以放弃债权为前提，寻找公司重建的方法。佃那边研发经费是大头，欠了几十亿日元。一旦申请破产保护，那些债就会被免除，让他再也没有负担。在此基础上，信托人会帮他们寻找赞助方，届时就轮到我们登场了。"

"原来如此，只要把他吸收为我们的子公司，那佃的技术和专利就全都为我所用了，而且相当于免费到手。"

"正是如此。而且那时佃已经破产，并且被赶出公司了。"

"太棒了！"

富山好像总算明白过来，语气无比激动。财前似乎也因为想到这个主意，心里好受了些，脸上的表情也有所缓和，又像往常一样游刃有余了。

"我管他以前是不是火箭工程师，现在不过是一介中小企业的社长罢了。"财前轻蔑地说，"亏我还专门找上门去帮他。"

虽然那人是个不识相的家伙，可是——

"财前君，上回说的氢发动机新技术，专利那边怎么样了？"

第二天傍晚，财前被本部长水原叫过去，一上来就戳中了要害。此前财前已经提交了报告书，说跟佃制作所的交涉由于"对方坐地起价"而搁浅。仔细一看，那份报告书就摊开放在水原的桌上。

"交涉遇到了问题，所以目前正在考虑继续交涉的同时，重新研发新技术并申请专利。"财前回答。

这句话听起来很像那么回事，实际只是借口罢了。

"你确定没问题吗？"

水原双手撑在桌上，身体微微前倾，抬头看着财前。

"当然。"

给出回答的瞬间,财前感到出了一阵冷汗。

在帝国重工这个巨型组织中,导致项目拖延的人罪该万死。

"话从你嘴里说出来,我就相信了。不过你要知道,藤间社长已经明言,要把公司前途赌在星尘计划上。他话都摆在那儿了,要是回头再宣布计划延迟,那可不是你我承担责任能解决的问题啊。整个公司在市场上的口碑会瞬间下滑。"

水原的话带有不可否认的现实性。"如果你能加快研发进度,保证项目顺利进行那还好说。可是,千万别到最后跟我说来不及了,一旦出现那种情况,我就唯你是问。"

离开水原的办公室后,财前径直找到了项目管理负责人安野。走进办公室,一个留胡子的方脸抬起来看向他。财前以前跟安野在某个项目上共事过。

"怎么,被水原先生训了?"

"你眼睛可真尖。"

"听说你没买到专利啊。"

财前默不作声地拉过安野办公桌前的椅子,对方一句话就说到了核心。

"对方拒绝出售。"

"这跟你写的报告内容有点不一样啊。"安野又表现出了思维敏锐的一面,"他们不是坐地起价吗?"

"差不多吧。"财前说,"但就算上头叫我用一百亿日元去买,恐怕也买不到。"

安野抬起黝黑的脸,圆溜溜的小眼睛看着财前。

"财前啊,现在问题不是能不能买到。"这个现实主义者说起话来毫不客气,"而是赶不赶得上——仅此一点。要是你想说赶不上，不好意思，我现在不想听。如果你来是为了这个，那就赶紧给我回去。"

7

"财前部长，您怎么了？"

晚上九点多，财前坐在办公桌旁，抱着胳膊默默思索，却见富山走了进来。隔着玻璃墙，财前看到外面的大办公室已经没几个人了。

"我在想佃那件事。你说实话，要是开发新的阀门系统，得花多长时间？"

富山的表情阴沉下来。

跟水原和安野谈过以后，财前有点迷茫。虽说可以等待佃制作所破产，可是他不确定那得等到什么时候。要是赶不上项目进程，那就毫无意义了。

富山只"嗯"了一声，好长时间后才回答："至少也要两年吧，同时还需要相应的研发费用。"

"那根本来不及啊。"

财前的一句话让富山缩起了脖子。

"如果要花那么多时间，干脆直接沿用以前的旧系统算了。"

财前嘴上虽然这么说，其实心里清楚那不可能。

因为藤间社长绝对不会同意。星尘计划的目标就是用新技术提供压倒性的安全和稳定性。另外，社长也等不了两年。

如今问题的焦点阀门系统，是向发动机燃烧室供给燃料的部件，之所以重要，是因为它直接关系到火箭发射的成功率。

帝国重工作为国家重点项目合作企业，参与了很多次火箭发射，也经历过几次不堪回首的失败。深究失败原因，最后总会得出发动机不完善的结论，还有就是燃料供给系统运作不良。

若能让燃料供给系统稳定，火箭发射的成功率就会大幅提升。这是帝国重工所有研究人员的一致见解，因此公司对阀门系统投入了巨额研发费用。

现如今，为了在国际大型商用火箭领域赢得竞争优势，必须格外重视"稳定性"和"成本"。

每次火箭发射，都要耗费上百亿日元资金，而且火箭上还搭载着更为昂贵的商用卫星。一旦失败落入海中，经济损失将达到数百亿日元。这些损失虽然最后都有保险兜底，只是每失败一次，保费就会大幅上升，最终导致发射成本上升，形成恶性循环。

而且，在商用火箭领域，美国、俄罗斯、欧洲等国竞争激烈，争相比拼实际成绩。客户可以自由选择使用哪个国家的哪种火箭，因此发射失败的消息也意味着流失商机。

"使用现有技术很难解决问题啊。"财前喃喃道。

富山也长叹一声。

"老实说，我认为做出微调再申请专利的通过可能性很低。"

此人作为研究人员，可谓成绩不菲，然而此刻看起来却莫名渺小无力。富山现在的样子，无疑就是失败者的范本。

财前靠在椅背上，双手交叠搭在腹部，低声说道："知道了，你出去吧。"

等富山离开后，财前闷哼一声。

剩下的选项极为有限：是等待佃制作所破产，还是购买专利？

想确保时间来得及，就应该选择后者。收购现成的专利。然而，现成的专利只有佃独一家。

"又绕回去了啊。"

他不由得回想起佃拒绝出售专利时说的话——在趁火打劫别人之前,能麻烦您先看看自己家后院起没起火吗?

财前虽不想承认,不过佃的话确实说中了目前他的处境。他本以为能乘人之危,现在却变得进退两难。

不过,佃还是存在资金困难这个弱点。由此可见,现在应该是商讨收购事宜的大好时机。那么,佃制作所的资金到底能撑到什么时候呢?

想来想去,财前决定给学生时代的好友打电话。

那人在中岛工业的企划部门工作,名叫大町。

"哦,好久不见啦。有啥事吗?"

大町似乎在居酒屋里,背景传来喧闹的人声。

"我有件事想拜托你。"

"你这是加入传销组织了?可别把我拉下水哦。"

这人说话虽然很不客气,脾性却很好。

"不是发展下线,你就放心吧。我是想请你帮忙介绍一个贵公司的法务或经营企划那边的人。"

"法务或经营企划?"

大町的脑子非常好使,似乎已经看出点什么来了。不过他好像嫌麻烦,并没有追问下去。

"三田应该可以吧。就是参加过桥学会的三田。"

"三田?"

听到这个名字,财前脑中立刻浮现出一个瘦削的男人。不过那已经是二十年前的记忆了,他并不知道此人现在什么样。三田公康,是他母校经济系的学生。

"那家伙也在中岛工业工作吗?"

财前并不知道三田在何处就职。

"你要是想问事情，可以直接问他。我会先跟三田说一声的。"

财前道了谢，拿到了三田的手机号码，没过多久就打了过去。

"这次联系你主要是想问件事情，那起有关发动机的诉讼。"草草寒暄两句，财前马上进入了正题，"我听说最近——应该是大半年前，中岛工业告了大田区的佃制作所，原因是侵犯专利权。我想打听打听这件事。"

等了一会儿才听到对方的回答。

"你问这个干什么？"

"我们跟佃制作所有点来往。"

"你该不会是叫我收手吧？"三田的声音里突然多了戒备。

"不是。啊，这话你要保密。"

财前把他跟佃制作所的交涉过程告诉了三田。

"所以，能请你讲讲诉讼的情况吗？"

"这种事在电话里不好说，我们找地方喝一杯吧。"

"什么时候？"

财前正要查看日程，却听到三田说"现在就行"，于是他合上了记事本。

中岛工业的总部也设在大手町，从帝国重工总部走过去十分钟都不用。两人约在八重洲的居酒屋碰面。财前关掉电脑，离开了办公室。

"好巧啊，我们俩竟同时摊上了一家中小企业。"

二十年不见，三田看起来老了不少，肚皮也挺起来了，不过多少还能看到学生时代的痕迹。两人举起生啤干了一杯，立刻聊得起劲，仿佛二十年的空白不曾存在。

"我可不是主动要跟他们打交道。"

财前一脸不高兴。

"好吧。不过要我说，他们家的资金应该快见底了。"三田说，"反正情况肯定特别糟糕，毕竟我们的法庭战略可是'备受好评'啊。"

应该叫"臭名昭著"吧。财前没把心里话说出来，而是点了点头。

"官司现在是个什么情况？"

"算是符合预期吧。"

"符合预期？"财前问。

"对方不过是个中小企业，听说因为这场官司，业绩受到了极大影响，估计再有半年到一年就要走投无路了。"

"半年到一年啊……"财前想了想，又问，"你那边打算把佃制作所怎么样？已经有想法了吗？"

三田举着酒杯的手停在半空。

"是啊，该怎么办呢……"

他选择含糊其词，财前却一点就通。

中岛工业真正的目的应该是吞并佃制作所这个公司。如此一来，就算佃制作所陷入财政危机，帝国重工也要跟中岛工业争夺这家公司的收购权，事情似乎变得更加复杂了。

"帝国重工只要有专利就够了吧？"三田看穿了财前的想法，"既然如此，就别做无用功了，接下来的交给我吧。等诉讼达到目的，很快就能找到解决方法，一切只是时间问题。目的达成后，我会把专利卖给你的。"

财前沉默了。

他可不是对谁都言听计从的软柿子。假如中岛工业通过法庭战略最终获得了专利，他们肯定不会把它便宜卖给帝国重工。一个搞不好，还可能卖给跟帝国重工有竞争关系的国外厂商，那样一来，星尘计划就彻底崩盘了。

"可我也有自己的立场啊。"

财前说完，三田小声笑了起来，游刃有余地说："那就随便你吧，没什么不可以的。"

"可你别忘了，"财前没有作声，三田又说，"是我们先看上佃制作所的。莫非，帝国重工也想把他们告上法庭？"

"怎么可能……"

财前嘴上虽然这么说，心里却没什么主意。不过他已经意识到，被动等待佃制作所破产，并不能摆脱现在的困境。

跟三田吃完饭，财前走向地铁站赶最后一班车，途中他得出了结论：在佃制作所落入中岛工业掌心之前，他必须想尽一切办法让他们把专利卖掉。与此同时，他也要时刻关注佃制作所和中岛工业的官司。

现在，对佃制作所的所有情况都不能麻痹大意。

尽管做生意总是有起有伏，可财前现在面对的问题比以往都要困难，他甚至很难看清前路。虽说如此，这又是一个他绝对无法逃避的问题。

拿到阀门系统的专利——是时候为这个目标全力发挥他的头脑和执行力了。

8

临近傍晚，佃拜访完静冈的客户回到公司，发现殿村一个人在静悄悄的办公室里等着他。十一月初的夜晚，已是深秋的温度。

佃刚才就收到一条殿村的信息，说等他回公司后，想商量商量资金的问题。

白天时，殿村接到全国投资公司的电话，要他过去商讨后续投资的问题。

"我们提出的金额，恐怕不能全申请下来啊。"殿村铁青着脸向佃汇报。

"是吗……"

佃叹了口气，殿村又递来下半年的资金预算表。

"我预测了未来三个月的业绩。这张表显示了在全国投资不提供资金援助的情况下，我们的现有资金能坚持到什么时候。结果表明，情况比我们当初预测的还要严重。"

佃看到八个月后收支就出现了负数，不禁感到胃部一阵绞痛。

"这半年是关键啊。"

八个月后资金就会短缺，因此这半年若不加把劲跑业务，情况就会很糟糕。因为在这个行业，全额回收货款往往要花费好几个月时间。可现状是，佃制作所手头的订单并不能填补资金短缺。不仅如此，光是保住现在的客户，就已经极为困难。

佃想不到该如何解决问题。

这个危机要如何度过，员工要如何守护，佃都不知道。

"五千万日元大概能想办法搞到，我会尽力去争取……"殿村说。

可就算能搞到些钱，也顶多能让佃制作所多活一两个月。这么短的时间，要重振公司，实在太难了。

"社长，刚才神谷律师打电话过来，想请您去旁听下周三的庭审。他说，接下来可能要进入重要阶段了。"

"这是好消息还是坏消息？"佃忍不住问。如果是坏消息，他可不想再听了。

"不知道，神谷律师没说。"殿村回答，"他可能也不想让您带着先入为主的想法吧。"

"周三，那就是我们当原告那场吗？"

下周四则反过来，是中岛工业起诉佃制作所的口头辩论。由于中岛工业在两边的诉讼中都提供了数量庞大的资料，导致审判日程一拖再拖。

佃回想起之前在法庭上看见的，中岛工业代理律师脸上那副冷峻的表情。

他们利用这种手段拖延时间，一心等着佃制作所体力耗尽。而佃明知对方有此一招，还是无能为力。

"社长，我们只能相信神谷律师了。"殿村对他说。

在这种情况下，有的人早早就跟他撇清了关系，但也有像神谷这样尽全力相助的。要是连仅有的支持者都不再信任，那等着他的只有一个结果——破产。

"你要跟我一起去吗？"

"当然。"

那张宽厚的蝗虫脸一本正经地点了点。

前一夜的雨将空气洗刷一新，让这个十一月的早晨感觉格外清爽通透。

佃和殿村在东京地方法院门前与神谷律师会合，然后来到旁听席上。从上午十点开始，花费将近一个小时，旁听了中岛工业的反证。

这是佃制作所起诉中岛工业的主力发动机"艾尔玛II"侵犯专利的诉讼。

跟另一场诉讼一样，中岛工业的代理律师还是中川和青山两人。现在,中川正在庭上侃侃而谈。

"可恶,他们太会趁火打劫了。"

这次中岛工业提出的反证资料从份量来看足足有好几大箱,要把这些仔细审核完,恐怕得花上一个多月。他们打算以量取胜。

当然,他们拿出这种法庭战略,正是因为非常了解这一个月的负担对佃制作所来说有多沉重。

"殿村先生,今天这气氛还是跟平时一样啊。"

佃扭过头小声说了一句,却发现旁听席一角出现了熟悉的面孔。那人也在看着他,对上目光后,对方还僵硬地点了点头。

那是帝国重工的财前。

这家伙也来打探情况了吗?佃感到一阵怒火上涌。

"被告能把资料再简化一些吗?"

恰好在此时,审判席上一脸冷酷的法官开口道。

他的声音充满威严,让人忍不住把注意力转向了那边。佃也不再看财前,而是把目光转向了审判席。

男法官与佃年龄相仿,穿着一身黑色法袍,散发出庄严肃穆的学者风范。

"我方认为,要反证原告所提观点,这些资料甚至远远不够。"中川回答。

他那受到指责依旧气势十足的态度,让人深刻体会到大企业代理律师的游刃有余。然而,法官看向中川的目光却透着冰冷。

"被告到目前为止提出的反论证据完全可以在整理争论点阶段就提出来,没有任何新证据。你方若只是想通过提交大量资料拖延审理周期,我将不得不判断此行为缺乏合理依据。"

这句话让人十分意外,而且法官的语气明显更为尖锐了。佃慌忙看向己方代理律师席位,发现神谷抱着双臂,正在闭目沉思。

"审判长，那请您允许我方在下次口头辩论之前提交新的摘要。"

"请问你方打算提交什么样的摘要？"

法官的措辞虽然很客气，看向中川的目光却十分严肃。

"我方将在这次审理结束后再行探讨。"

"如果是关于这项技术的信息，你方此前提交的资料已经足够了。我严正劝告你，不要蓄意拖延审理时间。"

有什么东西正在悄无声息地发生改变。

"殿村先生，这是怎么回事？法官不是都偏心大企业吗？"

在佃旁边观看这一幕的殿村神情呆滞地转过脸来。至于旁听席角落的财前，则为这出乎意料的转变惊得探出了身子。

"是不是神谷律师想了什么办法啊？"殿村难掩兴奋地说。

"两位代理律师过后有时间吗？我想占用一小会儿。"

此时，法官又说出了令人意想不到的话。

神谷睁开眼，翻开桌上的黑皮记事本，回道："可以，没问题。"

"被告方怎么样？"

中川点点头。

"那请两位到法官室来一下。"法官留下这句话，先行退庭了。

"律师，这是怎么回事？"

佃在庭外走廊等到神谷，问了一句。

"我想，审判长已经有了一些看法，所以要跟我们谈谈吧。"

"也就是说，要做出庭外和解的劝告了？"殿村问。

"庭外和解？"佃忍不住问，"会是什么和解方式啊？"

"这我不知道，说不定会提出和解金等方案，根据法官的看法不同，金额也会大不相同。"

佃制作所在这场官司里提出的赔偿要求总额为七十亿日元。是根据中岛工业侵犯专利权生产的"艾尔玛II"总数清算每台专利使用费，之后得出的实际利润额。

"要是我们对和解金额不满意，还能不能继续打官司？"佃问。

"当然可以。不过，接下来法官提出的和解金额也会与他的看法相对应，要是我们拒绝了，今后辩论又没提出新的材料，最终判决的赔偿金恐怕也很难超过现在的数额。所以，这次我才劳烦佃社长专门跑了一趟。上次口头辩论我就察觉到可能会变成这样，而且那位法官以前做过同样的举动。"

三人边说边走向法官指定的地方。

"也就是说，法官即将提出的和解方案，事实上等同于判决啦？"佃问。

"我认为可以这样理解。"

"律师，你有信心吗？"

神谷闻言，在法官室门口停下脚步，认真地看着佃。

"当然，否则我怎么会打这场官司呢。"

既然如此，也就没什么好问的了。

房间里摆着一张长桌，先行到达的两名中岛工业的代理律师已经坐在其中一侧等候。

"这两位是佃制作所的佃社长，以及财务主管殿村先生。今天两位也会同席。"

听完神谷的介绍，对方只是微微颔首，一句话都没说。两道冷漠的视线全程盯着佃等人背后的墙壁。

"都到齐了吗？"

这时，法官开门走了进来。他坐在长桌上首，把抱进来的资料放到一边,首先看向佃和殿村。

"两位是原告吗?"

神谷又做了一次介绍,法官听完回了一句:"我是负责本案审理的法官田端。"随后,他便摆出专业法律人士的态度,不作他言,直接进入正题。

"这次请双方过来的原因,各位想必都猜到了。本来这种事应该另外安排日子单独商议,只是为提高审理效率,我想尽量避免无用的拖延。所以虽然事属例外,我还是在辩论结束后马上把各位请了过来。还请大家谅解。"

田端说完开场白,便开始总结这次诉讼的争议点和双方主张。

"原被告双方都在摘要中提出了自己的主张,但我认为,本案与其在法庭上争论,不如以庭外和解的形式来解决更加稳妥,因此今天就向双方正式提出和解建议。"

佃紧张地咽了口唾沫,看着田端。

"我对双方提出的主张进行了审查,认为原告佃制作所主张的侵犯专利权情况基本成立。被告代理律师虽然提出了数量庞大的证据,但都不能有效推翻原告的主张。"

坐在桌子另一侧的两名律师脸上没有任何表情,他们仿佛没有思想的人偶一般,一动不动地听着法官说话。

"如果按照原告的主张,所有侵犯专利权的发动机都要支付专利使用费,总额就是七十亿日元。不过考虑到这起诉讼是基于另一起诉讼的产物,加之被告方的发动机也存在一定革新之处,我在此提出五十六亿日元的和解金额。"

这个金额过了好一会儿才真正渗透进佃的脑子里。

他跟殿村对视一眼。

令人难以置信,可是——

这不是梦。这是——真的。

神谷一脸满足，对佃微微颔首。

"我将庭外和解的日期定为两周后。"田端法官说，"在此期间，请双方认真考虑这个和解方案，并做出正式答复。"

田端宣布解散，几个人来到法官室门外的走廊上。中岛工业的代理律师仿佛两具空壳，从佃身边呆滞地走了过去。佃目送那两位面色铁青的律师走进电梯，然后才回过头来，发现神谷已对自己伸出了右手。

"恭喜您，正义站在了我们这边。"

9

"什么？你说庭外和解？"

接到田村大川法律事务所的电话通知后，三田怀疑自己的耳朵出了问题。

负责诉讼的中川律师早就一脸凝重地告诉他，原告方请的代理律师神谷会让这场官司变得极为难打。

可尽管对方已经说到了这个份上，三田还是怀有轻敌的态度。

他想，反正对手只是个中小企业，就算理论组织得再怎么好，也不可能打赢官司。同时还想，田村大川可是企业法务方面首屈一指的律所，中川作为其中的顶级律师，就算嘴上说得再怎么严重，到最后肯定也会正中对手要害，把局势逆转过来。

可是，这些天真的想法都彻底破灭了。

就算拒绝法官的庭外和解劝告，败诉的可能性也非常大。另外中川还说，要想再拖延下去，恐怕有点困难。难道真的没有逆转的可能性了？

"在电话上实在不好说，我马上过去。"

三田挂掉电话，立刻赶往律师事务所。可是他做梦都没想到，中川竟会说出如此令人震惊的话。

"我认为接受和解比较稳妥。"

对一直把持中岛工业法庭战略的三田来说，中川的这句话就等同于"认输"。这个长期以来一直保持着合作关系的伙伴，竟对他提出了认输的建议。

"这是为什么啊，律师？"但三田仍不想放弃，"对手只是个吹口气就能散架的中小企业啊。就算法官提出了和解方案，不是也可以拒绝，再拖延一些时间吗？就算我们败诉了，还可以上诉、申诉，这样不就有更多胜算了吗？在此之前，对手就该倒掉了。"

三田所谓的胜算，并不是指法庭上的胜败。就算在法庭上输了，但只要把佃制作所拖垮，就是他们的胜利。三田可是带着任务在做这件事的，他绝对不能就这么输了。

"不是这个问题。"这个和解方案也让中川的自尊大受打击，"按照日本法律规定的流程，我们确实可以上诉、申诉。可是三田先生，那样做的前提是，只要重新审理就有可能推翻之前的判决啊。很抱歉，在这次诉讼中，这个可能性无限接近于零。"

"但也不是零啊。"

三田依旧不松口，中川却摇了摇头。

"这官司再打下去也没有胜算，只会让贵公司身败名裂。"

"让我们身败名裂？"三田怒火中烧，"你想说的是会让贵事务所身败名裂吧？"

三田说中了律师事务所这边的想法。田村大川法律事务所是日本国内的一流律所，因此，他们绝对不想在法庭上输得太难看。

"律师，我不同意和解，我们要上诉。"三田斩钉截铁地说。

中川一脸为难地抱着手臂，青山在旁边看着他们，自始至终一言不发。

"最终决定权在贵公司。"中川硬挤出了一句话，"不过这个官司再打下去，注定会败诉。我认为，就算上诉了也毫无胜算。不，法院很有可能驳回上诉。至于接下来到底要怎么做，还请贵公司内部讨论清楚。三田先生说佃制作所一定会资金断链，但您真的确定吗？从这场对方占据绝对优势的诉讼来看，那边很可能会得到新的资金来源，不是吗？"

"那种事不用您明言，我自然明白。"

三田不高兴地说完，转身离开了顾问律师事务所。

官司只能继续打下去。

无论顾问律师怎么说，三田都已经下定了这个决心。然而就在第二天，发生了一件意想不到的事。

《东京经济报》上登载了一篇专题文章。

三田漫不经心地扫了一眼专题版面，"中岛工业"几个字迅速吸引了他的目光。"企业战略毫无仁义可言"这几个大字跃入眼帘。

三田瞪大了眼睛。文章中大力批判了中岛工业的法庭战略，记者还认真采访了此前被这一法庭战略拖垮的几家中小企业的经营者，收集到不少怨嗟之声。

"这到底是……"

拿着报纸的手气得发抖。三田突然想起，大约一个月前，确实有个《东京经济报》的记者向他提出过采访申请。

他还记得那名记者姓高濑。他声称自己正在就各种企业战略进行取材，问三田能否介绍一下他负责的中岛工业的法庭战略，是通过宣传部找过来的正式采访。

现在说起来有点蠢，不过当时三田根本没想到对方竟会写出一篇批判中岛工业的文章。

大企业逻辑，不顾一切的利益至上主义。文章揭露了中岛工业的种种手段，字里行间透露着仿佛揭发大国凭借绝对军事力量蹂躏小国之行径的正义感。这对企业形象的损害程度难以想象。

三田在采访中得意地透露了自身的想法和中岛工业的战略，在文章中被引用，但成了践踏中小企业之诚意和真心的大企业之傲慢的佐证。

采访时，记者听着三田的叙述，曾几次震惊、感动地连连点头，一边记笔记一边操作录音笔。三田因此相信，最后写出来的文章一定充满对中岛工业企业战略的溢美之词。

今天三田比平时早到了许多，于是他赶紧从办公桌上的名片夹里找到上回扔在里面的高濑的名片，打了对方的手机。

"您好，上次承蒙您关照了。"

高濑明明写出了中伤中岛工业的文章，却若无其事地接起电话。

"我看了今早的报纸。那篇文章有点奇怪啊。"

对方如此淡定，三田更是气愤，便直接切入主题。"我不记得自己答应为这种文章配合你的采访啊。"

"有什么地方出错了吗？"高濑反倒问了他一句，"我认为那篇文章完整还原了三田先生说的话呀。"

高濑措辞充满挑衅，跟采访时点头哈腰的态度判若两人。

"我说的不是这个问题。你这篇文章，从头到尾都在指责我们。你这是使诈啊。"

"是对是错,该由读者来判断。"高濑说,"这篇文章是完全以采访资料为依据写成的,我对内容很有信心。文章要怎么写,我们通常都是根据采访结果来决定的。若内容与事实不符您可以投诉我,但您要追究文章的导向性,我可很难配合,毕竟我们不是贵公司的专用宣传媒体。"

"你上回不是说要就企业的战略进行取材吗?可这篇文章完全就是针对中岛工业的批判。身为一个记者,你这种做法未免太卑鄙了吧。"

"是吗?"高濑反问,"我可没说介绍中岛工业企业战略就一定是吹捧。我只是在事实的基础上如实进行了报道。被中岛工业的法庭战略击败的一方也有自己的说法啊,三田先生。你不准我报道他们的声音,难道不显得很霸道吗?"

"那你至少应该事先给我看看文章的内容啊。"

"不好意思,这种专题文章是不会跟当事人确定内容的,因为我们并非按照贵公司的意愿来写报道。"

他忍无可忍了。

"开什么玩笑!"三田对着电话大吼一声,"我马上就跟公司宣传部商量这件事。你家啊,永远别想踏入本公司大门一步了!"

"本报社将会针对此事进行五次连载。鄙人认为,您此时不应该冲动行事,而应该代表中岛工业,秉着身为社会组织的诚意,真诚应对才好啊。"

高濑说的每个字都让他气不打一处来。

"混蛋!"

三田怒气冲冲地使劲儿扣上听筒,刚骂了一句,电话又响了起来。

"我是大泉。你过来一下，我要跟你聊聊你手头的那些官司。"

来了。企划部部长粗重的声音让三田倍感压力，仿佛整个胃都被提了起来。

大泉壮得像一辆坦克，脖子上安着个四四方方的脑袋，一看就不好惹。顺带一提，他还是那种心情马上会反映在行动上的人。果不其然，听筒里的声音透着愤怒，让三田一听就提高了警惕。那篇文章，部长肯定也看过了。

"刚才的董事会上提到了你正在负责的官司。"

三田快步赶到部长办公室，大泉一见到他就直奔主题。只见大泉深陷在办公椅里，像看弑亲仇人一样盯着站在办公桌前的三田。

三田手足无措，慌忙说了起来。

"关于那件事，正如我昨天提交的报告，我们正准备向法院提起上诉。佃制作所资金不足，不足以应付长期诉讼，恐怕再过几个月就——"

"够了！"

大泉恶狠狠地打断了他。

三田吓得闭了嘴，不知该作何反应。大泉坐在办公桌的另一头，两眼冒着金光，仿佛随时都要爆发。

"马上停止诉讼。董事会已经有人对你的做法提出了质疑，今早还出了这么一篇文章，你知道我们每年要花多少钱在企业宣传上吧。两百亿日元！你在文章里那一番高谈阔论，花两百亿日元买来的企业形象就全毁了！"

"部长，那次采访，记者找我谈的是企业战略，宣传部那边也叫我配合，可——"

三田的辩解被一声"闭嘴"给呛了回去。

"田村律师也说这次应该选择和解。"

三田咬紧嘴唇。中川律师那个混蛋，意见被驳回，就找律所头头出马，越过他直接跟上级汇报了。

"总之，"大泉继续道，"跟佃制作所的诉讼改为和解路线。宣传部跟《东京经济报》确认过了，这场诉讼的经过也会登在之后的文章里。到时候文章一出来，我们的损失就不可估量了。现在不是心疼和解金的时候。"

"就算匆匆了结了官司，预定刊登的文章应该也不会——"

"你觉得文章不会变，所以要把官司打下去吗！"

大泉的怒吼在部长室里回荡了许久。三田被他吼得倒退几步，但还是勉强辩驳了几句。

"这个法庭战略，不是部长亲自批准的吗？"

"是谁写了诉讼前景汇报？如果是小员工也就算了，你这个经理职务的人，少给我找借口。"

一脸凶相的大泉戳中了三田的要害。

"这次失败的原因是你对情况进行了误判。谁会打根本打不赢的官司啊？今天之内，你给我整理好和解协议，听见没有？！"

唾沫横飞的大泉起身离去，把茫然呆立的三田一个人扔在了办公室里。

10

报纸上刊登了一则新闻，称中岛工业与佃制作所的官司最终以巨额和解金的形式了结。而就在报道出来的前一天，财前递交了申请与佃制作所缔结专利使用合同的资料。在此之前,他就通过中岛工业的大町,秘密得知了官司有可能走向庭外和解的消息。中岛工业接受的和解方案是超过五十亿日元的赔偿金,同时撤回另一场官司。

报道了中岛工业——不,应该说是报道了三田彻底失败的那篇文章,让财前决定了自己的战略。

如此一来,收购佃制作所的专利也变得不可能了。

目前财前只剩下一个选择,就是接受佃提出的签订专利使用合同的方案。

然而,那是与藤间社长标榜的核心技术自有化方针背道而驰的。

在说服佃制作所以前,他首先要统合公司内部意见。

"太丢人了。"

水原看完报告,将它往桌上一扔。

"实在抱歉。"财前说,"佃制作所明确拒绝了出售专利,那么现在只剩下这个方法了。这次的专利一事,简直就像一场事故。"

事故。

用这个词来辩解确实不错。水原陷入了沉思。

"真没办法……"不一会儿,他又嘟囔道,"只是……这还要看社长怎么判断。如果是使用专利,你跟佃制作所那边能谈拢吗?"

"这是那边提出的。"

财前说完,静候水原的反应。

就算是水原,想必也需要一点勇气,才能把这件事上报给藤间。

"使用期限暂定为两年，在此期间，我们会尽快研发出代替这一专利的技术。"

"你能先跟佃谈好吗？等你那边定下来了，我再跟社长谈。"

水原的话很有道理。说服藤间必定不容易，而最怕好不容易说服了，回头佃却拒绝了，那水原的立场就会十分尴尬。

"那专利使用费能交给我来谈吗？"财前问道。

"条件都交给你来谈，在你谈好之前，这份报告暂时放在我这儿。"

水原捻起那份报告书，扔到待解决文件筐里，闭上了眼睛。他眉间深邃的皱纹将心中的苦恼表露无遗。

第三章 下町之梦

1

"社长啊，我看过报纸了，真是辛苦您啦！"

白水银行的老资格支行长根木扬起那张凶相十足的脸，挤出谄笑。负责银行融资业务的柳井坐在他旁边，也极力摆出亲切的表情，看着坐在桌子另一端的佃和殿村两人。

早晨，佃突然接到白水银行的电话，说要登门拜访。不到十分钟，两位银行职员就来了。佃坐在两张堆满职业笑容的脸对面，实在连微笑的气力都没有。

今天是十一月十一日，早报上登出了他们和中岛工业庭外和解的消息。

和解金为五十六亿日元，同时中岛工业要撤回他们早先提起的诉讼。此外，报纸还报道：中岛工业第三和第四季度将发表同等额度的特殊亏损。《东京经济报》对此事进行了如此详细的报道，想必跟他们在专题文章里批判过中岛工业的法庭战略大有关系。

"和解金额好惊人啊。"根木语带感叹地说，"果然说到底，拥有技术力量的公司才能生存下来啊。真了不起。那么，对方打算何时支付和解金呢？"

"中岛那边希望尽快解决这件事，因此他们表示这个月之内就会转账。"殿村回答。

"这么快！"根木夸张地表达吃惊，然后问，"恕我失礼，请问贵公司准备如何处理这笔资金呢？"

"怎么处理是我们的自由吧。"佃已经对根木浮夸的演技感到很不耐烦,便这样回答道,并补充了一句,"不用担心,贵行的贷款我们会全额还清的。"

"不不不,我不是那个意思——"

根木慌忙要辩解,却被佃打断了。

"别开玩笑了好吗,我们陷入困境时,你们是怎么说的?中岛不会毫无根据地提起诉讼,跟中岛打官司没有胜算,总之用各种理由拒绝我们的融资请求,恨不得要求我在破产之前赶紧把钱还清。现在呢?翻脸比翻书还快?"

"实在对不起啊,社长。"根木深深低下头,"是我们有眼无珠。我们都在深刻反省这件事。请您别这么说,今后继续合作嘛。"

"我拒绝。"

佃斩钉截铁地说完,根木马上皱起眉,露出一副快哭了的表情。

"毕竟商业合作的基础是相互信任。"此时,坐在旁边的殿村开了口,"对方支付和解金后,我公司将着手结束与贵行的合作,请您做好准备。"

"你不是我们派过去的人吗!"

根木极其威严地冲殿村吼了一句,随即转头看着佃,双手放在膝上,垂下脑袋说:"能请您原谅我们这一次吗……"

白水银行给他们的贷款总额近二十亿日元,光是每年要付的利息就高达四千万日元。

"支行长,我倒是想请您放过我啊。"佃说,"你们对我说过的话、摆出的态度,我想忘都忘不了。欺负人的那一方可以轻易忘掉这件事,可是被欺负的人就不行了。同样是人,我对你是一点都信任不起来。还有你,柳井先生。"

被点到名的融资负责人用力咽了口唾沫。佃继续道:"别再做这种只求自己获利的生意了。好的时候互利共赢,困难的时候相互扶持,彼此信任,这才是真正的合作,不是吗?"

支行长这次拜访本来是为了设法挽回关系,而此时他就像泄了气的皮球,眼看着蔫了。

"这样真的好吗,殿村先生?"

目送垂头丧气的根木两人离开后,佃问了殿村一句。

"银行总会给合作方强加些毫无道理的说辞,这次算是给他们一个教训吧。我并不在意。"

"那就好。"

根木两人坐上等在门口的支行长专车回去了。片刻之后,又有一辆车停到了公司门口,车上走下来一个人。

没一会儿,帝国重工的财前就独自端坐在会客室里。

佃看到他,心里有点吃惊,因为这次财前的目光中带着非同一般的决意。

"上次来访说了很失礼的话,请允许我向您道歉。今天前来拜访,是希望能与贵公司签订专利使用协议。"

"你们的方针不是核心技术自有化吗?"

这并非挖苦,只是佃对这一突如其来的转变感到有点惊讶。

"方针是死的,人是活的。而且我意识到,目前最该优先考虑的是成功发射搭载新技术的大型火箭,仅此一事而已。"财前回答,"我宁愿违背方针,也一定要达成这个目标。为此,能请您认真考虑授权本公司使用专利一事吗?"

"说句老实话,我没做过专利授权这种生意。"佃毫不遮掩地说,"所以想有个参照方案,能请您把贵公司的条件提一下吗?"

没有拐弯抹角的开场白,没有谄媚的假笑,没有任何溜须拍马,他们直接开始了正式交涉。

财前从公文包里拿出一份文件递给佃,上面详细列出了希望的条件。

"我把本公司的要求都列出来了。里面大部分都是可以商量的附加条件,只有一条绝对不能让步——这项专利一定要独家授权给本公司。"

财前看向佃的眼神更加严肃了。佃很明白,一旦他们把专利授权给帝国重工的竞争对手,帝国重工就会彻底失去技术优势。

"至于合同期限,我希望能签订逐年更新的合同。"财前说。

"贵公司打算支付多少专利使用费呢?"殿村问道。

文件上只写了"支付使用费",并没有写明具体金额。而这正是这次交涉的核心问题。

"每年五亿日元。"财前立刻回答。

"计算依据是什么?"殿村很冷静。

"预计开发成本为三十五亿日元,假设该专利拥有竞争力的时限为七年,两个数字一除就得出了这个金额。"

听到财前的回答,殿村沉默了。他正在考虑这个价格是否合适。

"竞争力为七年,感觉有点太长了。"这时津野说,"而且,开发成本为三十五亿日元,这个估算值是否正确呢?贵公司开发同样的东西,花费了多少成本?"

"我们在发动机整体研发上总共投入了将近两百亿日元,若单论阀门系统,大概占了四分之一。"

"可是,如果没有这个阀门系统的专利,那两百亿日元可就打水漂了啊。"

真不愧是跑业务的专家，津野的谈判方式非常巧妙。

"您说得对。只是，也不能因为这样，就把开发成本设定为两百亿日元啊。"

"那只是贵公司的想法吧。"

"这是当然。"财前承认道，"只是，也不能单纯因为投入两百亿日元的发动机系统面临无法使用的困境，就支付巨额专利使用费。假若真这么做了，发射成本就会大幅增加，而我们毕竟也是要做生意的啊。"

生意……吗？

佃在大学工作时，火箭发动机纯粹是他的研究对象。由于研发费用不多，在经费有限的条件下，他才会去关注成本问题。然而，十年之后的现在，火箭发射已演变为一种商业行为，人们的想法也都发生了改变。

火箭已经不再是单纯的研究对象，而是一门堂堂正正的生意。财前的脑海中似乎根植着与佃那个时代截然不同的成本意识，而从现状来看，他的预测应该没错。

"这个专利授权之后，如果本公司想将它转用到火箭以外的领域，应该没问题吧？"

佃突然问了一句，财前露出十分惊讶的表情。

"是的。只要不在火箭相关领域发生竞争，本公司并不会在意。只是佃先生，这个阀门系统存在转化为其他技术性产品的可能吗？"

"目前还没有，我只是觉得将来可能会有。"山崎一脸被戳中痛处的表情，苦笑着说。

"如果将该专利技术转用到贵公司正商业化生产的小型动力

发动机上，那完全没有问题。虽然在签订合同时需要详细注明相关条款，不过总的来说，我们只是担心贵公司把技术又授权给竞争对手而已。有了这项技术，本公司的火箭安全性能够得到大幅提升，这也将成为强大的竞争力。"

"毕竟火箭发射不允许失败啊。"佃回忆起自己的苦涩经历，有感而发。

"我们不希望因为在安全性上落后别人一截，就被挤出国际商用火箭市场。之所以执着于这套阀门系统，可以说理由仅此一个。"

聊完具体事务后，财前又绷直身子，语气坚定地说："希望贵公司好好考虑这个方案，让贵公司的技术帮助我们的火箭上天。"

财前以这句直击人心的话结束了这次拜访。

2

当天傍晚，与会人员用盛大的掌声拉开了公司会议的序幕。

佃首先汇报了庭外和解的条件。

"这算是无限接近于胜利的庭外和解。"

如此汇报完之后，员工们的掌声经久不息。

但他们只在胜利的气氛中沉浸了片刻，话题转到专利权使用合同后，会议的氛围就产生了变化。因为有人对财前白天提出的方案发出了反对声。

"每年五亿的专利使用费，未免太少了吧。"唐木田语气强硬，"要是没有我们的技术，他们的项目不就进展不下去了？这项专利可是帝国重工赌上了前途的项目之关键，按照帝国那边的研发成本推算出每年五亿，实在太便宜了。成本跟售价可不是一回事啊。如果是五亿成本做出来的商品，售价应该要七亿左右吧。还有另外一点，先不管帝国重工的方案，我们是不是应该首先搞清楚这项专利的市场价值呢？"

唐木田指出的问题确实是佃先前没有想到的盲点。

只听唐木田继续说道："并且，我建议跟帝国重工以外的公司接触一下，说不定欧洲那边的航空科研机构会提出更高额的使用费，还有NASA。不进行一些调查的话，是无法判断此方案是否妥当的吧。"

周围响起一阵掌声，但津野一脸不高兴地抱起了胳膊。

"这么说有点不对吧。"山崎提出了反对意见，"难道外国企业出的钱多，我们就要给他们用吗？我们可是日本的企业，难道不应该把技术应用在国产火箭上吗？"

"这可是做生意。"唐木田轻蔑地看着他，"既然是做生意，当然要价高者得。不然干脆搞个竞价也行啊。"

"要是能靠竞价卖专利，我们早就这么干了。"山崎目光锐利地盯着唐木田，"这套阀门系统不是那种性质的东西。虽说帝国重工想要，但并不意味着他们的竞争对手也想要。"

"那帝国重工怎么会提出独家授权的条件呢？"唐木田毫不退让。

"当然是为了防止模仿啊。"山崎一口咬定，"要是帝国重工的火箭大获成功，竞争对手说不定会模仿他们。届时，一旦我们再次把专利授权出去，他们不仅会失去优势，甚至有可能处于劣势。"

"我不太明白啊，山崎部长，怎么会处于劣势呢？"唐木田问。

"你只要想想为什么宇宙中心在种子岛就明白了。"山崎说，

"因为对日本来说，那里是发射火箭，让其到达赤道上空轨道的最佳地点。大家都知道，发射火箭是为了送人造卫星上天，人造卫星会在轨道上绕着地球旋转，因此发射地点越接近赤道就越有利。正因为这样，欧洲的阿丽亚娜运载火箭才不在法国国内发射，而是到法属圭亚那去发射。另外，美国配备火箭发射场的肯尼迪宇宙中心位于佛罗里达，也是同样的原因。"

"换言之，离赤道越远，就越不利于发射吗？"

"没错。所以，如果使用同样的发动机，日本就会处于不利地位。从这点来看，俄罗斯显然更为不利，不过那个国家仍在使用对环境有害的旧式发动机，也创下了不少业绩。总而言之，帝国重工如果想走在世界前列，必须拥有技术上的优势。对不起，话扯远了。"山崎微微低头，接着又死死盯着唐木田，继续道，"帝国重工是从自身研发经验出发，因为十分了解这项技术的优势，才会提出这个金额的使用费。然而，这项技术尚未带来成功业绩，竞争对手和外国的航空机构不太可能对它感兴趣。所以说，事情没那么简单，别以为这是网上竞拍。拥有自己的发动机系统，并且积累了许多成功经验的外国机构怎么会来关心这个呢！"

"你想说什么？是想说技术研发部门为一种普适性不高的技术花掉了好几十亿日元？"

唐木田的语气里带着怒气，整个会议室瞬间鸦雀无声。

"我们开发的又不只有这一项技术，你能不能别想当然。"山崎冷冷地反驳。

"研发费用可不是无限的。"唐木田的一句话让气氛变得更冷，"与其把时间和金钱花在无法转为商用的技术上，还不如专心研发我们主营的小型发动机，那不是好上一百倍吗？"

"都像你这样,技术就无法发展了。"山崎也不再掩饰情绪了,"而且,这项技术也不是只能应用在氢发动机上啊。"

"可是山崎部长还没有考虑清楚该如何应用这项技术吧。"

唐木田戳中了痛处。

"我们今后会进行研究的!"

生硬的辩驳让唐木田不禁笑了出来。

营业部和技术研发部本来就合不来。在营业部眼中,技术研发部只是个烧钱的部门。营业部向来认为公司应该专心开发实用性强的技术和产品,而技术研发部之所以能不被商品束缚,自由进行研发,全靠佃一个人的支持。

唐木田的批判让佃听着也有点刺耳,因为他的说法其实也在批判佃的经营方针。

"唐木田先生,你在说什么呢?这项技术不是带来了这次的商机吗?有什么不好的,结果至上嘛。"津野说。

"如果处理得当,应该能赚更多。"唐木田马上反驳,然后看向佃,唐突地说了一句,"社长,请把与帝国重工的交涉工作交给我好吗?我会尽量谈到最好的条件。另外,正如我刚才所说,社长要不要考虑一下开展专利业务呢?"

"什么意思?"

突如其来的提案让佃吃了一惊。

"如果能以这种形式赚取巨额利润,那不如干脆想想怎么拿专利来做生意,这比卖发动机更高效啊。不用我说,社长也知道哪一样更赚钱吧。"

原来你心里在想这种事吗?佃忍不住把这句话咽了回去,因为他发现,有很多员工对唐木田的话频频点头。

突然涌来的复杂感受瞬间占据了佃的心。

3

"你回来啦,帝国重工那边怎么样?"

母亲可能一直惦记着那件事,佃回到家,刚走进起居室,她就问了起来。

"他们想要我把专利授权过去。"佃把上衣挂在隔壁房间的衣架上。

"是吗,那很好啊。"

母亲泡着茶,露出了笑容。

"就为这个到底好不好,公司里都吵翻了。喂,我回来了。"

佃冲坐在起居室沙发上的利菜说了一声。

利菜只回了一句干巴巴的"回来啦",眼睛仍盯着电视上播的连续剧,连看都不看他一眼。

佃见此态度叹了口气,母亲则在旁边充满期待地问:"对方给了什么条件?"

父亲担任社长时,母亲时常出入公司帮忙。她的职务名称是专务,直到现在还有老员工这么叫她。佃接过社长职位后,母亲虽然退居二线,但依旧很关心公司的情况。

"他们开价每年五亿,让我们给独家授权。"

母亲露出惊讶的表情,想必认为这是个破天荒的好条件。

"怎么还会为这个条件吵起来,太贪心可不好啊。"

这句话证实了佃的猜测。

"不是贪心。"佃喝了一口热茶,目光投向厨房墙壁,"只是怎么说呢……我感觉问题不在这里。一旦这种事找上门来,就很容易让人忘掉自己本来是做什么的。"

"再加上外面的人肯定也要说闲话啊。"母亲说完,看了一眼利菜,"听说孩子学校的好多人在说很羡慕利菜呢。"

"利菜的同学怎么知道这种事了?"

"那当然知道啦,人家都是初中生了。"

佃吃了一惊,母亲却不以为然。

"平时还是会看看报纸的,对不对?"

利菜并不应声,梗着脖子就是不看过来。电视剧好像正演到精彩的时候,可佃觉得利菜并没有专心看电视,注意力其实一直放在这边。就在这时,利菜拿起遥控器关掉电视,气哼哼地站起来上了二楼。

"这个年纪的孩子啊……"母亲叹了一声,双手放在腰上,"不过那孩子也挺担心你的。"

"这我知道。"

"这种时候,要是孩子妈妈在就轻松多了。"

母亲意味深长地看着佃。

"你说这个有啥用。"

"真是的,你跟你爸一样,都是老顽固。"

母亲匆匆站起来,走到水槽边洗起了茶杯。

"喂,我能进去吗?"

"请进。"

听到干巴巴的回应,佃开门进去,发现利菜正躺在床上看漫画。他拉出书桌边的椅子坐下,看着瞧也不瞧他一眼的女儿。

"你在学校被人说什么了吗?"

佃问了一句,只得到"没什么"的回答。

"是吗……因为这件事不算什么好事,所以爸爸一直没跟你仔细说。其实爸爸的公司被人告上法庭了,然后……"

利菜仍是一副毫不关心的样子,还翻了一页漫画。

"然后啊,这半年来一直在打官司。先是别人告我们,然后我们把他们也告了,反正就是一场混战,结果人家选择了庭外和解。"

利菜仰躺着,还是目不转睛地看着漫画书。

"你在听吗,利菜?"

"那又怎样?"她不耐烦地说。

"所以,你不用担心。而且,一个公司经营久了,难免会卷入诉讼风波,有时也会突然得到一大笔钱。你朋友可能会说三道四,不过怎么说呢,你还是不要在意为好。"

"我们不是名流吧?"

利菜突然问了一句,让佃一惊,本想站起来的,又坐好了。

"什么?"

"她们管我叫名流。"

"名流?"

佃忍不住盯着利菜的脸。小孩子有时还真会说出让人意想不到的话来。

"是谁这么说你啊?"

"裕美。"

利菜不时会把同学带到家里来玩,不过佃还没把名字跟长相对上号。佃正在努力回忆,利菜又说了一句出乎意料的话。

"她家不久前破产了,还说马上要转学了。"

佃看着女儿,无言以对。

原来是这样啊。

他好像理解利菜在学校的立场了。自己的父亲刚刚得到了五十六亿日元,那可是初中生无法想象的金额。然而,她朋友家却破产了，很快就不得不离开学费昂贵的私立中学。

尽管这只是社会上的一件小事，可是对几个刚上初中的女孩来说，这样的对比实在太残酷了。

"是吗……好可惜啊。"

"别这样好吗，总是口头安慰我一下。裕美要是听到你这么说，肯定会很不高兴的。"

利菜把漫画扔到床上，坐了起来。她看着佃的眼神中似乎含有憎恨。

"不是单纯的口头安慰。"佃平淡地回应，"你知道我之前为什么不跟你说官司的事吗？那是因为，哪怕走错一步，我们就有可能破产。多亏了一位优秀的律师，我们才得到了庭外和解的结果。要是没有他，情况就真的很危险了。我不知道那孩子家破产的原因是什么，但是我要告诉你，其实咱们家也曾一度面临这样的险境。"

"那你就把钱借给裕美啊！"利菜说，"你根本用不了好几十亿吧？那就借给裕美家啊。"

"很遗憾，利菜，爸爸不能这么做。"佃耐心地说，"钱不是那种东西。就算是利菜的好朋友，我也不能出于感情因素借钱。要是我那样做了，对方可能会陷入更为不幸的境地。现实就是如此。"

利菜凶狠地瞪了他一眼。

"说到底，爸爸还不是跟中岛工业一样。"利菜断然说出了自己的结论，"脑子里都只想着钱。"

"不对，利菜。"佃反驳道。

"那是什么？你要那么多钱干什么？还眼睁睁地看着身边的人受苦，真是太过分了。"

"再过一段时间，利菜就会懂了。"

再说下去也不太可能有结果，于是佃站了起来，低头看着两眼含泪的女儿。

"为了你和奶奶不伤心、不为难，爸爸一直在尽全力。仅此而已。"

"拜托你别说是为了我们好吗。"利菜反驳道，"把自己说得好像悲剧英雄一样，也太狡猾了。爸爸去上班工作，还不是为了自己。"

佃沮丧地退出了女儿的房间，却迟迟没有睡意，便躺倒在起居室的沙发上。

真是太难了。好不容易解决了诉讼问题，公司却仍有堆积成山的难题等着他，连家里都不安宁。

帝国重工的提案、唐木田跟山崎在会上的争论——躺下来，当天发生的事就不断从眼前闪过。利菜刚才说的话也成了扎在佃内心深处的一根刺。

"为了我自己吗……"

母亲已经回房去了，佃独自待在静悄悄的起居室里，低喃了一句。

自从放弃了研究者的道路，接过父亲的衣钵成为社长后，佃就几乎没有"为自己"考虑过。

连继承公司都是为了上了年纪的母亲，以及当时那几十名员工。只是——

现在，佃心里产生了意想不到的疑问。

这个选择，对当时身为研究者已经走投无路的自己来说，是不是一种"逃避"呢？

不为了自己，而为了家人和员工——他的内心，是否试图用这种方式来抚平挫折感呢？

他是否只是借口为了他人而不去正视现实呢？

佃为这些苦涩的想法皱起眉，却听到放在起居室角落的公文包里传出电话铃声。

是沙耶。

"不好意思，这么晚还打电话给你。我就想对你道声喜。"

她参加的国外学术会议一直持续到昨天，可能今天一回来就看到了报纸上的消息。前妻跟佃不一样，一直脚踏实地走在研究者的道路上。

"啊，我也正想跟你道个谢，你给我介绍的神谷律师真是帮了大忙。"佃难得坦率地对她说了谢谢。

"他是不是特别棒？"学术研讨会可能十分顺利，前妻心情很好，"能庭外和解真是太好了，这就相当于胜利啊。另外，我刚才还听神谷律师说了帝国重工的事，总算轮到你登场了啊。"

"登场？"

佃没听明白，反问了一句。

"哦，你不是要参加重工的项目吗？我还以为你肯定会如此向对方提议呢。"

沙耶说了句出乎意料的话。

"你说什么呢……"

佃说到一半，猛地闭上了嘴。

其实也不是不可能啊。

"你不是火箭发动机方面的专家吗？莫非你觉得自己比不过帝国重工的那些研究员？"

佃靠在沙发靠背上，凝视着空无一人的起居室的虚空。

对啊。

自己怎么就没想到呢？

他现在的感觉就像在森林里迷路了很长时间，好不容易回过神来，却发现其实站在迷宫的出口。

或许，我该多为自己而活啊。

如此一来，一直逃避的人生说不定也能出现转机。不，只有这样，我的人生才会出现转机。

"不好意思，让大家百忙之中抽空来开会。"

佃等迟到的山崎在对面坐下，开口道。他一大早就把公司管理层召集过来开了这个紧急会议，而接下来要说的事，他连殿村都还没告诉。

"关于帝国重工的提案，昨晚我想了一晚上。"佃轮番看着注视自己的员工，说，"我想过了，打算拒绝。"

这句话一出口，所有人都惊讶地瞪大了眼睛。

"那、那个，社长，怎么就要拒绝了呢……"殿村困惑地问。

"那是我们的专利，我们自己用它制造发动机零部件就好了。我不想把专利授权给帝国重工，而是希望向帝国重工提供零部件。"

"真的吗？真的要……"

津野愣住了。

"您为什么要这么做！"突然爆发的人是唐木田，"就算不冒这么大的风险，也能收到一大笔专利使用费啊。而且对方是家大业大的帝国重工，又不用担心他们不给钱。我们为何非要做那种麻烦事呢？"

"这不是钱的问题。这是身为发动机生产者的梦想和尊严的问题。"佃断言道。

围坐在会议桌桌边的人一个个都像吞了铅块，无言以对。

"您说尊严……"唐木田为难地摇起了头，"向帝国重工提供发动机相关的专利，这也不是一般公司能做到的成就，这难道还不够吗？我们有必要包揽过来自己生产吗？只要答应帝国重工的提案，就能不冒任何风险，不花一分钱成本，照样把钱赚到手啊。"

"我觉得不太对。"佃说，"靠知识产权赚钱确实简单，可那不是我们原本的业务。我们开发专利，不是为了应用在自己的产品上吗？一旦选择了轻松的路子，今后可就再也没动力做实事了。"

唐木田不高兴地抱着胳膊，一句话也不说。此人是个理性主义者，肯定无法理解在能够轻松赚钱的情况下，为何要拒绝对方的提案。

当然，佃也并非一点都不在乎摆在眼前的专利使用费，反倒想要得不得了。

不过他认为，工作说到底并不光是为了赚钱。或许有很多人不这么想，但佃和很多人不一样。

佃小时候就为阿波罗计划兴奋不已，还在图书馆着迷地盯着月面照片。他有一个梦想，那就是用自己设计的发动机让火箭飞起来。

如果错过这个机会，他这辈子可能都碰不上制作火箭发动机零部件的工作了。与之相比，专利使用费根本不值一提。

佃接着说道："我想按照我们的作风来处理这件事情。我们不是一直在坚持生产发动机吗，靠手头的技术全力制作出发动机，让客户高兴，这是我们一贯的作风。只不过这次的客户是帝国重工。"

"那确实是我们的一贯作风。"唐木田反驳道,"可是社长啊,我们的业绩怎么样?营业额确实是增长了,不过利润总是只有那么一丁点儿,好几次还面临资金困境,不是吗?以前还扣过员工奖金呢。"

佃忍不住皱起了眉。

佃当上社长不久后就发生了扣奖金一事。

由于技术研发和新产品的发布时机没对上,有两年公司一直在投钱,营业额却迟迟上不来。当然,那段时间的业绩惨不忍睹。那是公司唯一一次削减员工奖金,以后再也没发生过。只是,那仅有一次的事件,在员工们心中种下了"业绩不好公司就要扣奖金"的警惕种子。毕竟人类向来只把坏事记得最牢。

"不过,这项专利本来就是社长带头研发的呀。"坐在旁边的津野对唐木田说,"要怎么用,由社长决定就好了。而且,怎么能有点甜头就忘乎所以呢。"

"谁忘乎所以了!"

唐木田面色一沉。

"你们两个别吵了。"一直在旁边听的山崎插嘴道,"唐木田先生总想着抓住眼前的利益,可是,你如何确定那就是最佳选择呢?向帝国重工提供专利授权,或许能起到一定的宣传作用。不过,这个机会如此难得,仅仅做这点努力是否太没意思了?如果有可能,我也是想试试向他们供应大型氢发动机的零部件。能参与到火箭发动机的生产中,多了不起啊,这难道不是我们一介城镇工厂飞向世界的机会吗?"

"不好意思,我工作靠的不是兴趣。"唐木田坦言道,"我们都得吃饭。梦想这种东西,说着好听。要是零部件生产失败了怎么办？那可是我们从未涉足的领域。就算在研发过程中有过一些模拟经验，可还是缺乏实战经验啊。要是因为我们的原因导致发射失败，还有可能背上巨额赔款。一架火箭价值上百亿，要是哪天有人找我们赔，那公司可一下就没了。既然承接了制造任务，自然要保证产品的质量，这可是常识。你能保证吗？"

"殿村先生怎么想？"

佃突然问一直默默听着他们讨论的殿村。

殿村仔细想了想，这样问道："哪种选择对十年后的佃制作所有好处？"

"十年后？"佃反问道。

津野和唐木田也都莫名其妙地看着殿村。

殿村解释道："假设我们能借开发火箭发动机这件事打开新的领域，我想知道，能达到什么样的规模。相比专利使用费，未来有可能展开的新业务说不定更赚钱。不仅如此，作为一家企业，此举可以突出自身的特色，相关经验今后也可能慢慢变为商机。如果业务范围可能得到拓宽，那我感觉，现在一次性把钱赚完，过后只能站在旁边看别人发展，可能有点亏了。"

"你的说法太跳跃了。"唐木田看着天花板说，"那只是以成功为前提的一种可能性，不是吗？这就叫作寅吃卯粮啊。"

"没有风险的地方存在商机吗？"

殿村提问的语气格外坚定。唐木田鼓着腮想了一会儿，然后长叹一声。

"既然公司决定这么做，那我也没什么意见了。"

他的语气听起来很敷衍。

"对了，社长，帝国重工那边意向如何？"津野问道，"就算我们说想做，也要看那边同不同意吧。关键问题难道不是这个吗?"

他说得没错。

"我正准备打探一下那边的态度。"佃说。

4

"是佃制作所打来的电话。"

让前台把电话转接过来时,财前充满了信心。他昨天刚到大田区拜访了佃制作所,从做生意的经验来看,早早有答复的一般都是好消息。

"昨天承蒙您关照了。"财前掩饰不住内心的期待,连声音都有些雀跃了,"贵公司讨论过那个方案了吗?"

佃会给出什么答复?是"今后多多关照",还是"完全接受您的提案"?也有可能会叫他多给一点专利使用费。

哪种都行,不管怎么说,佃制作所应该会把专利授权给他们。经过昨天的拜访,财前心里已经有了这种预感。

然而——

"我们正在进行讨论,只是,若不授权专利,情况会很糟糕吗?"

财前听不懂佃在说什么。

"不以授权专利的方式合作,而是直接供应零部件可以吗?"

一度膨胀的期待迅速萎缩,变成了困惑。财前一时无言,紧紧握着话筒,不明所以的愤怒充满了整个胸腔。

他是认真的吗?还是在戏弄我?他要制造火箭发动机零部件?怎么可能?!不论佃再怎么厉害,一介城镇工厂何德何能……

佃继续道:"我不是希望贵公司把整个发动机都交给我们制

造,而是只限定于我们拥有专利的阀门系统。我希望贵公司能让我们公司提供那个零部件。"

"佃先生啊,"财前用力揉着眉间,郑重其事地说,"本公司只想请求贵公司授权专利……您这个提案让我感到十分意外,而且老实说,也非常困惑。"他用上了全部的忍耐力,语气恭敬地继续道,"我这边会考虑您的提案的,也麻烦您再考虑考虑本公司提出的方案,可以吗?"

但佃的回答违背了财前的期待。

只听佃坚定地说:"这就是我们讨论之后得出的结论。"

此次新型发动机研发,关键就在于阀门系统,把这么重要的零部件外包给别的公司,简直不可想象。

"财前先生,我们是专业的发动机制造商。"不等财前反驳,佃又说了下去,"不是想靠专利使用费赚钱的公司。"

"这我明白,可是——"

"烦请贵公司讨论一下,是否能将阀门系统相关单元外包给我们。"佃说,"等您给出答复之后,我再考虑是否同意授权专利。"

"知道了,我们会讨论的。不过说句实话,我无法保证讨论结果合您心意。"财前婉转地说,"届时,能麻烦您再考虑考虑授权专利这个选项吗?"

"那要看您那边拒绝的理由了。"

佃的回答让财前十分苦恼。他的意思是,如果不满意拒绝的理由,可能还是不同意授权专利吗?到底什么理由可以,什么理由不行呢?他实在看不懂佃的心思。

"总而言之,请您给我一点时间,让我们公司内部仔细商讨这个问题。"

财前放下电话,沮丧地垂下了头。挫败感一点一点涌了上来。

"部长,您怎么了?"

富山敲了敲门,抱着一堆文件走进来,马上露出了惊讶的表情。

"刚才佃来电话了,要自己生产。"

"哈?"富山哑口无言地看着财前,"要自己生产……是说阀门系统吗?怎么可能!"

"人家就是这么说的。"

财前一脸苦涩地说完,双手抱住了头。

"这怎么可能,从技术上就绝对行不通。"富山气愤地说,"他们不会是把火箭发动机和拖拉机发动机混为一谈了吧。"

"可是专利在佃手上。"

财前这话仿佛是在谴责富山研发速度太慢导致没有获得专利,富山听了脸涨得通红。尽管他自诩为大公司里的精英,不把乡镇企业当一回事,可却被人家抢先一步,并且要为此付出高昂的代价。

"非常抱歉。"主导研发的富山低头道了歉。可是这句话对目前的情况起不到任何作用。

"部长,您打算怎么办?"富山略显迟疑地问。

"你觉得这种提案能通过吗?"

被财前反问一句,富山不知如何回答。

"我又不能当场拒绝,就对佃社长说会在公司内部讨论。"财前长叹一声,"照以往的经验,把核心设备外包出去,对象还是毫无关系的城镇工厂,这简直不可想象。要是把这件事告诉本部长,肯定要被他吼'你是不是蠢材'。"

"可佃那边……"富田压低声音问了一句。

"过段时间再回复。到时候或许只能跟他说公司经过探讨，很难答应他的方案了。然后再诚心诚意地请他重新考虑授权专利的方案。"

"那个佣，能答应吗？他根本不明白自己提的方案意味着什么啊。"

富山彻底小看了佣。他觉得可能是因为第一次交涉吃了闭门羹，佣一直记恨在心。

"不是他们答应不答应的问题。"财前耐心地对下属说，"星尘计划必须用到佣的专利技术，所以这次交涉不允许失败。一旦出了差错，我跟你都没法在这家公司待下去了。你想到下级公司的窗户边喝茶度日吗？"

"我能帮上什么忙吗？"

富山好像这才意识到自己的立场。但财前摇了摇头。

"没有，接下来的交给我吧。"

富山无力地应了一声，走出了部长室。财前看了一眼部下的沮丧背影，为眼前混乱的事态咂了一下舌。一个巨型项目的成败竟维系在这件事上，他想想就感到不寒而栗。

事情本不该变成这样的。

到底是哪里出了问题？

得知佣航平曾经是宇宙科学开发机构的研究员时，财前一心以为对方必定拥有跟自己一样的常识，以为他跟一般中小企业的经营者不一样。

财前心中的中小企业经营者，正是自己的父亲。

他从未对佣提起过，其实父亲以前也在同属京浜工业区的川崎市内经营着一家小有规模的城镇工厂。

父亲是出生于二十世纪二十年代末的人，一辈子投身于事业。财前从小就看着父亲在母亲的全力支持下，带领着一百多名员工，从早到晚在工厂里干活，搞得浑身油污。

父亲的工厂主要做塑料成型和制造，巅峰时期年营业额高达五十亿日元，规模绝不算小。因为父亲的工厂业绩好，财前的童年十分轻松快乐，只是那样的时代不可能永远持续下去，父亲去世前那十年，工厂连续遭遇了许多苦难。泡沫经济崩溃，经营情况恶化，资金困难……工厂在银行的要求下进行裁员，辞退了近三分之一工作了几十年的员工。

然而，父亲从未在儿子面前倒过苦水。不知是因为天性乐观，还是大大咧咧，父亲回家说的全是又给哪家公司做了什么模具，又跟什么大公司签订了新合同这种好事。

父亲似乎认为，儿子大学毕业后一定会继承家里的公司。然而，财前拒绝继承家业，转眼间就进了别的公司就职，因此惹怒了父亲。他跟父亲的关系本来就很紧张，听到父亲说"我供你上大学不是为了让你给别人打工"时，马上反驳"我读书也不是为了继承这种公司"。

之后他偶尔回家，稍微提到工作上的不顺心，父亲就会说："谁叫你不继承自家公司。"他也毫不客气地顶撞："那也比自家公司强一百倍。"然后两人大吵一通。

大学毕业后，财前对父亲的记忆就只剩下争吵了。

"怎么样，是时候回来了吧？"

过了六十五岁，父亲感到精力衰退，便对他说起过这样的话。可能人上了年纪就强硬不起来了。

别的地方再怎么好，给人打工也不顺心吧。你也该明白自己当老板的好处了——父亲还说出了这种话。

开什么玩笑，财前想，谁要继承你的公司啊。

父亲一直很大男子主义。只要劲头来了，哪怕是深夜都会马上离开家，到不远处的工厂里独自默默工作。要是心情不好，他就会大发雷霆，他说一，别人绝对不能说二。

父亲坚信只要品质优秀，订单就会自己找上门来，结果跑去毫无关系的大公司谈业务吃了闭门羹，就对年纪尚幼的财前和母亲撒气。还有一次为开发新产品投入了大量资金，最终研发失败，连员工的奖金都付不起。明明是他自己的责任，却一句"对不起"都没有，把家人和员工都当成日常生活中的一个零件来对待。

对父亲的反感和受到的伤害根植于财前心中，已无法轻易消除。

不过，就在他年复一年随便应付父亲的规劝时，情况也一点点发生了改变。父亲经营的公司每况愈下，重整旗鼓的可能性越来越小了。

父亲年事已高，财前也不再与他争吵。不过直到现在，他还会经常冒出这样的想法：如果当时自己离开帝国重工，继承家业，事情会变成什么样呢？

如果他利用自己在帝国重工积累的经验和人脉回家当社长，父亲的公司最后会如何呢？

至少应该能避免父亲一死就被清算的命运吧。

父亲死后，由于无人继承，他创建的公司也走到了终点。卖掉厂房所在的土地，到手了几亿日元，不过基本都花费在支付员工退休金和偿还银行债务上了。最后只剩下一栋房子和一笔足够母亲养老的存款而已。

"你这么自说自话，说完就满足了吗？"财前独自坐在办公室里，喃喃说出过去争吵时常对父亲说的话。

不过，现在财前的怒火不再指向父亲，而是佃。

佃向他提出的要求，就像父亲跟他说过的话那样任性且脱离常识。

但与此同时，他发现了一件事。

佃做出了跟自己相反的选择，他继承了父辈的公司。

资料显示他是七年前成为社长的，应该是从研究所辞职，中途转向了经营者吧。财前手上的佃制作所的资料还告诉他，佃继任社长后，公司的营业额就迅速上升。

且不论作为研究人员的资质，佃作为一名经营者，实力也确实不可小觑。

能够将事业迅速做大的经营者，往往不会做太过勉强的买卖。佃可能也属于其中之一。

如此一来，就麻烦了。

事到如今，财前更加痛悔没能获得专利。

5

接到那通电话三天后，财前给佃回了电话。

"上回那件事，在电话上不好说，我上门拜访您一趟吧。"财前只说了这么一句。

佃好像很想知道更详细的情况，不过财前坚持说详情见面再谈，就把电话挂掉了。然后，财前坐上公司的车子，到开进中原街道这一路都在反复思考该如何向佃说明。

他认为不该拐弯抹角，可开口就说"行不通"也不好。毕竟这次他要辜负佃的期望，还要扭转局势，争取谈到授权专利。

"欢迎欢迎。上回在电话里真是失礼了。"

财前前脚刚被领进会客室，佃后脚就进来了，还用格外亲切的语气向他打招呼。

"我也是，没能及时回复您，实在非常抱歉。"

接下来就要说到正题了啊，财前暗中做好了心理准备，没想到佃却说出了让他意外的话。

"要到公司里转转吗？"

财前愣了一下，佃笑着继续道："既然要您考虑那个提案，不看看公司和工厂，很难得出结论吧。今天您过来不是为了这个吗？"

糟糕。

他满脑子想着如何拒绝，竟没注意到自己此番来访看起来正如佃所说的那样。他要求参观工厂不仅是理所当然，更是对提出方案的人应尽的礼节。

"如果不麻烦的话。"财前擦了一把冷汗回答道。

"那就快请吧。"佃说完站起来，走出了会客室。

他们先参观了财务和营业部所在的业务部门。殿村在办公室里，看见财前就一路小跑过来打了招呼，然后跟他们一起继续参观。

"这里是营业部。根据业务种类不同，分为第一营业部和第二营业部。目前共有员工二十一人。"佃介绍道。

财前经常访问大工厂，倒是没什么机会看到年营业额在百亿日元左右的中小——不，该说是中坚企业。如此一来，财前脑中的基准自然就切换成了父亲经营的公司，开始从这个角度来审视眼前的一切。

走在佃的公司里，他最先注意到的是这里的氛围。

公司里的气氛很好。他一眼就看出来了。

擦身而过的员工当然都会点点头、打声招呼，可关键在于他们的脸上都充满活力。

父亲那家公司的规模大约是这里的一半，员工的表情是清一色的阴沉、忧郁。不过，财前也是进入社会、积累了一定经验后才发现这一细节的，父亲搞不好从未察觉。

"从这里开始，是本公司的生产部门。"

一行人绕过屏风，擦去附着在身上的灰尘，然后套上一件白色工作服。不用开口询问，单从这一系列步骤中就能看出，这座洁净室的洁净等级非常高[①]。对这个规模的企业来说，拥有这样的无尘室算是最高级别的了。能考虑得如此周全，愿意投资设备提升作业环境，想必是因为佃曾经在研究领域就职的眼界。

"量产的生产线集中在宇都宫的工厂，这里只用来生产样品，算是研发部。"

这里的研发部与帝国重工富山麾下的团队可以算是竞争关系。而这种小公司的研发成果竟超过了帝国重工不惜投入重金的研发，财前除了感到惊奇，别无他想。

财前走过一张作业台，因为陌生的景象停下了脚步。

一名穿着作业服、看起来三十出头的年轻工人正操作着钻机，在铁板上进行手工开孔，然后填入螺丝的作业。

"那个，能让我看看吗？"

财前接过工人手上的铁板仔细查看，忍不住哼了一声。

铁板上的孔仿佛精密机器所留，边缘呈完美垂直。由于工作需要，财前参观过很多工厂，自己也参与过样品制造，可他从未见过能凭手工操作在铁板上开出如此精密的孔洞的工人。找遍整

[①]洁净室，又称无尘室，主要分为一级、十级、百级、千级等级别，分别指洁净室内每立方米含有灰尘颗粒的数量，因此一级为最高。

个帝国重工的话或许能挑出几个,只不过现在几乎所有工序都依赖电脑控制的机械来完成,这种匠人技艺已经濒临灭绝了。

"这可太厉害了……"财前忍不住嘟囔道,"没想到这种技术还存在啊。"

"我们对这种手工作业的技术要求非常高。"

佃虽然这样说,财前却怀疑这并不是唯一的理由。如果这里是一家老旧工厂,买不起最新设备,那还说得通。只是佃制作所可不一样,这里配备了远超中小企业级别的最新设备。

"贵公司的样品都用手工制造吗?"

佃正在对另一个工人手上的气缸切割作业提出要求,闻言笑道:"很多人看了都会惊讶。但要按照设计图来制造样品的话,手工作业比机械作业更具有操作性。当然,并不是全程都能手工作业,只是我们会尽量这么做。相比用机器来制造,手工作业更容易激发工人的思考。比如开孔开到一半,突然想到把孔开在另一个地方会不会更好,能在组装之前发现设计上的缺陷。而且,用手工作业,完成后运转不良的情况会更少,所以从结果来说,这样还能提高样品制造的效率。"

财前实在掩饰不住惊讶。

精密机械制造过程容不得半点差错,否则就会引发故障,影响性能和可靠性。要想毫无误差地手工切割出高性能发动机的气缸,绝非容易之事。

"开孔、切割、研磨,我认为,无论技术怎么进步,这些都是制造的根本。"

佃的话很有说服力,让财前深表认同。

参观的最后一站是研究部。这里装有一扇宽大的门,佃把脖子上的工作卡插进卡槽,再经过静脉认证才解除了安全锁,一行人进入内部。

里面洋溢着一股别样的氛围。一部分人穿着带有佃制作所标识的工作服，还有一些人则身披白袍，俨然研究人员。这处独立空间跟大企业的研究室没有两样，只不过里面的研究人员都表情轻松，举手投足间散发出灵活自由的气息。可能这就是佃制作所的作风吧。

财前走着走着又停了下来。

中央的工作台上摆放着好几个零件，而且一看就知道那是什么——阀门。

经过佃的许可，他拿起来仔细端详。

这些都是阀门成品，形状大小各不相同。

此时，一直盯着电脑屏幕的白衣男人来到财前身旁站定。他就是研究部门的负责人山崎。

"能让我看看测试数据吗？"财前向山崎问道。

"看是可以看，不过在签订保密协议之前，请不要带到公司外部。在屏幕上看看数字倒是没问题。"山崎说。

屏幕上出现了财前要求查看的数据。

他一边听山崎讲解测试数据，一边盯着屏幕上的数字。整个过程一言不发，一直抱着双臂盯着屏幕。

结果不错。

在搭载了液体燃料发动机的火箭上，阀门系统将面临极为严苛的作用环境。

液氧燃料的沸点是零下一百八十三摄氏度，液氢燃料则是零下二百五十二点六摄氏度的超低温。阀门的任务是调整这些燃料注入燃烧室的量，其运作环境涵盖了从真空到三百个大气压以上的高压，以及零下二百五十三摄氏度的低温到五百摄氏度的高温。当然，制造在这种环境下也能运作良好的阀门系统，需要非常高超的技术，所以各国火箭制造商都将这项技术作为最高机密。

现在，这个最高机密就呈现在财前面前。

"有什么问题吗？"做完说明后，山崎问道。

财前提出的不是技术上的问题，而是别的疑惑。

"贵公司为什么想到要做这个东西？"

这个疑问听起来甚至有点滑稽。

"硬要说的话，算是挑战吧。"佃回答。

"挑战？"

这个回答让财前倍感意外地瞪大了眼睛。

佃继续道："我是在思考小型发动机构造时偶然想到这个阀门系统的创意的。虽然技术非常复杂，但我希望能够通过开发这项技术，让公司整体的研发水平和技术能力更上一层楼。而且，我曾经的梦想就是亲手制作发动机，把火箭送上天。很可惜，我无力制造整个大型氢发动机，但如果只是阀门系统，还是能想想办法。"

"哪怕这种技术对贵公司来说很可能完全没有用处吗？"

"我不会把它白白浪费的。"佃断言道，"火箭上用到的技术，哪怕小到一颗螺丝，都要求有最高的可靠性。"

这句话让财前感受到了佃热情投身研究开发的信念。

"这类技术肯定能运用到今后的生产活动中。"

财前直到最后都没能说出拒绝佃供应零件的话。

"我这一趟过去的目的可是拒绝啊……"坐在回公司的车上，财前自言自语道。不要授权专利，而要供应零部件，佃的要求初听下来就像毫无现实性的空想，可是——

现在看来，那也并非绝对不可能啊。

财前不敢相信，自己现在竟产生了这种想法。

看到手动给铁板开孔的工人时，财前感到耳目一新，并且十分震惊，而那种震惊现在变成了心中挥之不去的印象。工人扎实的技术，以及培养出那种技术的公司的精神——尽管公司规模不同，但佃制作所与帝国重工的制造现场可谓不相上下。不，他们很可能胜过了帝国重工。

"部长，情况怎么样？"富山似乎一直在焦急地等他回来，财前刚走进办公室，他就急忙追问，"佃接受了吗？"

"关于那件事……"财前双手搭在办公桌上，抬头看着下属，"我想认真考虑一下。"

富山的表情明显发生了动摇，期待瞬间变成了疑问。

"这是怎么回事？"

"意外的感觉挺好的。"

富山张大了嘴。

"您说什么？"

"我说，意外的感觉挺好的。"

财前躲开富山追问的视线，假装拿起办公桌上的文件看。

"挺好的……部长，您打算怎么样啊？"

"不是说了，要认真考虑一下嘛。"

仅凭三言两语无法应付佃制作所，这也是财前今天领悟到的事情之一。要说服那个男人，不，要说服那些工人，恐怕必须彻底审查，认真得出结论才行。

富山慌了手脚。

"部长，您这是要把零部件外包给佃吗？真的有这个必要吗？"

"让他制造零部件有什么不好？"财前大大咧咧地问着，抬起眼看向富山，"人家的精度说不定比我们还高。"

"部长！"下属涨红了脸，"别开玩笑了！"

"我可没有开玩笑的闲心思，你想想成本啊。"财前对愤愤不平的富山说，"要是佃制作所能提供值得信赖的阀门，而且定价很低，那当然是向他们采购更好。如此一来，也就没必要支付巨额专利使用费了。"

"请恕我直言，那样违反了本公司的方针。"富山反驳道，"我们的原则是核心零部件内部制造啊，部长。把这么重要的零部件外包给其他公司，而且是佃制作所那样的公司，简直太离谱了。"

"这一原则背后的理由是什么，你知道吗？"

过去，日本在大型火箭开发领域落后于其他国家，因此，火箭上使用的零部件都只能依赖进口。后来，日本人通过自有技术开发出氢发动机，而且性能远超各个竞争国家的预料。这让向日本出口零部件的法国感到了强烈的危机，于是开始限制零部件出口，想让日本再也拿不到最新技术的零部件。

"也就是说，我们之所以坚持使用自主研发生产的零部件，是为了避免难以预料的压力对研发造成的影响。不过，如果是本国的企业提供技术，我们也就不需要担心国家会出台出口限制政策了。"

"可是……"富山双手撑在财前的办公桌上，口沫横飞，"对方可是个吹口气就能飞走的中小企业，是指不定啥时候就会倒闭的公司啊。部长您只关心国家政策的限制，可是，佃那边随时都有可能因为生意做不下去而停止供应啊。您真的要信任那种企业，接受由他们提供零部件的提案吗？"

"如果佃那边的资金情况恶化，我们出资就好了。"财前说，"既然佃那边希望供应零部件，那么现在的关键就是，马上审核他们的信用程度和成本。"

富山是个情绪起伏很大的人。在这个两眼放光、拼命压抑感情的下属眼中，自己的指令恐怕堪称无情吧，财前暗想。

"你的自尊心太强了。"财前对欲言又止的下属说，"在这次的研发竞争中，你就是失败者。我们甚至被逼到了必须付出失败代价的境地，关于这点，你有话要说吗？"

一直盯着财前的富山忽然垂下目光，紧咬的牙缝里挤出一句"没有"。

"如果佃手上的技术货真价实，且价格低廉，那就没理由不使用。我看你好像有些错觉，但其实我们在宇宙航空领域真正的竞争对手不是佃制作所，而是欧美俄。我们的火箭必须比他们的火箭拥有更高的性能、更高的安全性，以及更低廉的成本。为此，我们能做什么呢？这才是我们应该考虑的问题吧。一味梗着脖子有什么用？这可是做生意啊。"

"非常抱歉。"

财前目送富山沮丧地离开办公室，其实心里也不是不理解他的心情，毕竟他自己也正处于难以置信的情绪中。只不过，实际参观过佃制作所，目睹了研发现场后，财前开始觉得他们的要求并非不切实际。

佃制作所里潜藏着什么东西，他们拥有某种散发光芒的特质。

无论什么公司，都不可能一上来就是大公司。索尼如此，本田也如此。他们都曾是苦于资金周转的中小企业，后来才发展成受大家认可的一流企业，这其中自然有一定的理由。

公司虽小，但拥有一流的技术，以及支撑着那些技术的员工的热情。

那家工厂的氛围,是财前父亲的公司所绝对没有的。

不,帝国重工底下被高度机械化、制式化的工厂里,也不一定还存在那种氛围。

佃的研发部充满学术气息,每个人都充满挑战意识,想做出有意思的东西来。

当然,财前不会如此轻率,只看一次工厂就忘乎所以。不过身为帝国重工的部长,他对自己鉴定技术的眼光很有自信。而且,他是一旦认可了一个人或一家企业,就会向对方表示尊重和诚意的人。这可能是在川崎的城镇工厂环境中成长起来的人,因熏陶而必然形成的某种类似性格的东西。

可是,该如何向上头说明这个情况呢?刚才虽然对富山说了那种话,但真的要将核心部件外包出去,可绝非易事。

"帮我问一下水原本部长的日程,我想占用他十五分钟时间。"

秘书帮他联络过后,回复说约了本部长一小时后见面。财前在这段等待的时间里做了些案头工作,把未审理文件盒清空,然后在约定时间的五分钟前乘上了通往高管楼层的专用电梯。

"考虑接受他们的提议?"

果然,水原的语气里透着惊讶。

"直接使用佃制作所提供的零部件,能够把成本控制到最低,也不需要支付巨额专利使用费了。"

水原带着难以理解的表情陷入了沉思。

"我想问个问题。佃制作所为什么不同意授权专利?那样赚钱不是更轻松吗?"

"对方的社长曾经是宇宙科学开发机构的研究员，似乎坚持想直接供应零部件。"财前今天刚刚目睹过那份坚持。

"有所坚持啊……"水原露出难以释怀的表情，"我们要为了这种东西改变方针吗？有点过分了吧。你之前不是说要同时开展新技术研发吗，那边情况怎么样？"

"要花点时间。"财前回答道，"除此之外，还可以沿用旧的技术，但那样会使安全性降低。此外，这样一来产品缺乏新亮点，新型发动机很难起到震惊世界的效果。佃手上的专利则属于绝对能让人眼前一亮的级别。"

"但那不是我们的技术。"水原说。

水原是彻头彻尾的工人思路，平时最讨厌三样东西：失败、妥协和借口。

因此，财前必须想到一个既不是认输，也不是妥协，听起来也不像借口的劝说方法。

"但那是日本的技术。"财前着重强调道，"不会受到出口限制。"

水原没有回应。

"从商业角度考虑，如果佃的零部件符合要求，那么由他们供应还可以提高利润。能请您考虑一下吗？"

"你也知道，藤间社长一直在推进零部件自主生产。"本部长面露难色。

"这我当然知道。"

"要是没在专利申请上被别人超前，就不会发生这种事了啊。"

水原仿佛在暗示这是财前的失误。财前无法反驳。

"你没跟他谈好专利授权的事吗？上次不是说没问题吗？"

"非常抱歉。佃那边提出了直接供应零部件的方案,我考虑后发现外包出去的好处更多。"这句话听起来像不像蹩脚的借口呢?"当然,我也没有完全放弃签订专利授权合同的可能性。我只是想,能否在测试过对方的产品性能后,再认真考虑哪种做法更为有利呢?"

"你让我想想。"水原结束了这次短暂的面谈。

6

"社长,能打扰您一会儿吗?"

财前上门访问这天的傍晚五时许,佃办公室里响起一阵敲门声,接着江原春树探头进来。他是唐木田手下的青年员工。再一看,他背后还有两个人探头探脑,都是跟江原同龄的年轻人。

"哦,怎么了?"

佃站起来请三人进屋,三人坐在沙发上后佃又坐回到了办公桌后。

"刚才我们在部门会议上听部长说了,请问专利那件事,您真的要那样做吗?"江原问。

"专利那件事?"

"不授权专利,而改为供应零部件。"

"哦,我是有这个打算。"

佃回答完,在大学里参加过乒乓球社团的江原就挺直了瘦削但韧性十足的身体。

"能请您再考虑考虑吗?"

他显得多少有点强势,不过此人在营业部的年轻员工里业绩拔尖,又深得唐木田的器重,属于公司里这帮年轻人的领导人物。佃看得出来，他的眼神里藏着决意。

"这是我经过多方考虑才做出的决定，你要是有意见，可以说出来听听。"

坐在沙发上的三个人互相看了一眼，然后江原开口道："老实说，我们其实忍耐很久了。"

"忍耐？"这句话让佃感到很意外，"是怎么回事？"

"公司不是在技术研发上投了很多钱嘛。跟中岛工业打那场官司，拿到一笔意料之外的和解金确实是好事，只不过，要是换成别的结果，公司的命运可能完全不同。"

简而言之，江原似乎想说在研发上的投资太多了。

"不管营业部再怎么努力，赚到的钱都被投进研发这个无底洞里了。我并不是想请社长把钱都发给我们，可至少要留在公司里啊。"江原说出了自己的想法，"另外，这次这件事我也很难理解，为什么要放弃授权专利，执着于零部件供应呢？中岛工业支付的和解金帮我们把贷款都还清了，要是再拿到帝国重工的专利使用费，我们不就能放心一段时间了吗？既然如此，为什么要转为供应零部件呢？我实在接受不了。"

江原的语气里带着情绪，脸也涨红了。

"你们都这么想吗？"

佃看着另外两人。

"不仅是我们，公司里还有好多人这样想。"

回答他的人是村木昭夫，此人二十来岁，是通过社招进来的员工。他平时很不起眼，刚才看到他跟江原一起过来谈判，佃就有点吃惊。还有一个人叫真野贤作，性格外向，有些吵闹，但此时却盯着办公桌的一点，一句话都不说。

佃想了一会儿，对三人问道："你们有梦想吗？"

他们好像不明白佃怎么突然问起这个,都愣愣地看着他。

"我有梦想。那就是用自己做的发动机,让火箭飞上天。"

愣了好几秒钟他们才有了反应。佃接着说:"虽然后来我发现做不了整个发动机,但我还是想尽量向梦想靠拢。这次的决定,就是第一步。"

"可是,那只是社长一个人的事啊。"江原的反驳深深刺中了佃的心,"我们看重的是公司。难道这家公司是社长的私产?"

"应该不算是。"尽管被年轻社员毫不客气地追问,让佃有点不知所措,但他还是给出了回答。接着又说:"不过,也不能说只要能赚到钱就好,对不对?"

"制造阀门系统跟发射火箭完全是两码事啊,整个公司里只有社长把它们联系在一起。"江原单刀直入地说。他这人并不坏,只是说起话来有点不饶人。

"可能是吧。不过,阀门系统是火箭发动机的一项核心技术。当然,供应这一零部件与发射火箭并不一样,可我还是想尽量一试。"

"可是,以经营者的角度来看,这应该算不上最好的选择吧。"真野略显踌躇地说,"我认为经营公司的目的就是获得利润。既然如此,就没有必要去承担不必要的风险。就算这件事能成功,我们收取专利使用费赚到的钱应该会更多。"

"我知道你想表达什么。可是那样一来,公司能剩下什么?"佃问。

"能剩下一笔钱。"江原断言道,"我们真的不想再遇到资金周转困难、前途和未来不明朗的情况了。因为我们也有家人,处在那种不知哪天就要流落街头的危机里,根本无法安心工作。"

"是吗……抱歉。"佃低下头道歉,这一举动让他自己都有点意外，"不过啊，我一直是这样经营这家公司的。毕竟我是研究领域出身，是专门搞技术的人，所以我做的事情不一定全都正确，实际上就犯过许多错误。但就算方法笨拙，我也想选择自己动手做出东西来。为火箭搭载的大型氢发动机提供核心零部件，这种机会一旦错过，可能就不会有第二次了。所以，我想做这个东西。你们能理解我的心情吗？我们可是一家制造公司啊。"

村木和真野的视线看向了地板。

"社长把公私混淆了。"江原愤愤地说，"我理解社长的梦想，但我认为，这些话不应该在这种时候说。"

佃没有说话。

那确实可以算是他的私人想法。但自从成为社长后，他就一直在为公司考虑，此时总算能朝自己的梦想迈出一步，佃也知道，这是个非常重要的选择，会把员工卷进来，还会把他们的家人也卷进来。

"不，不能签订专利使用合同。只有真正去制造，才有意义。我一定会让这个项目成功。"佃凝视着江原的双眼，"相信我。"

没有回应。隔着一张办公桌，佃和年轻员工之间出现了一道眼睛看不见的鸿沟。

7

晚上七点多，富山被水原叫了过去。

当秘书联系他，说本部长叫他过去一下时，富山的心一下就提到了嗓子眼儿，胃都绞成了一团。

"我马上过去。"

对着听筒说出这句话时，他感觉到自己的表情已扭曲得不像样子。去了就是挨批吧,他带着这个预感,拖着像灌了铅一样沉重的脚步走向高管楼层。

"您叫我吗?"

被秘书领进本部长办公室后,只见水原本部长一言不发地指着沙发,并向他走了过来。

"失礼了。"

富山紧张得难以呼吸,很想把脖子上的领带扯松。水原靠近后他更是喘不过气来,什么都做不了。

水原是那种平时不会轻易流露感情的人,不过,他现在明显满脸的不高兴,糟蹋了一张难得的帝国绅士脸。

"财前君刚才向我汇报了阀门系统生产外包一事,你怎么想?"

水原上来就直击核心。

"非常抱歉。"富山先深深低下头道了歉,他知道这一切都起因于自己在专利开发项目上慢人一步,感觉水原是在向他问罪。然而——

"不用道歉了。"水原说,"我在问你,身为一名技术人员,你对零部件外包这件事怎么看。想必你也听说过佃制作所那个公司的事吧,到底是什么情况?"

"老实说,我吃了一惊。"

富山心惊肉跳地给出了一个很委婉的回答。他看不出水原到底想干什么。

"我看他是真心想这么做,可我一点都理解不了。"水原一脸为难地抱起了胳膊,"佃制作所不同意向我们授权专利,这让我很意外,但我更无法理解的是,财前君为什么不顾公司的方针,非要提出如此特立独行的办法。"

"其实我也有同感。"富山充分发挥见机行事的本领,认为此时应该马上赞同上司的看法,"我们跟佃制作所还没有合作经验,上来就把核心零部件发给他们制造,未免太冒险了。"

水原点点头说:"那财前君为什么要说那种话?我记得他家以前在川崎开过公司,会不会跟佃制作所有个人关系啊?"

"不清楚。"

水原能怀疑到这个份上,一定是对财前的提案感到非常疑惑,看来必须谨慎选择自己在这件事上的立场,富山如此想。

"财前部长对佃制作所的技术实力有很高评价。他到大田区参观了那家公司的研究部门后,突然就变成这样了,所以我也很困惑。"

富山摆出难以理解的表情说着,突然认为这是个大好的机会。如果水原把自己叫来是因为他对财前失去了信任,那只要跟水原打好关系,就有可能提高自己的声望。

"我不知道佃是怎么说的,反正不经过测试什么都不好说。我觉得财前部长应该也不会完全听信佃说的话吧。"

"说句实话,我不太赞成这件事。"水原说道。

富山一言不发地点点头表示赞同。

"你跟财前君说说吧,在测试前,这件事还需要再考虑考虑。最好能买下专利,如果不能,就签授权合同。我认为财前君的报告缺乏技术方面的观点,你应该能在这方面深入谈一谈吧。谈好之后,直接写份报告给我。"

这件事竟向着令人愉快的方向发展了,专利申请失败后,富山的地位就变得岌岌可危,这可能是挽回名誉的好机会。

"明白了。"

富山心里已笑开了花,表面却一本正经地行了个礼,退出了水原的办公室。

度过难抑兴奋的一夜,第二天早上不到九点,富山就敲响了部长办公室的门。

"昨天本部长把我叫过去了。"

听完部下的开场白,刚来到公司、正把东西从公文包里掏出来的财前停下了动作。

"本部长?是佃的事情吗?"

财前的直觉很准,他把公文包放到桌子边,落了座。

没等财前开口,富山就拉过办公桌前的圆凳坐了下来。

"听本部长的语气,他好像不太赞成零部件外包。"

"语气?"财前皱起了眉,"语气是什么意思?本部长说什么了?你具体讲讲。"

"他让我跟部长从技术层面就零部件供应好好谈谈。只不过,本部长个人还是倾向于收购专利,最不济也要签订授权合同。"

"收购专利没戏。"财前肯定地说,"佃那边坚持要供应零部件,所以授权也很困难。不过,如果在审核品质和交货系统后以不达标的理由明确拒绝,那还可以谈谈。届时他们应该也会以授权专利为目标,坐上谈判桌吧。"

"可是,真的探讨零部件外包,会不会——"

"有什么问题?测试一下不就好了。"

财前的话里带着一丝怒气。

"我的意思是,有做测试的必要吗?"

富山也流露出一丝平时一直压抑着的感情,并用上了辩驳的语气。他已经知道了水原本部长的意思,心里有底了。

"不测试,我怎么回复佃?"财前反问,"听好了,专利在人家手上，而且那不是个好欺负的对手，不能无视他们的意愿，把我们的想法强加上去。而且再说了，要是你的研发速度快一点，我就不用去跟他们交涉这种事了。"

"恕我直言，研发日程我都向您报告了。"富山忍不住说了一句，这是他头一次就这件事进行反驳，"部长同意了那个日程，结果被人抢先一步。这也是因为佃的专利经过了式样变更这个特殊手续……"

"你想说这些都不怪你？"

财前冷冷的目光射向富山。

"不，我不是那个意思……"

富山一下子说不出话了。

"你给我好好听着，这里不是学校。"财前盯着下属的眼睛说，"谁批准了，手续是否完整，这种东西跟狗屎一样毫无意义。因为被人抢先一步我们才没申请到专利，这个事实摆在面前，什么借口都不管用。这里是公司，而且我们从事的可是宇宙航空事业。这个行业里的一切都瞬息万变，你觉得按照程序走就行的思想能管用吗？"

富山的心中渐渐装满了怨恨。这种事我当然知道，他想。

可是，责任干吗全都推到我一个人身上，专利研发慢人一步，身为管理者的财前部长难道不是也有责任吗？

有的上司就是会把责任都推给下属，功劳自己独揽，财前就是其中的典型。

一直待在这家伙底下，我总有一天会身败名裂，富山心中清楚地认识到这一点，开门见山地问："水原本部长不同意让他们制作样品，部长您要违反他的意愿，执意做测试吗？"

"别总让我说同样的话。"财前眼中冒出怒火，"事情都到这一步了,你还不赶紧去开发新的阀门系统,好让水原本部长高兴?你能做到吗?"

富山咬紧牙关,紧抿嘴唇。财前则一脸看不上他的模样,转开了视线。

"总之,是因为有必要我才这样做的。你就把这当成通往胜利的必要条件吧。而且,"财前又回头看向富山,并指着他的鼻子说,"你也是搞技术的,不要一上来就否定别人,先测试了佃的产品再说。"

讽刺的是,财前说的这番话,傍晚时富山自己也在水原面前说了一遍。

"实在很抱歉,我已经极力劝说了,没想到财前部长的决心格外坚定。"

当天下午,富山约了水原本部长见面,向他汇报了跟财前面谈的结果。拧紧眉头露出困惑的表情,这是富山早已练就的看家本领。

"只不过,有件事我很在意。"他把来之前想好的故事说了出来,"我听财前部长的语气,感觉他一开始就有可以外包零部件生产的想法了。"

"这是怎么回事?"

水原似乎有了点兴趣,问了一句。

"我们跟佃制作所的交涉一直都是财前部长负责,老实说,我也不知道实际情况到底怎么样。虽然我并不知道佃为什么提出把零部件外包给他们的提案,但如果想要拒绝的话,应该是可以拒绝掉的。"

"也就是说,他被佃巧言说服了?"

"这个我不敢断言。"

水原露出恍然大悟的表情,这正是富山想看到的。早上在财前那里受到的屈辱渐渐消失了。走着瞧吧。

"你怎么想?"

"能让我对他们制作的零部件做一些测试吗?"富山表现出与在财前面前完全相反的态度,"身为搞技术的人,还没确认对方的品质就予以拒绝,那也太没道理了。要是测试结果不佳,相信财前部长和佃制作所都不会再坚持了。"

当然,富山料定测试结果将是"不合格"。

"知道了,那你去做吧。还有,"水原看着富山说,"你也去跟佃谈谈授权专利的事。能做到吗?"

富山露出微笑。这可是报复财前的千载难逢的机会。

"当然可以。我看财前部长目前也碰到瓶颈了,换个人去交涉说不定能得到好结果。"

留下这句委婉的说辞后,富山离开了本部长室。

"现在是后财前时代啦。"

走在高管楼层里,富山难以抑制得意的笑容。不过,他的轻声自语只被脚下厚重的地毯吸收,没有传到任何人耳中。

8

冷风昭示着冬天的到来。十一月中旬的一个星期五,佃坐在池上线长原车站附近的居酒屋里喝酒。

"下班后大家一起去喝一杯吧。"

这天,他召集在公司加班的员工们搞了这场聚会。宽敞的二楼包间里坐满了喝得正高兴的年轻员工,佃身为社长,偶尔带员工出来喝一杯也算是分内的工作。不过，上回来跟他谈判的三个人却不在。

"我叫过了，都不来。"佃问"江原他们在哪儿"时，津野这样回答。

"是吗……"

那天谈话时产生的郁闷之情至今仍留在他的心里。佃本想借这个场合敞开了跟他们好好说说，看来对现在这些年轻人，传统的"借酒交流"已经行不通了。

"明明是营业部的人，却不给面子，真是太不合群了。"

"你也别在意。"他安慰完嘀嘀咕咕的津野，感慨了一句，"好难啊。"

"您是说跟年轻人相处吗？只要痛骂一顿就好了。"津野说。

"这样肯定不行吧。"

佃拿起已经变温的啤酒喝了一口。

"他们抱怨完了，就拒绝别人的邀请，刻意保持距离，这样太过分了。"坐在角落的山崎说了一声。

来找佃谈判的三个人中，其中真野是技术研发部的研究员，想必山崎在跟下属相处时也有不少烦恼。

"供应零部件这个决定怎么就这么让他们无法接受呢。你们怎么想？"

佃问了一句，津野和山崎都只回了句"是啊"，便闭上了嘴。

"我觉得挺好的。"过了一会儿，津野说，"社长做出自己认为对的决定，这不是理所当然的吗？"

这个回答可让佃不怎么舒服。津野又说："听说那三个人都提到了资金问题，可要是公司干不下去了，社长不就会损失全部财产吗？换言之，面临最大风险的人是社长，与之相比，员工面对的风险不算什么啊。"

真的吗？

在员工看来，失去工作应该跟失去住房和财产一样严重，这不是根据损失大小来做出判断的问题。

"如果换作津老弟，你会怎么做？"

津野拧着眉毛想了一会儿，却回答不出来。

"别客气，你尽管说吧。"

"换我可能不会这么做。"津野说，"因为授权专利更好赚钱，研发今后还可以继续搞。为了今后的研发，现在先积累一笔资金，对公司来说也很重要。更何况，供应零部件还有风险。"

"你的想法很有道理。"尽管被刺痛了，佃还是如实说道，"这次的事是我任意妄为了。"

旁边的殿村向他投来了同情的目光。

"结果不可能马上看出来。"他鼓励道，"跟对方签订专利使用合同确实能简单赚到钱，不过，有了供应火箭核心零部件的技术实力和经验，今后就有可能把生意做得更大啊。如果从五年、十年的跨度来看，或许就能像社长说的那样，慢慢将技术变为实际业绩。"

就在此时——

"不应该根据成功的可能性来做出判断吗？"

背后突然传来一个声音。

是财务部组长迫田滋。他喝得有点上头，不知何时来到了佃身后。

迫田好像听到了他们的谈话，只见他端坐在佃旁边的空位上，说出了让殿村脸上失去血色的话。

"其实江原也来找过我，说要一起去谈判。"

"那你怎么没来？"

迫田的回答十分残酷。"因为我觉得，去了社长也不会改变主意。"

大学毕业就进入公司的迫田是个知性的人，工作态度扎实可靠，他给出的意见向来沉稳，和江原一样，也是年轻员工中的带头人。

"你说这话真是太让人伤心了。"

佃幽怨地回了一句，迫田却说："可是社长不是已经想好了，并私自做决定了吗？"

私自。这个词刺中了佃的心。

"所以我认为，提再多意见也没用。不过我还是认为，应该根据哪种做法成功的可能性更大来做出判断。"

周围的员工都注意到佃和迫田的对话，停下闲聊，将注意力转向他们。

"部长说得对，制造火箭零部件的经验确实有可能成为将来扩大事业的契机，可是您觉得这件事成真的概率有多大呢？我认为，能达到百分之十八或二十，就该谢天谢地了。反过来，我们得到专利使用费的可能性是百分之百啊。对帝国重工来说，那些钱都不够用来擤鼻涕的。这就像打高尔夫球，那些因为有一点可能性就直接瞄准旗杆赌运气的人，无论练多久都不可能练出好技术的。我觉得社长听了我的这些话也不会改变决定的，不过既然这是一次不分上下级的聚会，我就说出来了。社长你错了，此时不如放下梦想，给我们涨涨奖金吧。"

话音刚落，周围顿时响起一片掌声，让佃极为失落。

津野咂了一下舌，仰脖喝酒。山崎面无表情。殿村咬着嘴唇，垂下了目光。

"单说概率确实如此。"佃承认道,"不过,那种公司没什么意思吧。你说的概率,说白了就是能不能拿到钱的概率嘛。可是,只要能拿到钱就好吗?如果心怀梦想,今后或许能得到更有意思的工作,这也该拿出来算一算概率吧。"

"那种事,完全可以过后再追求啊。"迫田的意见非常直接,甚至让人有点生气,"社长,听说您向江原保证一定会成功,对吧?这可不是一个技术人员该说的话。如果您说有可能成功,我还可以理解。社长,您是根据什么判断'一定'会成功的?"

"你这是挑刺吧。"津野愤愤地抬起头,"社长的意思是,要带着那种劲头做事。"

"那失败的责任又该由谁来承担呢?这可是放弃了好几亿,甚至可能是好几十亿日元的收益啊。我觉得很严重啊。部长工资高,可以随便说,倒是好。可我们不都是只能听话办事的小职员嘛。听到社长的这个决定时,我心里固然理解社长的梦想,但同时也有个大问号,不知道您究竟有没有为我们考虑过呢?"

这次没有人鼓掌。

虽然是借着酒劲,可迫田的话还是太尖锐了。

对啊,佃想,我当时考虑到了自己的梦想,却没有替员工考虑啊。

说到底,员工们反对的会不会并非结果,而是导向结果的过程呢?

如果是这样,那我可能在什么地方搞错了顺序。

微醺的佃走路回了家。虽然考虑了自己的梦想,却没有替员工考虑——

他做的决定或许真的存在这个问题。只是,被公司里的年轻人指出这个问题,还是让他大受打击。

比起梦想,还是工资、福利和奖金更重要。

自己的梦想只是自己的东西,并非员工的梦想。

"那是当然的啊。"佃摇摇晃晃地走着,自言自语道。

是我的想法太天真了。

一个公司怎么能为了社长的梦想而存在——年轻人想说的无疑就是这个。

可是,他心中又冒出了别的想法。

"我也有我的人生啊。"

他懂得那帮年轻人的意思,他的想法确实有不到位之处。可是,那帮人的主张不就是不准我干自己想干的事,而要为公司奉献整个人生吗?对我来说,那种工作到底有什么意义?

"我回来了。"

佃开门进屋,走进起居室,发现母亲正独自坐在厨房里喝茶看电视。利菜好像回房间了,不在楼下。

"辛苦了。刚才有个叫须田的人给你打电话了,说还会打过来。"

"须田?"佃对这个名字很陌生,"他没说自己是哪个公司的吗?"

"他说了个英文的名称,是什么来着……我觉得他能打电话到家里来,你肯定认识呢。没印象吗?"

"没有。"佃边脱上衣边说,"几点打的?"

"九点半左右吧。他说还会打过来。"

此时时钟的指针已经指向十点半了。

"啊,来了。"

起居室的电话响了起来。

佃拿起电话，里面传出一个陌生的男声。

"深夜打扰您了。我是Matrix Partners（经纬创投）的须田，请问佃社长在家吗？"

"我就是。"

"突然给您打电话，实在很抱歉。请问您现在方便通话吗？"

须田谦逊地问了一句。如果是推销，这个时间也太晚了。佃一直没说话，对方倒兀自说了起来。

"其实是三上老师把我介绍来的，他把您的联系方式给了我。"

"三上？"

这个名字让佃感到意外，三上是他在宇宙科学开发机构时的同事。

"请问你们是什么关系？"佃问。

"我们是一家美国的投资公司，专门从事企业投资和收购业务。三上老师是我们的技术评估顾问，平时经常来往。其实，有一家企业对佃制作所十分感兴趣，所以我打电话来，想问问您是否能让我们登门拜访一次。"

"感兴趣？"佃问，"是资本合作吗？"

"嗯，算是吧。"

"对方是什么公司？"

"详情在电话里说可能不太方便……"须田说道，"是否能让我们到贵公司登门拜访一次呢？我们将以代理人的身份传达那家企业的意向，希望佃社长能在了解情况后给出答复。"

"我没什么兴趣啊。"

"还是烦请您抽一点时间出来。"须田加重了语气，"综合考虑贵公司的经营策略和今后的研究开发，这桩生意肯定有好处。

应该是一次愉快的会面。"

"好吧，既然是三上介绍的，那我就听听吧。"佃有点不耐烦，"明天麻烦您打电话到公司，跟负责财务的殿村预约时间吧。"

然而——

"那位财务负责人并没有持有佃制作所的股份吧。"须田可能事先做过调查，此时说出了让佃意外的话，"如果可能，我想跟佃社长直接交流——私底下。"

须田的这番话可不能听过就算，而佃此时真的没精力多想了。

"那好吧。"他从刚放下的公文包里拿出日程本，"什么时候？"

"不知您下周是否有空？几点都没问题。"

"那周一下午两点可以吗？"

"好的，我会准时拜访。"

须田郑重其事地道了谢，然后结束了通话。

9

"一个马……马翠克斯，呃……怕哪儿①的须田先生要见社长，他跟您预约过吗？"

负责总务的花村磕磕巴巴地念着手上的名片，表情讶异地看着佃。她今年五十五岁，是从父亲那代开始入社工作到现在的员工。

"哦，让他进来吧。"

---

①此处为"经纬创投"英文名的谐音译法。

花村可能以为佃会拒绝，先是露出意外的神情，然后才退了出去。不一会儿，一位年纪轻轻、身材高大的男人被领了进来。他看上去才三十几岁，名片上却印着"日本分社长　须田祐介"。

"那天突然给您打电话，真是太抱歉了。"

等花村把茶端上来再退出去之后，须田低下头说道。此人穿着外资公司员工标配的高档西装加名牌鞋装束，系着时髦的领带，跟佃制作所的会客室显得格格不入。

"你说要跟我私底下谈的究竟是什么事？"等须田做完自我介绍，佃就直接问道。

"由于话题特殊，不方便让员工知道。"

佃一时想象不到那是什么样的事。

"佃先生，我就开门见山地说了，您也不要有顾虑，尽管提出您的想法。"须田坐直了身子说，"一家大企业对贵公司评价很高，现阶段我还不能透露那家企业的名称，只能告诉您，是享誉世界的好公司。佃先生，请问您有出售公司的想法吗？"

"什么？！"

这句话实在太出乎意料了，佃张大了嘴，却不知该说什么好。

第四章 摇摆的心

1

哪家公司想收购我们?

佃最先想到的问题是这个。可是须田坚持说"现阶段还不能说",不愿告诉他。按照他的说法,他有保密义务,必须得到对方许可才能透露那边的信息。

"我连买家是谁都不知道,怎么考虑要不要卖?"

佃有点生气,而须田只是低下头说"实在对不起"。

"您的意思我很明白,所以今天我来拜访,只是向您提供收购条件方面的信息。首先,我想澄清一个大家都容易误会的问题。就算把公司卖掉,也不一定意味着佃先生不能当社长了,请您放心。如果您愿意继续以社长身份带领公司壮大,完全可以将其纳入收购条件展开交涉。"

佃并不打算卖公司,不过对须田的话还是有点好奇。

"简而言之,佃先生只需卖掉自己手上持有的股份即可。"

"说白了,就是让我变成外聘社长吗?"佃问。

"是的。不过薪酬方面也可以谈。"

"但那就意味着,一旦我做了不符合买方意愿的事,就要被炒鱿鱼啦。"

须田可能认为这是关键问题,闻言把身子挺得更直了。

"您说得没错。不过,买方也会把合作对象介绍到公司来,因此公司有可能发展新业务,经营情况也会更稳定。而且,这么说可能有点失礼,在各位员工看来,加入大企业麾下,能提升安心和稳定感，社会地位方面也能得到提高。"

佃默不作声地抱起了胳膊。

他想起了自己跟迫田的对话。

现实比梦想重要，稳定比风险更吸引人。

员工里面肯定有很多人赞同这句话。

"举个例子，贵公司目前的主要合作方是京浜机械，完成收购后，有可能获得好几家同等级别的新公司的订单。开拓新业务是每个企业必须面对的经营课题，从这个意义上说，贵公司的战略地位将得到显著提升。另外，对收购方来说，能够将贵公司的技术实力纳入麾下，也能在市场战略上占据优势。"

为了这个目标，请你让出公司所有人的身份——须田找他谈的事情，说白了就是这个。

"你要说的我都明白了。"听完说明后，佃这样说。

"能请您考虑考虑吗？"

"我会想想的。"

听到佃应付式的回答，须田挺直身子行了个礼。"谢谢您，请您仔细考虑考虑，我过段时间再联系您。"

"社长，刚才是不是有个投资公司的人来了，经纬创投的？"

须田刚走，殿村就好像瞅准时机一般，把方方正正的大蝗虫脸探了进来。不愧是银行来的人，他好像知道须田的公司。

"我没有同席真的没问题吗？"

"嗯，没什么问题。"

佃犹豫了一会儿要不要把收购一事告诉殿村，最后还是没说。

"他找您有什么事？"殿村问。

"没什么事。"

殿村盯着他看了片刻，但没有继续追问，而是说："是吗，那就好。"

"我想问个问题。"殿村正要把头缩回去，却被佃叫住了，"那个经纬创投可信吗？"

"别说可不可信了。"殿村瞪大了眼睛，"那可是超一流的风投公司。我听说那么有名的公司的人到我们这儿来了，还以为他们要投资呢。"

殿村退出去后，佃坐在会客室的扶手椅上，深深叹了口气。

对现在的佃来说，还真没法轻易拒绝须田的提案。

带着身为经营者的梦想，还有员工们出乎意料的反对，现在的佃，正逐渐成为穿新衣的国王。

卖掉公司，至少能从这些麻烦事里解放出来吧。只要能让经营状况稳定，员工高兴，那也不失为一个选择啊。他并不那么贪恋社长的职位。

公司是什么？人为什么工作？为了谁而活？

佃现在面对的，是公司经营方面最本质的问题。

2

周五，三上久违地打电话来，问佃要不要出去喝一杯。

不愧是会吃的三上，选了神宫外苑不远处一家最近很出名的意大利餐厅。

自从佃离开研究所后，已经七年没跟这个同事见面了。

"你这社长当得怎么样？"七年来肚子上攒了不少肉的三上问道，"听说你挺大刀阔斧的啊，是不是大赚了一笔？"

三上应该是在说媒体上报道了的佃制作所与中岛工业在法庭

上对峙一事。

"我可没大赚一笔。"佃回答,"只不过想把落到头上的火星子扫开,结果扫出来一笔零花钱。"

"几十亿哪能叫零花钱啊。"

三上吃了几口前菜的生牛肉片,又喝了口酒,笑着说。他跟佃从不客气。三上的人事档案放在大学,同时在宇宙科学开发机构肩负重任,是一名一流的研究人员。佃离开后,大型火箭的发动机研发项目就以三上为主力展开,现在,他可以说是可以代表日本的科学家之一了。

"正确来说不是零花钱,而是和解金。"佃说,"这也只是因为我们的法庭战略恰好奏效了而已。当初要是走错一步,我们可能就要承担赔偿责任了。这个世界,就是不能掉以轻心。"

这不是谦逊,而是真心话。

"这还不都是因为你的公司有技术实力才能成。在你看来,小型动力发动机肯定跟玩具一样吧。"

"怎么会!"佃瞪大了眼睛,"小型发动机有小型发动机的难处。毕竟现在不能只讲究性能,要是价格、设计无法迎合市场和顾客的需求,那就卖不出去。像我们这种中小企业,要生存下去真是太困难了。"

"中小企业吗……说得真好。"

"有什么好笑的,我家就是如假包换的城镇工厂,我就是个厂叔,你有意见?"

佃说完,三上喝了一口红酒,笑了起来。

"这么个中小企业还拥有最尖端的阀门系统技术,真是不可小觑。"

"你知道了?"

佃惊讶地问，三上则白了他一眼。

"那当然了，现在帝国重工都炸锅了。他们花大价钱研究了那么久的最新技术，竟然被一个城镇工厂抢了先。人家是不是找过你了？"

在商用火箭领域，宇宙科学开发机构相当于帝国重工的客户，两者在技术方面也一直保持着合作关系。想必三上也很了解帝国重工的内部动态。

"他们来找我谈过独家专利授权，不过我拒绝了。"

"为什么拒绝？"

佃突然感到一阵苦闷，忍不住皱起了眉。看来，三上也跟他的员工一样，对他的判断怀有疑问。

"因为我想向他们提供零部件。"

三上扬起一边眉毛，盯着佃想了片刻。

"我觉得这不是个好主意啊。"他说，"接单有风险，也欠缺经济合理性。此时先把钱收下，等候下一次机会不是更好吗？"

佃听完就想起，三上有个优点，虽然身为技术人员，却也很擅长计算得失。看来他这么多年没变过啊。

"这种机会以后还会再有吗？"佃没有马上品尝服务员端上来的菜，而是边欣赏边说，"技术优势不可能永远保持下去，这次只是开发小型动力发动机时突然有了灵感，才碰巧赶超了别人。不一定有下次了。"

"话是这么说。"

三上似乎有什么想法，他沉默了一会儿，其间貌似跟他相熟的侍酒师来问过一次对酒的感想，三上煞有介事地跟侍酒师聊了几句。

侍酒师离开后，三上看着佃说："你说要继承家业时，我还以为你要放弃研究的道路了，不过我想错了。你一直在进行只有你才能做的研究，并且拥有了该领域最领先的独家技术。我说佃啊……"三上把酒放到桌上，一本正经地说，"不如回大学去吧？"

佃目不转睛地凝视着三上，不知该如何回答。

"你在说什么呢，别开玩笑了。"

"我才没有开玩笑。"三上认真地看着他，"本木教授明年就要卸任了，好像要去九州一所新成立的工科大学当校长。"

本木健介是大学教授，同时兼任宇宙科学开发机构的主任研究员。此人正是佃最后一次参与的大型氢发动机火箭发射任务的责任人。

"本木教授很有野心，他可能觉得在火箭领域再也得不到更高的功绩，干脆到地方大学去当校长更好。毕竟身为研究者，他已经到了能力极限，本人又不是那种安于现状的性格。"

"话虽如此，你们也不缺能代替本木老师的人吧。"

要是把三上的话当真，就要闹笑话了，想到这里，佃这样回答道。

"有是有，可我觉得还是你最合适。尽管有一段空白期，不过你在研究领域的论文数量和研发质量都不成问题，而且，无人能否定你对日本火箭发动机研发做出的实际贡献。再加上这次这个实打实的阀门系统技术，在我看来，只有你最适合即将空出来的教授职位了。"

三上充满热情的劝说让佃产生了一种不现实的感觉。而且老实说——他心动了。

"不是我自夸，我在教授会议上的话语权可不小，你的成绩加上我的推荐，要让大学聘你为教授，绝对不难。只不过，这当然需要得到你的同意。佃，回来吧。"

"等等，你这样说我当然很高兴，可我毕竟还在经营公司呢。"

三上突然把目光从佃脸上转开，长叹一声。

"你是不是见过经纬创投的须田君了？"

佃屏住了呼吸。

"你是为了这个才把我介绍给他的？"

"不好意思，因为我觉得这事对你有好处。现在依旧认为这样是对的。你这个人，只要有合适的环境和充足的资金，就能拿出更好的成果来。要不你认真考虑考虑？"

佃做了个深呼吸想平静下来，可是吐出的气息却有点颤抖。

"给我一点时间。"

说完，佃闷哼了一声。

3

"零部件外包一事，你再认真思考一下。"水原咬着牙说。

财前道谢后，水原又拿起资料，改为轻快的语气说："接下来的就交给富山吧，你没必要亲自上阵。"

这句话让财前慌了手脚。

"交给富山？"

"嗯，先让他测试，得出结果后，把交涉的事情也交给他。这样不是更好吗？两边都是现场负责人，在技术问题上应该也更谈得来。"

财前拿来的文件上写着若佃制造所的产品通过测试，就同意进入订单外包流程，由他们提供星尘计划的一个零部件。

然而，水原还给财前的文件上没有他的签名。

"本部长，董事会对这件事是如何决断的？"

"什么董事会的决断？"

正在看文件的水原抬起头来。

"这件事藤间社长同意了吗？"

由于不能越过水原直接向社长汇报，财前只能通过水原本部长上达意见给社长。

"还没有。"

水原冷冷地答了一句，目光重新落到文件上。

"本部长，这件事有违社长方针，是不是先打声招呼比较好啊？"

水原的表情一沉，财前意识到这句话触怒了他。

"你不说我也知道。但至少要等到测试结果合格，确认他们有能力提供零部件之后，才对社长说吧。"

按照程序确实应该这样。不过此次的问题很特殊，照着程序走说不定走不下去。要是藤间最后不同意，试图在世界顶级的新型氢发动机市场上打出一片天地的星尘计划就会开出一个大洞。对水原来说，外包核心零部件可能是最糟糕的选项，可是因为社长的一句话，连这个选择都做不了，那就更糟糕了。所以，事先通通风必不可少。

"开发代替技术要花多少时间是无法预测的，属下认为，为了严守计划日程，也应该事先知会一下藤间社长。"

"太丢人了。"水原毫不客气地说，"恐怕这件事一开始就不该交给你。我告诉你，按照我的想法，最最糟糕的情况也就是拿到独家授权。我看你一心只想着藤间社长，但我跟他一样，认为核心零部件应该自主生产。跟一个以前从未合作过的中小企业签外包，当然不可能轻易批准。"

水原平时不怎么表露感情，此时他激动的样子就足以让财前闭上嘴。

与此同时，财前意识到，他此前与水原勉强维持的信赖关系，现在明确地亮起了黄色警灯。当下弥补肯定不是上策，于是他说了一句："非常抱歉，请您多担待。"便离开了办公室。

富山好像一直等着财前，他刚走进自己办公室，门就被敲响了。

"我做了一份佃制作所的测试日程表，能请您签字吗？"

财前瞥了一眼他提交的资料，忍不住抬起头。

资料里列出的测试内容十分严苛，远远超出宇宙航空部对一般外包厂商和合作工厂的测试要求。

"你想怎样？"财前盯着富山问。

"毕竟是核心零部件啊。"富山理所当然地说，"不过我并不打算全部测试，毕竟测试也要花费时间和金钱嘛。有一项出现不合格，我就会马上停止测试。您应该听水原本部长说了，接下来将由我来负责测试，并且就测试结果跟佃制作所交涉，请您多担待。"

这家伙……财前强忍胸中怒火，在文件上盖了章，一言不发地还给了富山。

"记得提交测试的详细报告，别一心想着搞黄别人的测试，我们可没有代替技术。"

他警告了一句，被下属回以挑衅的目光。

"那当然。不过，一旦测试不合格，我会去跟对方谈，把部件外包改为专利授权，请您知悉。"

要是富山把他没谈成的事谈成了，此人在公司里的声望肯定会变高。与此同时，他这个被下属摆了一道的人将会如何——财前决定不去想了。

4

"我替你把他说了一顿。"

财务部的迫田露出了坏笑。

在蒲田某个烤肉店的二楼,迫田、第二营业部的江原、技术研发部的真野,以及真野的后辈立花洋介围坐在一起。

最年轻的立花负责给所有人烤肉,隔着缕缕烟雾听他们说话,偶尔皱皱眉。今天这次聚会是江原召集的,共来了十五位,其中大部分是年轻人。此时,其他人都在旁边的席位上忙着吃喝。

"社长也一脸无奈的样子,不过那个决定实在太蠢了。"迫田得意地说,"怎么能为了社长一个人的梦想把整个公司都搭上呢。"

"就是啊。"周围的许多人纷纷点头。立花却隔着烤肉的烟雾看到了隔壁桌的垫村耕助正抱臂不语,心下"咦"了一声。

垫村是技术研发部的技术员,个子不高,但因为高中时代投身于棒球运动,体格很不错。他跟江原同期入职,不过是高中学历,因此比江原小四岁,今年二十七。

"垫村,你说对吧?"

迫田也眼尖地发现了表情冷漠的垫村,以一副"你有什么意见吗?"的表情看着他。

"人家也没把公司搭上啊。"

垫村说完,四下只剩下烤肉的吱吱声。

"你怎么回事?这么帮着社长,真是太冷淡了。"

"我没怎么样啊,只是觉得这种说法太庸俗了。为什么一开口就说赚钱不赚钱的呢。"

迫田以令人毛骨悚然的冷酷表情看向垄村。

"难道你能喝西北风活下去？"他的声音尖锐起来。

"我不是那个意思。"

垄村不耐烦地说着，松开盘起的腿，单膝撑起了身子。他这人每次只喝烧酒加冰，虽并非因为九州男儿的身份，但倒也很适合他。

"我们公司不是靠着社长的技术能力和热情才发展到现在这样吗？说白了，这不就是本田的模式吗？我只是感觉，要是否定了这一点，我们就会变成不同的公司。"

"说得好像你很懂一样，也不知道是谁在公司里总坐冷板凳。"

"这跟我坐不坐冷板凳没关系吧。"

垄村有点不高兴了。他跟迫田虽是同期入职，但大学学历的迫田现在是组长，垄村只是低一级的主任。

"我是觉得我们这个社长很有意思，他都这个年纪了，还有自己想做的事，而且一直不放弃，朝着目标不断努力。这种死脑筋不正是我们的长处吗？你们不想支持他一下吗？"

"一点都不想。"迫田冷冷地说，"我活得已经很辛苦了，只想得到与付出相对应的薪水而已。"

"你现在得到的薪水远远超出你的付出啊。"

被垄村这么一说，原本就有点上头的迫田脸涨得更红了。

"才没有呢，对吧？"

迫田向周围寻求赞同，有好几个同事明显很犹豫地点了点头。

"公司拿了那么大一笔和解金，社长却只字不提发奖金的事。而且这次就算能赚到钱，我们这些员工也是最后一个分到油水的。"

"主公也真是的，对社长太客气了。"此时江原插了一句，"做什么外包，根本就是社长的异想天开，这时候不该由财务主管来阻止他吗？可是主公却担心自己被赶回银行，对社长言听计从。看他那个样子，真不知道专门从银行调过来是为了什么，还不如迫田去当这个财务主管算了。"

周围的人纷纷赞同，迫田满意地喝了一口清酒，然后对垄村说："你大可以毫无疑心地一直跟随社长，可到头来只会什么都落不下。等到那个时候，你再后悔可就晚了。我们的社长不是本田宗一郎，只是个普通大叔而已。我们不是本田公司，只是个中小企业而已。钱这种东西，一眨眼就没了。"

"真不愧是彻头彻尾的财务啊，说起话来如此小气。"听着大家的讥讽，垄村却依然泰然自若，"要是我们能向帝国重工供应零部件，至少以后可以说自己是'火箭品质'。到时候生意肯定能做大。我觉得上头的人并没有说错。"

"那你告诉我，氢发动机的阀门系统能变成什么生意？"迫田失声笑道，"这玩意儿用途那么窄，根本不可能做成生意的。难道你有门路？"

"现在没有。"

垄村说完，江原不耐烦地起哄道："搞什么鬼啊。"周围好几个人都跟着笑了起来。

"你是不是被社长传染了妄想症啊？"

江原说完，便彻底无视垄村，开始吃烤肉。

立花在一旁听着，心里也想了想那个阀门系统能做成什么生意，可他怎么都想象不出来。垄村说阀门技术肯定能盘活，当然，这个可能性不是零，但现实可没有嘴上说的那么轻松。事实上，公司里也有不少年轻研究员对社长的决策心怀不满。

"立花，烤焦了。"

江原的一句话打断了立花的思绪，他马上把这段对话忘到了脑后。

5

十一月的最后一周，帝国重工的人叫佃去位于大手町的总社一趟。

"上回要专利授权时还亲自上门来，这次就变成'你过来一趟'了？"同行的山崎翻着白眼说。

一旦提出想供应零部件，佃制作所就成了帝国重工的供货方候选。所以佃认为，这种态度上的转变在所难免。反过来，他也不能对帝国重工说："我要向你供应阀门系统零件，请你到大田区来跟我谈谈。"

"算了，谁去谁那儿都无所谓，最近他们的人也来了不少次，我们过去效率也会高很多吧。"

佃嘴上说着，心里却想不出这能提高什么效率。

他们乘坐池上线来到五反田，再换乘山手线。开过东京站后，窗外就出现了大手町林立的大企业总部大楼。佃不知道哪一座才是帝国重工的总部，但认不出也仅到今天为止，今后说不定能远远认出那栋楼来。

约定的时间是上午十点，对方联络殿村时说的是"到总部来找宇宙航空部宇宙开发组的富山主任"。佃从口袋里掏出写着信息的纸条，在前台报上了公司名称。

二人在七楼会客室里等了五分钟，就见富山走了进来。

"财前已经向我介绍了情况。听说贵公司希望直接向我们供应上次提到的阀门系统是吧？您真的希望这样做吗？"

可能因为第一印象不佳，佃看着这个富山推了推银边眼镜说出这句话的样子，觉得他真正想说的是"你会后悔的哦"。

"当然，希望贵公司能认真考虑。"

佃回答完，富山就从文件夹里拿出一份文件，放在桌子上。

"既然要供应零部件，就必须通过本公司的测试，希望您理解。"

佃点点头，接过文件。

富田打开手头那份，说："那么请您看看这份资料吧，第一页注明了详细测试内容和日程。"

佃打开文件，山崎伸头过来一看，惊讶地说："这么多？"

"您有什么意见吗？"

富山态度虽然殷勤，却掩饰不住傲慢。

"不是有意见，只是觉得是否有必要做这么多。"

这也是佃的想法。

文件上罗列的测试项目和程序都十分繁杂，还有重复之嫌。

"测试项目由本公司决定，如果贵公司想成为供货商，就烦请遵守。"

富山的声音很温和，态度却不容置疑。

"既然是必要手续，那就没办法了。"

佃说完，富山拧起嘴角讽刺地笑了笑，继续他的说明。

这套测试十分繁杂，佃要制作超过一百个阀门作为样品，这些样品将在帝国重工内部经历各种气压和温度条件下的操作确认和耐久性测试，以考验其精度。

还不仅仅这些，列表里还要求佃制作所提交财务资料以供评估。

"这是为了防止供货商在关键时刻破产，导致零部件断供。"富山面不改色地说，"审查过程还会评估万一出现索赔时贵公司的赔偿能力。也就是说，无论零部件的品质多么优秀，若贵公司财务状况不佳，我们也无法与您合作。除了这些测试，我还要实际去参观贵公司的内部环境和现场环境，检查环境方面是否达标，请您做好准备。这些测试全部完成，要花上一个月时间……"富山突然停下话头卖了个关子，仿佛在强调接下来的话很重要，"所以我们会先做几项测试，若不太符合标准，就立即中止测试。毕竟测试本身也费时费力啊。"

说完，富山挑衅地盯住了佃。

"那个叫富山的人好气人啊。他这么做可能也有帝国重工的面子问题，不过那种看不起人的态度真是太讨厌了。"结束会谈离开后，山崎皱着眉说，"是他负责跟我们对接吗？如果是，那今后恐怕很难搞啊。"

"是啊。"

佃应了一声，有点在意那天跟他商谈的财前怎么没出现。毕竟他们已经打过几次交道，就算具体对接工作不由他负责，今天也该来露个脸才对。

"一点礼貌都不讲，真是不折不扣的霸王买卖。"

山崎一脸不高兴，好像对富山非常不满。老实说，佃的心情也不怎么好。他制作的都是顶级水准的发动机，心里也有一些骄傲。

"那人就是看不起我们城镇工厂。"

佃心中无比赞同山崎这句话。

会议气氛很尴尬，因为江原和迫田等一众年轻员工走进来时全都面带疏远和冰冷的表情，让佃心里一沉。

佃这个人外表虽然糙，内心却很柔软，同时他又有无法让步的梦想。他的心一直在两种矛盾的情感之间摇摆，此时又剧烈地动摇起来。

是他召集公司内的管理层开了这次临时会议。

山崎在会前派发给了大家今天帝国重工的富山给他们的文件。

"公司决定成立一个项目小组，专门负责这次的零部件供应项目。"佃看了看坐在一起、没有任何反应的年轻人，继续说道，"当然，小组的中心是技术研发部，但鉴于测试项目还包括财务等内容，几乎涵盖公司的所有部门，因此也需要负责其他业务的员工加入。财务部请迫田组长参加，营业部请江原科长参加。"

迫田毫不掩饰地撇了撇嘴，让佃有点冒火。

你就这么不愿意吗？他差点儿把话说出口，却发现迫田旁边的江原也露出了同样的表情，不由得轻叹一声。

"我知道大家有很多意见，但还是希望各位能齐心协力，把这个订单给拿下。"

佃说了这句话，底下却没什么反应。

年轻人彼此交换眼神，一言不发。不仅是他们，唐木田也一直抱着胳膊低头不语，显然对这个决策很不满意。

"我能问个问题吗？"江原举起手，目光阴沉地看着佃，"这是公司的决定吗？"

"当然。"

会议室里传来轻微的咂舌声。所有人都吃了一惊，却没人说话。员工们的心情再清楚不过了。江原面露不满，目光挑衅地看着佃，却没再说什么。

与员工意向相悖的决定——这么说真是一点没错。

尽管如此，佃还是不想把跟帝国重工的交易改为单纯的授权专利，因为这是关乎佃自己人生的问题。

此时，又有一个年轻人举手请求发言。是迫田。

"我认为签专利授权合同对我们更有利，公司一定要做供应商提供零部件吗？主动去冒品质风险，还不顾内部意见，我觉得这样就算成了也不会顺利的。"

"我没有不顾大家的意见。"佃拦住了想斥责下属出言不逊的殿村，这样说道，"但这是我经过深思熟虑后得出的结果。你们的心情我都理解。"

"你才没理解。"

不知何处传来这句话，佃耐着性子继续劝说道："拿下为大型火箭发动机提供核心零部件的订单，应该能为我们开拓出一条新路子。就算不谈论我的梦想，我也能向大家保证这一点。完成这个项目，我们就能得到非常宝贵的经验。"

"可那也要先通过帝国重工的测试吧。"江原问，"如果失败，到时候该怎么办？您会考虑授权专利吗？"

"现在还不是谈论这个的时候，我希望大家齐心协力，完成这个挑战。"佃没有正面回答江原的问题，"我们已经在专利部分领先了帝国重工，就算规模不如人家，但技术绝不落后。所以我希望大家心怀自豪，认真应对。"

有的人死死盯着文件，有的人则仰头看着天花板，很明显，他们都把佃的话当成了耳旁风。就连殿村都一脸凝重地盯着虚空。没有几张脸看向佃这边。

这场没有效果的会议让佃感觉自己仿佛正在沙漠中漫无目的地徘徊。

员工的心正在一点一点疏离。

"什么狗屁项目小组啊，你说是吧，江原哥。"

村木对站在窗边吸烟的江原埋怨了一声。

此处是二楼休息室，其中用挡板隔出的一个角落，是佃制作所内部唯一能吸烟的地方。

"嗯。"

江原应了一声，眯着眼睛看向窗外雪谷一带的住宅区。此时已是傍晚，天空被晚霞染上了一抹淡红色。

"江原哥，你看起来好累啊。"村木又说，"不过我也是。就算跟社长直接谈判，也什么都改变不了。"

不仅是村木，整个营业部，甚至整个公司都弥漫着一种怠惰氛围。京浜机械终止交易，再加上与中岛工业的官司，公司先后面临的问题让江原这些年轻人产生了紧张的危机感。这样下去不行，必须想想办法，最终是庭外和解把他们心中的焦虑连同奋进的念头都一扫而空了。

意料之外的和解金解放了大家紧绷的神经，令他们前所未有地松懈下来。

大家一直如此拼命地工作，到最后拯救了公司的却是法庭战略。这让员工们感到很泄气，甚至觉得一点点积攒家底的行为非常愚蠢。

玻璃窗上映出目光涣散的江原，他看见背后的门被打开，一个人走了进来。敞着白袍的人是技术研发部的真野。本来营业部和技术研发部的人都不怎么合得来，可他跟真野却意气相投。

"哟，告一段落了吗？"真野语气轻快地打了声招呼，从上衣口袋里掏出香烟，又说，"你一脸不服气的表情啊。"

"你怎么想？"

江原转过身，看着真野那张苍白的狐狸脸，脸上小小的眼睛也凝视着窗外。

"无所谓啊。"真野说着，目光离开被夕阳染红的天空，转向江原，"只要别通过帝国重工的测试不就好了。"

江原在心里把这句话咀嚼了一番。

真野继续道："那样一来，社长就会放弃这条路了。剩下的选项就只有授权专利了。"

"社长可没这么说。"

村木在旁边插嘴，被真野骂了一声笨蛋。

"这还用说吗，肯定是这样啊。"

"测试有这么难吗？"江原面露惊讶，问真野。

"谁知道呢。"

真野背对窗户，一言不发地抽着烟。此人平时话很多，但有时真的很难看出他在想什么。

"真野啊，我问个问题。你既然是技术研发部的，应该支持社长说的供应零部件方案才对，为什么要反对呢？"

"不是跟你说了吗，我不服气啊。"真野回答，"在研发氢发动机上花钱如流水，却不顾自己的老本行小型发动机研发。你在别处听过这样的蠢事吗？"

在研究部，真野是属于小型发动机开发小组的。他平素就积攒了许多外人所不理解的不公平感，现在更是越来越不满了。

"制造那种东西能有什么好处？我们可是小型发动机制造厂商啊，除此之外还能做什么？"

真野的目光突然变得异常冰冷，他再次转向了窗外。

6

"佃社长来公司了,你怎么没通知我?"财前的语气有点尖锐。

当天下午财前从合作公司回来,发现跟佃面谈的报告书已经躺在了待解决的文件盒里。

财前看完报告脸色都变了,马上把富山叫过来问话。

"因为测试一事已经全权交给我了。"

富山冷淡的回应相当于在财前的怒火上浇油。

"你也知道之前一直是我跟佃社长对接的,既然人家专门过来了,我不露面可太不成体统了。"

"提出供应方案的人是佃,我认为不需要部长出面。"富山笑起来,"您也没必要费这个心。"

"没必要费这个心?这可是在我们的沟通过程中提出的方案。"财前瞪了富山一眼,"要是得不到佃的协助,你打算怎么办?就因为供应方案是对方提出的,你就把人家当外包商对待了?为什么不也考虑考虑对方的立场?"

"是我考虑不周,非常抱歉。"

富山皱着眉,露出谄媚的表情。

"你下周要过去吗?"

财前看了看富山在报告书里附上的对佃制作所的测试日程,问了一句。按照日程安排,下周是参观佃制作所的公司和工厂,对制造环境和经营状况进行问询。

"结束后我会将结果做成报告书提交给您。届时整个测试可能就终止了。"

富山说着,仿佛很期待这一幕发生。

"给二位添麻烦了,希望能合作愉快。"

在东京站附近一座大楼的地下居酒屋里,富山举起满满一扎生啤,跟坐在对面的两个人干了杯。

"我们这边都忙死了,真是没事找事。"

一个面色苍白、表情有点神经质的人边说边用纸巾擦掉嘴角的泡沫。此人头发有点稀疏,梳成三七分,银框眼镜后面的眼睛眯缝着,扭曲的嘴唇显露出压力过大之人特有的烦躁。

"别这么说啊,田村,在企业审查方面没人能比你厉害,我这不是看上你的能力,才来拜托你的嘛。"

被称为田村的人面不改色,丝毫不理睬这番奉承话。

"大企业也就算了,这种中小企业的财务,你叫自己家的人审查不就好了,真是扯淡。"田村气愤地说。

"如果可以我也就那么做了。只不过啊,我的顶头上司不同意。"

"财前部长吗?他这么执着,可真难得啊。"

从旁插嘴的人是个皮肤黝黑、体格健壮的男人。此人酒量极大,刚才第一次碰杯,他就一大口几乎喝光了一杯。此时他已打开菜单,准备挑选下一杯酒水。

"也不知道他那是执着还是误解。"富山说,"要是我们部长的谈判能力再强一点,也就不会变成现在这个局面了。其实我跟你们一样,心里觉得这事麻烦得要死。所以沟口老师,您也别一脸不情愿了。"

沟口依旧看着摊开的菜单,哼了一声,没有说话。

这两人是富山为审查佃制作所生产的零部件是否可采用而召集的测试团队的中心人物。沟口是生产管理部主任,不消说,他自然是生产管理方面的专家。这次富山邀请他全面评估佃制作所的工序管理等工厂内部的情况。

另外那个田村是审查部主任，专业是信用评估。这个词听起来就觉得好像很艰深，帝国重工每次准备与新公司展开合作时，都要先让田村评估对方公司是否值得信任。

此次富山便向他们各自的部长提出借用二人，当然背后也有很大一部分原因是他与这两个人关系较好。

富山一心想让佃的测试获得"不合格"的结果，跟能够领会自己意思的人合作当然更方便行事。

"你老实说，那个佃什么的公司究竟怎么样？"几经烦恼后，沟口又点了一杯生啤，然后问道，"那公司在技术层面上有合作价值吗？"

"他们研发出了火箭发动机上搭载的阀门系统。"

原本都满脸不情愿的两人闻言同时抬起了头。

"阀门系统？"沟口惊诧地问，"就是被人抢先一步的阀门吗？"

"就是那个。"

富山苦着脸承认了。

"等等啊，公司是什么时候决定采购那个阀门的？"沟口大吃一惊，"这不违反公司方针嘛。阀门属于核心部件啊。"

"这种事你不说我也知道，所以才请了你们来做评估呀。"富山烦躁地说。

"我不懂你什么意思。"田村毫不掩饰地问，"富山，你得好好解释解释这到底是怎么回事。你到底在想什么？"

"这话你们别外传啊。"富山先提醒了一句，然后继续道，"这次测试只是走个形式罢了，水原本部长的意思是，必须拿到专利授权，这是最糟糕的情况。"

桌子另一边的两人同时投来讶异的目光。

"那干吗要如此费事?"沟口难以释然地问,"直接跟他们谈专利授权不就好了。"

"谈过了,可是佃拒绝了。"

两人好像觉得难以置信,都选择用沉默回应。

富山继续说:"然后对方反过来提出想向我们供应零部件,而我们部长竟然答应要考虑考虑。"

"结果就成了想拒绝也拒绝不了的局面吗?真是荒唐。"

沟口抱着胳膊仰头看向天花板,紧接着叹了口气,说道:"你自然反对这个做法吧?"他表现出了能快速判断情况的能力。

"没错。可是现在财前部长跟对方一个鼻孔出气,若不拿出检测不合格的结论他就不妥协。都有人说他是不是跟佃私底下有一腿了。"

富山说出了毫无根据的话。

"简而言之,就是你想让佃不合格。"田村直白地说出了不太好说的话,"不过,给了不合格,之后还不是得让佃同意授权专利?"

"这个我会去谈。"

富山用力放下扎啤杯。

"你?"沟口笑眯眯地"哦"了一声,说,"要是你能把财前部长谈不成的生意给谈成了,想必名声一下子就上去了。"

不愧是沟口。富山回以坏笑,说道:"谁让那位领导是喜欢把下属的功劳当成自己的功劳,把所有失败都推给下属的人啊。"

"不过你也是,竟然算计顶头上司。"沟口毫不客气地说。

"你这话也太难听了。"富山说着看了看周围,确认没有熟人后,又对两人小声说,"总之,万事拜托了。不管怎么说,都不能让那种狂妄的中小企业出风头啊。得让他见识见识，帝国重工的要求有多高。"

"如果这也是本部长的意思，那我们只能这样了。对吧，田村？"

沟口说着，拍了拍田村的肩膀。

田村没有回答，不过看他的侧脸就知道，他也赞同这番话。

第五章 佃的尊严

1

十二月，世间充斥着腊月的忙碌和圣诞节的热闹，佃制作所却完全没有那种气氛，而是弥漫着紧张的气氛。

"预算怎么样了，殿村先生？"

跟技术研发部的山崎碰过头后，佃顺路去财务部看了一眼，对正在座位上查看资料的殿村问了一句。

"差不多快好了。"

天色已晚，帝国重工的评估团队明天就要到公司来。一周前，他们先跟富山见面询问了评估细节。时间过得飞快，也做不了什么准备，毕竟工厂改善措施不是一时半会儿能想出来的东西，就只能依靠他们平日里的积累了。另外，财务状况和经营环境这种东西，再怎么遮掩也于事无补。他们能做的，也就只有仔细总结资料并交上去了。

"迫田，你很努力啊。"

佃赞扬了一句坐在组长座位上埋头苦干的迫田，但没有得到正经的回应。对方只哼哼了两句，脑袋稍微点了点。此时已是晚上九点多，他的态度也暗示了他并不想这样加班。

佃制作所整体仿佛都在被迫朝着渐渐逼近的关口冲刺。

"在帝国重工眼中，我们的财务状况究竟如何呢？"佃翻阅着已经做好的资料，这样问道。

资料中首先介绍了佃制作所的概要，然后是历史沿革、股东构成和主要合作对象。可谓正篇的财务报告添加了翔实的数字和补充，账簿科目明细一目了然，做得简明易懂。

"毕竟结算等待期还没过去啊。"殿村不愧是银行出身，话说得十分谨慎，"尽管诉讼拿到了庭外和解的结果，但没有赶上三月结算，所以和解金无法反映在最终结算中。我觉得这会对公司很不利。"

"哪怕我们目前的存款额超过五十亿也不行吗？"

那真是太遗憾了，佃本以为财务方面应该不成问题。

"社长的心情我很理解。不过假设帝国重工的评估重点是我们的过失赔偿能力，那就算有五十亿的存款可能也嫌少。还有一个问题就是，目前我们的经营尚未摆脱赤字。"

殿村一点没说错。

"结束跟京浜机械的合作后，我们尚未找到能够填补这一空缺的合作方，因此这个经营赤字真的很糟糕。"

一个企业的利润分为五个阶段。

总营业额减去材料费等制造和服务所需的费用，就是毛利润。毛利再扣掉经营活动所需的费用，就是经营利润。在这里出现的赤字叫经营赤字，也意味着事业赤字。要是经营赤字一直持续，公司总有一天会破产。

"经常也是赤字。"

从经营利润中扣掉贷款利息等，就是经常利润，它通常被简称为"经常"，可以说是体现公司真正价值的重要利润阶段。

另外，经常利润扣掉当年内发生的额外收入和损失，就是税前利润，再从中扣掉需要支付的税金，就是净利润。

佃制作所的赤字一直延展到当期经常利润，而且数字非常庞大。

"明明净利润是黑字啊。"佃轻叹一声说。

经常利润的赤字到净利润之后能转为黑字，完全得益于中岛工业的那笔和解金。由于数额十分惊人，几乎让人忘掉了事业上的不顺，可是经营赤字依旧无法改变。

"遗憾的是，企业实力是赤字。"殿村的话重重地压在佃的胸口，"接下来就要看帝国重工如何评估了。不过我们也有很多优点，这些都由迫田君负责整理。"

殿村也照顾心怀不满的迫田，替他说了几句话。迫田本人应该也听到了，却没有反应。

"万事拜托了。"

佃留下这句话，离开了财务部。

"刚才社长来办公室，对我们说万事拜托呢。"

迫田说完，江原扬起眉毛，哼笑了一声。

"说得真好听。"

晚上十点多，迫田到休息室抽烟，正好遇上江原一个人在吞云吐雾。

迫田也从口袋里掏出香烟，对着窗玻璃上映出的疲惫面容吐出一口青烟。

"还没弄完吗？"

听到江原的问题，迫田叹着气点了点头。"根本完不了，业绩实在太差了。"

"业绩很好啊，不是巨额黑字嘛。"

"所以说，是你们营业部不行啊。"迫田不客气地说，"从财务状况来看，我们公司是个只靠吃存款为生的赤字企业。那五十亿还有一半要变成税金，你明白吗？"

江原漠不关心地听着，然后满不在乎地反问："那又怎样？"

其实迫田知道他在乎得很。这人嘴巴再怎么毒，实际上也是个认真的人。

"我跑业务也很拼命啊。之所以谈不成新买卖，只能怪业界动向，怪不得我们啊。"江原故意说了句毫无危机感的话，迫田则目不转睛地看着他。

"既然你都做不好，那就是形势真的不好了。"

江原听罢，百无聊赖地勾了勾叼在嘴里的香烟。

迫田继续道："不过这要怎么对帝国重工那帮人解释啊，我们都在拼命努力？"

江原低头弹了一下烟灰，然后说："唐木田部长应该能找到好话说给他们听吧。"

"应该是了，毕竟他巧舌如簧。"

迫田说完，两人沉默下来。

"我们浪费这么多精力来做准备，你不觉得很空虚吗？"过了一会儿，江原这样说。

"同感。不过到最后不行就是不行了，那样我们也能靠专利授权维持下去。"

"只不过经营赤字还是不变啊。"

迫田补充的这句话，就像隆冬的雪花一样，飘飘摇摇地落到了江原心底。

2

"今天早上的雷太吓人了。"

母亲的一句话让佃想起，天亮时确实听到雷鸣了。那是冬天的雷。当时他筋疲力尽，睡得很沉。

帝国重工的评估团队预计早上到公司。

"利菜呢？"

换作平时，这会儿女儿该起床了，可是佃没看见她，就问了一声。

"已经出门参加羽毛球部的晨练去了。听说最近要比赛，而她是新队伍的主将呢。这在我们这个运动白痴的家里算是超级优秀了，也不知道她像谁，反正不是你。"

佃依旧跟利菜疏于沟通，明明是自己女儿，可他并不知道利菜现在对什么感兴趣，平时都在想些什么。女儿对他来说，就像黑匣子一样。

"是吗……对了，利菜那丫头对你说什么没？比如寒假想到哪里去玩儿。"

佃一直很关心这个。最近实在太忙，都抽不出时间来计划家庭旅行。

"你不是没时间吗？那就别勉强了。"母亲满不在乎地说，"利菜理解你。那孩子态度虽然不好，其实还是为你和这个家想了很多的。我可明白了，利菜她成长了不少。"

"真的吗……"

佃心中涌起了一阵复杂的感情。说到底，他在女儿的成长过程中到底参与了多少，连他自己都没什么感觉。他好像只是在一个劲儿干活，给女儿赚学费而已。

"你也别想太多了。太主动靠近那孩子，她反而会逃开。现在无论你说什么，表面上她都会反抗。所以你啊，干脆认认真真埋头工作吧，现在不是最忙的时候吗，凡事都讲究决胜时机啊。现在虽然辛苦，但只要拼命挺过去，一定会顺利的。最重要的是坚信这一点。"

只要克服这个难关,就能将其转化为公司开拓新领域的突破口。佃制作所在法庭诉讼上虽然获得了胜利,但是失去了京浜机械这个主要客户,在经营状况上持续低迷,所以此时是决定他们能否摆脱泥沼的关键时刻。

"要是你爸爸还在,肯定会吓一跳。"母亲突然说了起来,"我们公司竟跟帝国重工为敌,还要堂堂正正地决一胜负。能做到这一步,妈妈就已经很高兴了。"

决一胜负。母亲用这个词来形容帝国重工的测试。

"你刚开始说不继承家业时你爸爸可失望了。不过正因为你有在大学做研究的经验,才有现在的佃制作所。这么一想,或许还是你的做法正确啊。"

"谁对谁错,要到一切结束后才知道。"佃说,"关键在于无怨无悔。为此,我必须全力以赴。"

"没错。都这个时候了,再怎么急也没用。你干脆沉下心来,迎头而上吧。"母亲用她与生俱来的豪爽鼓励了佃,"要是对方同意采用我们的零部件,到时候你就带利菜去种子岛吧。我也想再到那里去看看火箭发射。"

佃无奈地看着母亲。

"可以是可以,不过利菜愿意去吗?"

"肯定愿意,至少我能叫动她。"母亲非常自信,"让你女儿看看爸爸实现梦想的瞬间吧。你肯定能通过帝国重工的测试的。"

3

"他们来了。"

上午十点,殿村一脸紧张地探头进社长室说。

佃看了一眼时间，评估团队比预定时间早到了十分钟。他穿上绣有佃制作所标识的工作服，走出了社长室。

会客室里的气氛十分紧张。

帝国重工一方的访客总共八位，富山坐镇中央，朝他点了点头说："您真早啊。"殿村、山崎，还有营业部的津野和唐木田四人跟在佃后面进来落座，形成了帝国重工与佃制作所隔桌对峙的架势。

"我们来早了，没关系吧？"

富山用理所当然的口气说了一声，马上进入正题。

"我先介绍一下这边的评估负责人。这位是沟口，专门负责生产管理，今天主要考察工厂的制造环境。"

富山右边那个黝黑结实的男人冲他们点了点头。那人一点笑容都没有，再配合靠在椅子上的姿态，让人感觉他很看不上对面的人。

"请多关照。"

负责跟沟口对接的山崎打了声招呼，佃这边的出席者都跟着点了点头，对方却毫无反应。

"旁边那位是田村，负责考察财务和经营状况。"

那是个一看就像做财务的神经质男性。

"技术方面则由我负责评估，请多关照。其他人是几位负责人的助手。"

剩下的五个人做了简单的自我介绍，富山看了一眼手表，站起身来。

"接下来可能要与各位长时间相处，因此麻烦你们了。那么，能请贵公司各方面的负责人开始介绍吗？"

短暂的碰面会到此结束，评估负责人被各自领域的对接人领走了。如此一来，帝国重工的测试正式开启。

"这个屏风很不错啊。"

沟口走进另外一栋楼里的样品工厂，突然停下脚步，很是稀罕地说了一句。他领着三个负责检查的人，表情冷漠地看向负责介绍的真野。

"我们把这里设成了洁净室。"

"等级是多少？"

"五级①。"

"那可真是太厉害了。"沟口夸张地惊叹道。

所谓洁净室，是为了抽除空气中微小的灰尘颗粒，在顶部安装了空气洁净设备。主要应用于微小灰尘或纤维容易导致机器故障的精密机器工厂和医疗场所，按照可去除的灰尘颗粒大小和空中飘浮的颗粒数分级，等级最低为"九"，最高为"一"。按日本工业规格的分类标准，佃制作所使用的五级洁净室每立方米大于零点三微米的灰尘颗粒数不超过一万零两百个，这是可媲美半导体工厂的高性能等级。作为一家主要从事小型发动机组装的工厂，这可算是最高等级的灰尘颗粒防范措施。

可是沟口的下一句话就变成了疑问。"有必要把等级搞这么高吗？这只是小型发动机的样品工厂吧，有点夸张了。"

真野一言不发。

"不算夸张。"山崎在旁边反驳道，"发动机也有许多易损坏的零部件，而且我们的目标是尽量创造洁净的工作环境，以降低次品率。若是制造火箭零部件的样品，应该至少需要这样的洁净

---

①此处作者使用了洁净室的 ISO 规格等级，相当于上文说的 FED（美联邦规格）的一百级。

等级。"

"那是实际生产现场的标准吧。贵公司以前生产过火箭零部件吗?"

山崎回答不上来,帝国重工的人都失声笑了出来。真野面无表情地站在旁边,一点都没有帮忙的意思。

"所以我才说你这个太夸张了。"沟口故作耐心地说,"这种设备,完全可以等到我们评估合格了,真正进入生产阶段时再配备嘛。毕竟要考虑到经营效率,要根据作业内容配备合理的环境。像你们这样的工厂,配个最低等级的洁净室就足够了。"

山崎正忙着思索反驳的话,沟口却一句话把事情给带过去了。"那麻烦你介绍下一个吧。"

"经过铸造、加工、热处理的样品都会在这个工厂内进行组装。这是本公司主力发动机产品的新机型。"

随着真野的介绍,沟口把视线投向研磨作业,惊愕地说:"怎么是手工作业啊?"

"因为是样品制作。"

真野的声音扁平干瘪,仿佛机器人在说话。山崎暗自为他那冷淡的态度咂舌,沟口开始提问了。

"样品不也得做好几百件吗,手工作业能赶得上吗?"

"不,我们每个机型顶多只做几十件样品。"山崎说。

"就几十件?"

沟口的语气有点轻蔑,仿佛在说这个规模差距也太大了。

"有个几十件,就能检测出性能是否符合预期了。基本不会发生开始量产后才变更设计的情况。"

山崎绷着脸辩解,沟口却充耳不闻。

"这种规模的企业,样品数量也就那样了啊。要是规模再大点，手工作业肯定赶不上进度。"

"我们这里主要制作自主开发的产品样品，基本上不接受外部订单。"真野回答道。

"你们不接受外部样品委托？那要是真有一批数量比较大的样品订单发过来怎么办，直接拒掉？还是让员工加快手速？"

沟口轻浮的话语让山崎皱起了眉。

"这间工厂做的不是那种性质的工作。"

山崎的反驳被沟口一笑而过。

"那这是什么工厂？我看过那么多工厂，光是样品工厂就不下几百间。从我的经验出发，你们这间工厂感觉有点怪啊。规模和作业内容配不上洁净室等级，白花了许多钱，结果还依赖于这种磨磨蹭蹭的手工作业，一点统一感都没有。如果你们希望这间样品工厂获得好评，恐怕应该多考虑考虑符合自身情况的环境规划吧。在没必要的地方花钱，说白了就是不懂行。"

"我们并非不懂行。"山崎气愤地说，"之所以坚持手工作业，是因为另有意图。"

"另有什么意图？"

沟口收起笑容，一脸不高兴地看着山崎。

"是为了重视那些必须经过人手触碰和人眼观察才能得到的感觉。"山崎愠怒地瞥了一眼依旧面无表情的真野，继续说道，"尤其是制作样品，按照图纸做出来的东西有时会跟我们希望得到的东西有出入。与其制作大量样品反复测试，不如用手工作业制作一部分样品，虽然同样是试错，但效率会更高。"

"不对，你们的想法错了。"沟口断言道。

听到这句话，围在旁边的佃制作所员工全都屏住了气息，因为沟口的语气实在太肯定了。而此时帝国重工的负责人全都面不改色，甚至有人面露笑容，仿佛觉得这场争论十分滑稽。

"山崎先生，您是想说手工作业优于机械加工吗？"沟口继续道，"可是，手工作业只是手工作业而已，极限就摆在那里。人类的感觉并没有您想的那样可靠。身体情况和心情都会影响感觉，环境也能左右人的表现。您说的手工作业更稳定，在我看来不过是过去那个时代的妄想罢了。一个工厂竟然依赖手工作业，其水平可想而知。"沟口瞥了一眼山崎，如此断言道。

"可是本公司的作业工人都是熟练工——"

山崎的脸色有些变了。

"我都说了，那就是糊弄人。"沟口打断了他的话，"只要是人，就难免犯错。人有错觉，也有错手。所谓熟练工，仅仅意味着在一个地方工作了很长时间。那种人在制造现场已经算是化石了，他们不可能比得过机械。"

然后，沟口发表了一通关于工厂运营的长篇大论。

大企业里全自动化工厂精密制造中包含的理想与佃制作所的工厂运营理念格格不入。

"算了，说这么多您可能也理解不了。"

沟口说完打了个手势，抱着写字夹板的测试员各自散开去做测试了。

帝国重工的评估项目范围极广，包含了加工材料的采购，各个样品工序的管理，以及生产计划，等等。通过这些评估后才能正式进入产品品质测试。可以说这项测试并非简单考察产品性能，而是直接考量工厂的生产态度。

只是现在，山崎已经忍不住对测试的前景感到灰心了。

沟口理想中的工厂，跟这间样品工厂的理念相去甚远。

他刚才说了一大通只适用于大工厂的工程管理理论，那么他会如何评估这间从思想上就截然不同的工厂呢？

当中横亘着难以填平的鸿沟。

"我是组长迫田，请多关照。"

田村仔细审视着对方递过来的名片，然后有点随意地应了一声："拜托啦。"

这里是开内部会议时用的小房间。第二营业部的江原也跟他交换了名片，并请他落座。殿村、津野和唐木田这些部长级人物也走了进来，狭小的房间里一下就装满了人。

"那我先从财务报表开始看吧。能把第三期拿给我吗？"

这个男人很难捉摸。他语气轻浮，表情却是不折不扣神经质的。从迫田手上接过资料，田村先大致看了一遍。

"经营赤字啊。"

他说的第一句话就让佃制作所的出席者表情紧绷。

"为什么会出现赤字呢，呃——迫田先生？"

田村先看了一眼摆在桌上的名片，点了迫田的名字。

"那是因为我们的主要客户京浜机械取消了订单。"

"取消？为什么？"

"据说是他们公司转为生产自有化了。"

"是吗？"田村转而问旁边的江原，"你是营业部负责人对吧？"

江原挺直身子说："是的，对方突然改变方针，我们虽然很惊讶，但他们坚称事情已经定下来，单方面取消了交易。"

"哦。"

田村目不转睛地看着试算表上的赤字额，挠了挠下巴。"我不知道你们是什么时候与京浜机械终止交易的，不过直到现在还每月赤字，未免太糟糕了吧？而且还是经营赤字。"

他用指尖逐个点着每月盈亏的数字，边点边问江原。他看得虽然粗略，不过该看的地方倒是一点都没漏掉。

在对方的质问下，江原无言以对，此时唐木田替他解释道："毕竟对方是大客户。"

"你这是什么意思？因为开的口子太大，所以赤字在所难免吗？"

田村抬起头，语气有些愠怒。

"没有、没有，我不是那个意思。"

唐木田挥动双手，好不容易挤出来的笑容仿佛随时都要变形。

"我的意思是，就算能用新业务去填补缺口，也很难一下子做到。"

"你们家真好啊。"

这句话让唐木田愣住了。田村继续道："就算出了经营赤字，也只需要一个借口就能糊弄过去。我们要是搞出这种情况，那事情可就闹大了。因为上市公司的理想状态就是要不断增长啊，这种懒散的态度是绝对不能纵容的。"

"我们也不是懒散，只是目前市场情况也在恶化。"津野冷静地接了下去，"所以京浜机械才做出了自主生产的决定。按照目前的市场情况，要短期内找到替代客户，并非易事。"

"啊，是吗……简而言之，我们就是京浜机械的代替品吧。"

面对田村的曲解，津野只能苦笑。

"不，并非如此。"

"那是什么意思？现在可不是眯眯笑的时候啊，部长先生。"

田村突然没有了刚才那种轻浮的感觉，转而变得尖刻起来，让会议室里的气氛顿时变冷了。津野收起笑容，唐木田则闷不吭声，只是盯着田村。

"如果你们在幻想跟我们签单，以此填补京浜机械的空缺，那我先说清楚了，请放弃吧。"田村断言道，"火箭发动机上搭载的阀门系统不是量产商品，没办法一直帮你们填补空缺。一个搞不好，这个经营赤字还可能进一步扩大。"

"这点我们很清楚。"殿村用手帕擦着额头上的汗，接过他的话，"我们是希望能通过供应火箭零部件，让公司走上一个新的台阶。"

"如果你们想走上新台阶，就应该先把这个经营赤字解决掉吧。"

田村的语气不容置疑。而且他说得很有道理，谁也反驳不了。更何况，这也不是反驳的场合。

"当然，我们正在努力。"津野已经露出了豁出去的表情，"虽然还没能反映到数字上，不过我们正在跟进几个新项目，将来很可能签下订单。相信不久之后就能填补京浜机械造成的空缺了。"

"这种话只能打对折再乘两个八折来听。"田村的评语十分不近人情，"说得好听，做起来可就难了。做业务的不允许找借口，结果证明一切。努力不是理所当然的吗？可是，一位部长说出'我们正在努力'这种话，那也太可悲了吧。当然了，像贵公司这种小微企业，也不会出现遭到多位股东联合批评的情况，估计也就这样了。只不过，这种话对我们不管用。你们真的想跟我们做生意吗？"

这无疑是田村及帝国重工发起的挑战。津野已经调动不起一丝感情了，唐木田和江原也一声不吭，没有回答。

"正是因为想做生意，才会请各位过来。"

迫田忍不住说了句话，田村顿时瞪大了眼睛。

"原来如此。可是，我们为了这件事，必须百忙之中抽空来听你们说话。要不这样吧，干脆改为专利授权得了。我感觉这样对贵公司反倒更有好处。"

"非常感谢您的建议，不过还是等一系列测试结束后再谈这个吧。"

听了迫田的回答，田村只是哼了一声。他又看了一眼财务文件，叹着气说："还真是搞不清你们这个公司的业绩到底好不好。算了，这些我会仔细看，详细问题过后会逐个找各位谈。"

4

社长室窗外的阴云裂开一条缝，金黄色的夕阳余晖斜斜地倾洒在住宅区的屋顶上。

"我本来就没觉得会很简单，只是老实说，还真没想到会如此……"

殿村眯着眼睛凝视西边的天空，脸上满是倦色。

第一天的测试包含午休时间，整整持续了六个小时。不久前，帝国重工的团队才意气昂扬地撤退了。

佃制作所财务状况不良，经营无法摆脱赤字，连生产管理都被别人说三道四，可谓被敌军残忍蹂躏，惨败而归。

"经营赤字是没错，不过那个叫田村的，根本不了解中小企业。"津野咬着后槽牙，面露愠色，恶狠狠地说道。

唐木田坐在他旁边的扶手椅上，目光呆滞地看着虚空。

"他说的话固然没错，可说的都是一目了然的问题。"殿村罕见地不客气起来，"光说理想情况，不符合现实也没有意义啊。"

"同感。"技术研发部的山崎拨开垂到脸上的刘海,"以自我为中心,一味批判,这能叫正确的评估吗?"

"说白了,他们一开始就没拿我们当回事。"津野斜眼看一边,自暴自弃地说。

"你别说,他们真有可能是以这个为前提搞这场测试的。我认为,此时帝国重工也面临着价值考验。"殿村说了句让人意外的话。

"什么意思?"津野问了一句。

殿村又反问回去:"你觉得我们公司有这么差吗?"

"虽然有经营赤字,可我不认为有多差。"

听了津野的回答,殿村满意地点点头,然后又问道:"唐木田先生觉得怎么样?"

"要问我是好是坏,我觉得应该算好公司。"

这个回答很符合唐木田的个性。殿村听了说:"我也这么想。"

"殿村先生,你到底想说什么?"佃问了一声。

殿村异常肯定地说:"换句话说,按照一般的评判基准,佃制作所属于好公司。"

"可是我们这样自我评价也未免太虚了吧?"唐木田这么说。

但殿村断言道:"不,不是的。我在银行见识过几千家公司,以我的眼光来判断,佃制作所是一家很棒的企业。尽管公司暂时陷入经营赤字,但此前的利润积蓄量很大,不是轻易就会破产的公司。事实上,官司打完后,我们的客户渐渐都回来了。这个赤字不会持续很长时间,不管由谁来看,这都是一目了然的事实。"

"只是,偏偏那个田村不这么看啊。"津野悲观地说。此人平时很乐观,可见今天的测试给他造成了多大的打击。

"可能是这样,不过数字不会说谎。我们公司何时创业,到目前为止究竟积累了多少利润,自有资本占了多大比例,稳定性多高,这些都没有质疑的余地。"

不愧是财务专家,殿村的发言很有说服力。

"就算那个田村给出的评估充满恶意,帝国重工里应该也有认真看数字的人。那个人一定会注意到佃制作所是一家超出一般标准的公司。"

"要是没人注意到怎么办?"坏心眼的唐木田露出自虐的微笑,调侃般地问道,"要是田村的评估直接就被采纳了怎么办?"

"到时候……"殿村露出决然的目光,沉重地说,"也只能说帝国重工的器量不过如此了。这次测试不仅是帝国重工对我们进行评估,同时也是我们通过测试对帝国重工进行评估的机会。若测试负责人的恶意结论被采纳,证明对方是那种无法做出客观评估的公司,那我们最好也别跟他们有来往。所以社长……"殿村的态度很坚定,"彼时就请您放弃向帝国重工提供阀门系统零部件的想法吧。"

"啊,嗯。"佃忍不住点了点头,"可是那样一来,把专利授权给他们也很奇怪啊。"

"正是如此。"殿村说,"那种公司,连零部件供应都做不得,更加不能把我们珍贵的专利授权过去了。"

"那你打算怎么办?我们不就一点好处都捞不到啦?"津野问。

"那个阀门系统只能卖给帝国重工吗?世界最尖端的技术,用途不可能如此狭窄。只要找,绝对有应用到其他方面的可能性。对吧,社长?"

被殿村这么一问,佃一时也回答不上来。

"不要跟他们客气,冲吧。"殿村并不理会佃的迟疑,对大家鼓励道。

津野、唐木田和山崎都呆呆地盯着满脸笑容的殿村。

"殿村先生，你真是个好人啊。"过了一会儿，唐木田嘟囔了一句。

"你过奖了。"殿村笑了起来，"总之，我们是个好公司，我想说的就是这个。请各位相信我这个前银行职员。"

前银行职员……吗？佃心想。对啊，殿村已经不是银行职员了。虽说只是调派，可他也是堂堂正正的佃制作所员工了。

"谢谢你了，殿村先生。"佃由衷地说，"你说得太对了。"

"我们可能已经在不知不觉中向对方屈服了啊。"津野说，"太失败了。当时应该坚决反驳回去。"

"算了，算了，以和为贵。"殿村笑着说，又补充了一句，"先不说这个了，我们还得为年轻人打打气啊，他们的情绪肯定也很低落吧。"

"迫田好像被折磨得特别惨啊。"津野好像突然想起来一样说，"营业部那帮年轻人也一样，毕竟我刻意安排了反对这个项目的人组成项目小组。"

"再说江原那个人还很记仇。"

唐木田的一句话在佃心中种下了一点不安。

供应零部件还是授权专利——

其实，即使在帝国重工的评估团队进厂后，佃制作所内部依旧存在两种意见。大家的心气并没有统一。佃很清楚这一点，同时担心帝国重工的评估团队会助长年轻人的反抗情绪。要是测试不合格，又不同意专利授权，肯定谁也接受不了。

"那帮家伙没问题吧？"

佃的低语透着浓浓的不安。

"不用担心。"津野总算露出了笑容,"那帮人比我们想的要成熟,对吧,唐木田先生?"

唐木田只心不在焉地回了一句"嗯"。

"那就好。"

佃闭上眼睛抱起手臂,长出了一口气。

"混蛋!"

突如其来的骂声惊得迫田抬起头,正好看见江原手臂一甩,把什么东西扔了出去。

那东西砸到墙上,又弹回到江原脚下。是一包香烟。

江原烦躁地捡起烟,扔下一句"我去休息",就走出了房间。

此人原本脾气就不好。周围的人眼看着年轻员工的领头人物发火,谁也不敢说什么。江原"砰"地带上门,消失在办公室外,里面的员工们像被解开了定身咒一般活跃起来。

"江原真好啊。"迫田大声嘲讽道。

有那种性格,可以那样发泄自己的情绪。可是——

"我不是那种人啊。"他又略显自嘲地嘟囔道,"其实我才最想发脾气。本来就没戏。"他自言自语道,"对帝国重工来说,我们就是米粒大小的微型企业。按照他们的标准来衡量,我们根本没有一样东西能达标。"

丧家犬。要形容现在的自己,不,要形容现在的佃制作所,这个词再合适不过了。

迫田出生在茨城县的偏远乡村,从当地公立高中毕业后,考上了东京一所号称一流的大学。然而他毕业时正好赶上就业冰河期,被好几十家大企业拒绝后,才好不容易在佃制作所拿到了内定。虽说能找到工作已经很不错了,可这是他的下下之选。尽管被佃制作所聘用了，可在大企业面试中连连受挫的迫田还是有一种丧家犬的感觉。

他心里总在想，若不是遇上那种时代，我说不定就在一流企业工作了。也正因为这样，他很容易屈服。

尽管有点工作能力，在公司里也被看重，可是冷静想想，自己不过是一个小公司里的小组长罢了，工资不高，也没有什么社会地位。今天他又被无数次地提醒了这个事实。

"妈的。"

迫田不知道自己究竟在生什么气，还是气冲冲地站了起来。

来到公司里唯一允许吸烟的休息室，他看见江原正独自站着吞云吐雾。窗户开着，十二月夜晚阴冷的空气蔓延进了室内。

桌上摆着烟灰缸，江原则歪着身子瘫在折叠椅上，两眼直直地盯着窗外的夜空。

迫田一言不发地拽过旁边的折叠椅坐下，从胸前口袋里掏出香烟，用一次性打火机点燃。

深深吸入，缓缓吐出，没有一点滋味。心中的苦涩跟这尼古丁全无关系。

"这样不是挺好吗？不用供应零部件了，我们心想事成了。"

迫田说了一句，江原没有回应。他把烟屁股摁灭在烟灰缸里，缓缓吐出烟雾，气息略带颤抖。

"当然不一样。"江原小声说。

迫田看着他的侧脸。江原依旧盯着夜空。天上没有星星，门前的马路上开过一辆汽车。

"问题不是这个。"江原说。

"那是什么？"

"是尊严的问题。你不也这样想吗？"

迫田没有回答。

是的，被他说中了。这场测试虽然是为了他们一直反对的零部件供应方案而进行的，可被帝国重工那边的负责人轻视、否定，最后打上不合格的烙印，这点无论是迫田还是江原，不，想必对整个佃制作所的员工来说都是不愿意接受的。

"我之前想过，这种破测试随便应付一下，不合格也就不合格了。"江原继续道，"可是真正开始了，我又感觉像是自身遭到了否定，仿佛承认了我们不过是中小企业，做事情就是这么随随便便，蒙混了事。可实际上并不是这样的，对不对？"江原转过头，脸上带着不甘的表情，"我们在技术上可是抢先了他们一步啊。在这个领域，我们的技术能力比他们更强啊。他们哪儿来的资格小看我们？"

江原的眼中摇曳着愤怒的火焰。

"我管他是不是既定程序，被人那样居高临下地摆脸色，谁能忍着不作声啊！鸡蛋里挑骨头能叫检测吗？不能吧！"江原恶狠狠地说完，大口喘着气。

"那你就把这些话说给他们听啊，也没必要向他们卑躬屈膝，让他们搞清楚自己的立场。"迫田说，"我们有我们的做法，那帮人根本不懂。"

"你不是反对零部件供应吗？"江原略显惊讶地看着迫田。

"事已至此，我决定把这件事跟零部件供应分开考虑。"迫田面无表情地喃喃道，"虽然我是因为社长的阴谋才被编入了项目小组，可是相比那些被促成零部件供应这个目的所束缚，只能当缩头乌龟的人，反倒是我们更适合干倒帝国重工吧。从明天起，我想说什么就说什么。"

江原咧嘴笑了。

"那我也这么干吧,反正过后就说这是迫田提出的。"

"那也没什么不好。"迫田戏谑地说,"别以为我们公司小就好欺负。"

第二天,因为帝国重工还要来检查,佃比平时更早地来到公司,刚走到通往二楼的楼梯转角,他突然停下了脚步。

因为楼梯间最显眼的地方贴着一幅大海报。

"这是什么玩意儿?"

昨晚有点失眠,迷迷糊糊的佃一时没有理解海报的含义。上面只有一行字迹拙劣的标语——佃品质,佃尊严。

"殿村先生,那张海报……"

佃跑进办公室,刚开口就见满脸笑容的殿村指了指背后的小会议室。

往常这个时间,公司里应该没什么人,此时却有将近十名年轻员工在里面忙碌。

是负责应对评估小组的江原他们。

"应该是昨天的事让他太不甘心了。"殿村说,"江原召集大家,一整夜都在商量如何应对测试。"

"一整夜……"

佃一时词穷,不知该说什么好。年轻员工们都还穿着昨天的衣服,仔细一看,黑眼圈也很明显。

这时,站在会议室中间的江原用充满体育社团学生特色的劲头跟佃打了声招呼,其他人也纷纷问候。

"辛苦你们了。"佃感到胸口一热,"那这事就拜托给各位了。还有……海报,谢谢啦。"

江原竖起拇指,佃还是带着一如往常的冷静表情,微微点头。但能看出，员工们微笑的脸庞已让他高兴得两眼含泪。

这还不算完呢，佃想，帝国重工的测试才刚开始。

5

"你，昨天的功课做了吗？"田村准时走进来，笑也不笑地拽出一把椅子，问迫田。

所谓功课，是昨天田村要求根据帝国重工的财务评估程序，还需要更多的资料。

田村昨天冷嘲热讽了一天，然后也不知道是不是故意的，临走前还留了作业，要求提供数量庞大的资料。他心里想的肯定是"还没完成"吧。只是——

"全都准备好了，请您批阅。"

迫田从办公桌边的纸箱里抱出满满一怀资料，堆在田村面前。田村瞪大了眼睛。

"哦，做好了啊。不过你该不会是随随便便做的吧，我告诉你，这东西可不是只要凑齐数量就……"

田村翻开最上面的资料，突然闭上了嘴。

他盯着那上面的数字，再与手头的决算书数字对比了一番。接着他翻看的速度越来越慢，表情也越来越严肃了。

"这是你一个人弄的吗？"

没过一会儿，田村停下翻资料的手，而且似乎在努力压抑心中的惊讶之情。

"是财务部全体员工共同制作的。"

"哦，是嘛。要是你们一开始就把这些做好，也就不必费那个功夫了。"田村把手上的资料扔到桌上说，"这也就是中小企业级别的财务管理水平吧。"

面对田村的嘲讽,迫田一本正经地说:"谢谢您的指导。我们确实是一家中小企业。"

"不过就算你把资料凑齐了,也不能改变赤字的现实啊。"

"我们并不打算隐瞒赤字。"迫田直直地看着田村,"一家公司存在了这么长时间,自然会有业绩良好和业绩低落的时期。只不过,我可以很肯定地说,无论什么时期,我们的财务报表上记载的数字都是完全正确的。好就是好,不好就是不好,时刻准确反映出公司的情况,这也是我们做财务的目标。请问资料上的数字有错吗?"

田村闷不作声,移开了视线。

"数字正确难道不是理所当然的吗?"他若无其事地说,"要是这么容易出错,倒不如别搞财务了。"

"我也是这么认为的。这好像是我跟田村先生头一次意见一致啊。"

迫田毫不让步。

"就算数字正确,出现经营赤字也不像话啊。"田村咄咄逼人,"无论数字再怎么正确,赤字就是赤字。继续这样下去,这家公司肯定就走到头了。"

"您认为这家公司什么时候会走到头呢?"迫田追问道。

"你说什么?"

"因为有赤字所以做不下去,光这么说一句太简单了。毕竟钱要不断花,就算是个大公司,一直赤字也会破产吧。反过来说,如果是一家只能做出赤字的公司,还是停业为妙,不是吗?"

"你这人,说话很有意思嘛。"

田村扔掉手上的圆珠笔,仿佛接受了迫田的挑战。

迫田看着他说："纵观佃制作所的经营历史，赤字情况只出现过一次。当时公司还由上一任社长经营，正值石油危机时期，市场对机械的需求猛然降低了。换言之，除此之外的每一个财务年度，本公司都有盈利。"

"你的意思是，所以这次的赤字可以原谅吗？"

田村极尽不耐烦地叹了口气。

"赤字将会缩小。"

迫田把昨晚——准确来说是今早——做好的按营业额预测的预期盈亏数据拿给了田村。

他在江原等一众营业部员工的帮助下，把所有能想到的客户订单预测数据都收集汇总起来，并按照实现可能性进行排序。然后再按照实现可能性，预测出一定比例的预期营业额，总结出了这份表格。

津野和唐木田在迫田旁边屏气凝息地听着。

"与中岛工业完成庭外和解后，一度解约的客户又渐渐回归了。此外，我们还在一步一个脚印地谈新客户，预计下一个年度内能够完全填补京浜机械造成的空缺。与此同时，由于营业额减少，成本也在大幅削减，基本可以确定下一年度能够实现主营业务盈余。"

"这种东西根本靠不住，全都是预测啊。只要舔舔铅笔头，要多少有多少。"

"请问帝国重工的预测都是靠舔铅笔来完成的吗？"迫田反击道。

"你说什么？"田村压低声音反问。

"我说，请问贵公司是否是在那种随随便便的预测基础上展开经营的？"

迫田的语气充满挑衅。

"你在跟谁说话呢！"

田村的眼底燃起了怒火。

"当然是对田村先生您啊。"迫田旁边的江原插嘴道。

这话倒把殿村吓得不轻，唐木田试图用目光制止江原，可江原并不理睬，而是继续道："说什么经营计划和营业额预测都是纸上空谈的人，根本就没资格来评估这份资料。"江原真的发怒了，"我们做得这么认真，您却说舔舔铅笔头就能弄出来，请问这么说依据何在？能告诉我吗？"

"你说什么？"田村虽然语气很冲，却没有往下说。

"你连依据都没有，就说我们随随便便，难道这就是帝国重工的评估方法吗？"江原不依不饶地追击道，"你们这水平连中小企业都够不上啊，到这里来究竟是干什么的？我们可是花费了宝贵的时间，做好了这么多资料，要是你连认真评估的意思都没有，那就赶紧回去吧。太碍事了。"

"要是能回去，我早就回去了。"田村有一句顶一句地说，"要是你们少提零部件供应这种僭越的事，直接签专利授权合同，我们彼此也就不用白白浪费这许多工夫了。"

"田村先生，您好像误会了吧？"轮到殿村沉着地回应了，"如果是只能做这种水平的评估的公司，我们是绝不可能把专利授权过去的。就算你们不签供应合同，我们也不会感到一丝为难。就这样，您请回吧。"

田村脸上明显失去了血色，那并非出于愤怒，而是因为狼狈。要是他的评估态度问题导致专利授权都被拒绝，他肯定要被揪出来担责任。

"我只是按照规矩做事。"田村拼命逞强道，"所以才要你们提供这么多资料啊。"

江原和迫田对视了一眼。

"我们的员工真是太失礼了。"津野瞅准时机上前道,"我们会尽力满足要求的,今天的测试也拜托您了。"

沟口眼前的工作台上摆了一排小型发动机零部件,他把手伸向最近的两个气缸,拿起其中一个,用检测灯照向内部,边看边说:"这就是贵公司的主力产品?"

"嗯,旁边做比较的是我们的竞争对手生产的发动机零部件。"

"竞争对手是什么公司?"

"中岛工业。"回答他的人是山崎。

"哦,中岛工业啊,那倒是有点探讨价值了。"沟口会意地说,"中岛的工厂可是彻底去除了多余步骤,并且采用了最新的技术和管理啊。像你们这种死死守着一群熟练工埋头苦干的工厂,跟他们就不属于同一个次元。我看你们应该能学到不少吧。这是?"沟口拿起桌上的照片询问。

"这是我们刚才在显微镜下拍摄的照片,用来比较气缸内部的研磨情况。通过照片就能清楚看出研磨的高下了。正如您所说,我们学到了不少。"

沟口轮番看着两张照片,山崎把一张照片对应的气缸实物递了过去,接着又把活塞放入气缸内上下运动了几次。

"太棒了,真不愧是中岛工业。"沟口说。

"您再看看这个。"

山崎说着,又递过去一个气缸。

"这是你们家的?"沟口说着,接过另一个活塞摆弄了几下。

"也就一般吧,六十分。"沟口说,"这跟刚才那个气缸的研磨水平差太多了。从照片上也能看得很清楚。"

"刚才那个气缸是我们家的产品。"

沟口猛地抬起头，盯着山崎。

"您手上那个六十分的气缸是中岛工业的产品。"山崎面不改色地说道。

沟口涨红了脸。

"产品嘛，难免会有质量波动。"沟口愤愤地说。

"我不这么认为。产品要进入市场，不好的产品不能单纯归结为质量波动的问题。"山崎斩钉截铁地说。

"你这人心眼好坏啊，捉弄我很开心吗？"

沟口尴尬地说完，山崎温和地反驳道："我只是希望您了解一下熟练工的技术水平而已。"

"哼，又是熟练工那一套，太无聊了。"

沟口恶狠狠地说完，抬脚就走。就在此时——

"我能拿起来看看吗？"

山崎大吃一惊，是一直旁观的检测员突然说话了。开口的是帝国重工的一名年轻技术员，胸前的名牌上写着"浅木"。

"啊，请看吧。"

浅木一本正经地拿起气缸仔细观察，又确认了活塞动作。

"这基本都是手工作业完成的？"

"没错。"

浅木似乎一时难掩惊讶的表情。

"喂，你干什么呢！"

沟口在远处喊了一声，浅木这才向山崎道了谢，把气缸放回作业台，但转身走了两三步后又停了下来。

"真是太厉害了，我觉得你们的技术很棒。"他笑着看了看山崎和周围的佃制作所的员工,"真不愧是佃品质。"

说完,叫浅木的年轻技术员便快步赶上了沟口。

6

"为庆祝帝国重工第一阶段的测试顺利结束,我们干一杯吧。"

佃专门请餐饮服务在公司二楼的会议室摆了一桌饭菜,此时带头干杯的人是江原。

在总部工作的全体员工齐聚一堂,随着江原的招呼相互倒满啤酒。

帝国重工的测试大致分为第一阶段的经营与财务评估,以及第二阶段的样品品质检验。

"接下来,我想请本次测试表现最帅的人带头干杯。"

众人纷纷发问是谁,会场气氛越来越活跃了。看着江原游刃有余地控场,连佃也眯起了眼睛。

"那就是殿村部长!部长,您那番呵斥真是大快人心!来,请吧。"

在众人用力地鼓掌欢迎声中,殿村挠着头站了上去。

"不是,我当时只不过把心里想的话说出来了,谈不上什么呵斥。"

"太正经了!"津野的调侃把大家都逗笑了,殿村也忍不住露出苦笑,但他还是以天生的一板一眼的态度说了下去。

"老实说,这次测试让我感到很不安。自从来到这个公司,我每天都在烦恼该如何融入大家。我知道年轻员工们心里有不满,也很想解决这个问题,现在看来,我还是没有真正放开手脚啊。"

这番话完全符合殿村老好人的性格。

他继续道:"是迎检小组写的那张海报把我的烦恼彻底打消了。佃品质,佃尊严——看到那几个字时,我心中受到了极大的震撼。江原君,还有迎检小组的各位,谢谢你们给我这份感动!我现在终于感觉自己成了佃制作所的一份子。让我们为佃尊严干杯吧!干杯!"

佃举起酒杯,在心中向殿村道了谢。

田村先生,您好像误会了吧——当时殿村毅然反驳的勇气,让佃想由衷地送上掌声和感谢。他将这份心情融入这杯酒里。

越发热烈的掌声让殿村难为情地行了个礼,眼角微湿地走到了佃旁边。

"毫无疑问,你就是我们的员工。"佃伸出右手,殿村有点迟疑地握住了,"谢谢你了,主公。"

酒过三巡,聚会气氛更上一层楼的时候,佃溜出了庆功会场。

他穿过空无一人的办公区,进了社长室。随后,他拿出胸前口袋里的手机,打给了大学同学三上。

"佃,你想好了吗?"三上接起电话就满怀期待地问。

"很感谢你的好意,不过我还是决定拒绝。"

电话另一头传来一阵沉默。

"佃,回到大学你就能继续研究了啊。你不打算追逐梦想了吗?"

"我当然要追求梦想。只不过,就算不在研究室里,梦想也能实现。"佃回答,"我要留在公司,跟佃制作所的员工一起追逐梦想。经纬创投的须田先生那边我也打算这样答复。难得你记挂着我，真是对不起了。"

佃结束了短暂的通话，再次返回庆功会场。

7

"这么说可能对不起你，可我不能写违背事实的差评。要是被人发现我评估作假，我的名誉会受到影响。"

从富山那张苦瓜脸上就能看出，田村的评估结论跟他的期待有很大出入。

三个人正坐在日本桥某家经常光顾的居酒屋里。周围坐满了早早就来吃喝的白领们，每一桌都开开心心的，而且气氛越来越热烈，唯独这桌显得特别煞风景。

"他们明明是赤字啊，你这个评估不太对吧。"富山语带责难地说。

"他们确实是赤字，可有充足的现金来填补缺口。这点很重要。"

田村给出的评估分数也很明显表达了这一点。

"财务评估系统的分数呢？"富山表情僵硬地问。

田村回答："七十一分。"

富山咂了一下舌，这个结果比他预料的要好。财务评估系统是帝国重工采用的一套电脑财务诊断系统，达到六十分以上就能得到"优良"的评判。公司规定，每次与其他企业发展新业务时，都要先经过这个系统评分。根据富山的经验，能够在此系统内达到七十分以上的公司并不多见。

"因为那个评估系统很重视财务的稳定性。如果对方是资本雄厚的公司，出现一期赤字也会放过。"见富山太消沉，田村便略带辩解之意地解释道，"其实不管换谁来评，财务这方面差别都不大。先不说这个了，沟口先生那边是什么结果？"

被点到名字的沟口面露难色。

"生产现场这方面，只要我们愿意，打多少分都行。"

沟口的话让富山又露出期待的神色。

"他们执着于完全没必要的洁净室等级，又一味死抠熟练工的技巧，能挑剔的地方实在太多了。只不过，要说那里的生产现场不能满足我们的外包标准，这倒是完全不对。跟我们现在合作的外包厂商相比，他们那儿算是顶级的了。"

一度膨胀的期待再次萎蔫。只是，富山并非那种轻易放弃的人。

"我不能让他们供应零部件。"富山说，"要是你们这样评估佃制作所，那就违背水原本部长最不济也要谈成专利授权的意愿了。"

"我说，富山先生啊，"沟口正色道，"我也不是不明白你的想法，可我们毕竟是奉公司之命前去评估的，就必须采取公正的态度。我们又不瞎，佃制作所的生产部门确实达到了A级标准。要是你不想让他们供应零部件，只能自己想个理由了。反正品质和技术检测还没开始，在那个阶段，你要如何伪造评估结果都不关我们的事。总之，我们不想被事后追问为何做出不公正的评估。要我说的话，这也是帝国重工人的尊严。"

佃制作所提交的阀门系统样品合计十五种，目前已被送到筑波的研究所，从今天下午开始，将进行以耐久性与运作性能为中心的一系列测试。

"好吧，我知道了。"

见富山语气僵硬，沟口也面露尴尬。

这场气氛紧张的聚会早早结束了，田村、沟口与富山在车站前道了别。

富山的期望落空，正气冲冲地走下反方向站台时，突然听到电话响了。是研究所的下属。

"昨天送来的那些阀门，在简单的运作性能测试中就出现了异常值。"

是一则意想不到的汇报。

"真的吗？"富山忍不住反问，他的声音被电车进站的轰鸣盖过。

"刚才检验数据时发现的，我想先向主任您汇报一声。"

"知道了，明天把详细报告交给我。"

富山挂掉电话，心中又涌起新的希望。

就算财务和生产管理没问题，只要最关键的品质方面出现问题，也能成功拒绝佃进行零部件供应的提案。

老天还没抛弃我。

富山合起手机塞进裤子口袋里，快步走上了打开车门的电车。

第六章 品质的城寨

1

"主任,能打扰一下吗?"

埜村从热闹的庆功会中抽身出来,正准备回到办公桌把因为应对测试而大幅度延期的工作做完,却听到有人叫了他一声。他回过头,发现是立花。立花可能也为了工作先行离开庆功会,此时却一脸困惑地站在那里。

"怎么了?"

"您看这个。我是在仓库里找到的,这个不用提交给重工那边吗?"

立花把一个箱子放在办公桌上,又从里面取出一个崭新的圆筒形物体。那是个小型电磁副阀。

埜村拿过电磁副阀,在木箱里寻找整理编号,可是没找到。

向帝国重工提交的样品应该都分装在标有整理编号的几个箱子里。

"应该不是吧,这个箱子没有编号。"

"可是这个阀门上打了批号啊。"

听了立花的话,埜村慌忙检查阀门,那上面确实打上了提交检测用的编号。

"是不是哪个环节弄错了呀?"立花忧心忡忡地问。

"怎么可能?"

简直难以置信。不,埜村不愿意相信。

埜村定定地看着立花找到的阀门,心里冒出不好的预感,紧

249

张地咽了口唾沫。

之后他回到自己的办公室找到管理表,又跑回来,开始在表上寻找阀门上的编号。

"太奇怪了,管理表上写着这个东西已经出货了,可怎么还在这里?"

"有没有可能是把其他样品交过去了?"

听了立花的话,埜村想了想。

"不可能吧……"

虽然嘴上这么说,可他还是不放心,便给山崎打了个电话。

听完事情经过,山崎马上赶了过来。

"你说样品怎么了?"

"已经出货的阀门还留在这里,这份列表上却显示提交完毕了。"

"那到底是怎么回事?"山崎拿起阀门,表情越来越阴沉,"是在哪儿找到的?"

"我刚才在仓库整理后面的货架,就找到这个了。"立花解释道。

"仓库?怎么会跑到那种地方去?"

"我、我也不知道。"

立花说完,马上给帝国重工负责收货的人打了电话。

"可恶,没人接。"

"你上去问问,看有谁知道是怎么回事不。"

山崎说完,立花马上跑了出去。

生产部员工很快便都赶了过来,围着桌子站成一圈。

"要是缺了东西,那边肯定会提出来的啊。"埜村一脸疑惑地说。

"是啊……总之，你明天一大早去确认一下。"

听到山崎的指示，垫村及一众员工都带着难以释然的表情沉默下来。

"落了一个阀门？这是怎么回事？"

山崎一脸疑惑地回到庆功会场向佃汇报，佃也很奇怪。

"要是落下了一个，那发给对方的不就有个空箱子？"

"但是出货记录上显示发出去了。"

佃想不通了。

"要是真的漏掉了，那我明天就送到筑波的研究所去。"山崎说。

阀门样品是帝国重工派卡车过来运走的，但由于他们自己的失误落下了一个，就不方便请对方专程过来拿了。

"也只能这样了。"佃说完，还是疑惑不解，"话说回来，品质检测今天下午就开始了吧。他们没有对过货吗？"

山崎也疑惑不解。就在此时，山崎口袋里的手机响了起来。

"这边是帝国重工。"

对方语气飞快地说了些什么。佃眼瞅着山崎的表情越来越凝重。

"谢谢您专程打电话告知。"

结束通话后，山崎无力地垂下肩膀，靠在了墙上。

"怎么了？"

"检测组不是有一位叫浅木的年轻技术员吗，一直跟着沟口先生的那位。是他打来的电话。"

就是那名对佃制作所的技术十分关心的年轻技术员。

"他说测试出现了异常值。"

"怎么可能，我们明明测试过很多次了啊。"

佃哑口无言。

2

"你们到底怎么管理的？！要是最重要的品质染上污点，那不就一切都白费了吗？"

江原听说测试出现异常值，立马冲进技术研发部吼了起来。

晚上十点过后，浅木再次来电，说那边发现了跟佃制作所仓库里那个遗漏阀门有相同批号的阀门。

"明天可能就会收到检测不合格的结果了。"浅木对之后又打电话过去的垫村说。

"垫村，为什么会有两个批号相同的阀门啊？"

在江原的诘问之下，负责出货的垫村无言以对。

"抱歉，现在还没查明原因。"

"别胡闹了，说声没查明就能糊弄过去吗？该不会是你打错了批号吧？"

"这不可能。"垫村自己也无法接受这个现实，便如此反驳。可是江原依旧不依不饶地问"那为啥会有两个一样的批号"，不过最终也闭上了嘴。

庆功的心情早就消失得无影无踪，整个办公室被担忧所支配。

所有人都对产品的品质非常有自信。就算财务和生产管理得不到好的评价，但没有一个人料想到他们竟会在品质上出问题。

"佃品质不过如此吗？"江原不甘心地责问，没有人能反驳，"你们难道都不感到羞愧吗？"

"抱歉，江原。"山崎说，"这都怪我们。总之，我现在想先搞清楚到底为什么会变成这样。真的——太对不起了。"

山崎深深鞠了一躬，江原似乎没有了发泄怒火的出口。这时，立花打破了尴尬的僵局。

"真野先生会不会有头绪啊？"

"什么意思？"垫村问。

"我想起来，昨天装箱的时候，真野先生帮忙打包了副阀门啊。"

所有人的视线都集中在旁观的真野身上。

"那又怎样？"真野的目光中显露出敌意，"我又不知道是怎么回事。"他继续道，"不过，这又有什么大不了的，这样一来检测就不合格了呀。有些人中途突然冒出了干劲，不过到头来还是符合初衷，正中下怀，不是吗？"

江原发出低沉的怒吼："你该不会做了什么手脚吧？"

所有人都屏息看着他们。

"做什么手脚？你凭什么说我做手脚？"

真野正要跟江原吵，旁边突然传来一句"对不起"，吸引了所有人的目光。

说话的是生产管理课的川本，他刚进公司三年，还是个新手。真野不耐烦地咂了一下舌。

"是我，那个……在不合格品上……打了批号……"

川本面色苍白，声音越来越小，最后又说了一句"对不起"，深深低下了头。

"我不是叫你闭嘴吗！这种时候干吗又——"

正说着话的真野迎头被拳头击中，直直地撞到了背后的办公桌上。

"混账东西！"垫村的怒吼响彻整个工厂，"瞧瞧你干了什么!你没看到大家的努力吗!"

真野整个人摔在了桌子上,抬手抹了一把嘴唇边的血,皱起了眉。

"少说漂亮话了。"他的声音充满怨气,"你们原来不都很反对公司的方针吗,结果呢?怎么突然翻脸不认人了!"

"根本不是!你怎么能混为一谈!"江原背对着一群呆滞的围观者,口沫横飞地说,"我们只是不想输给帝国重工而已,这跟供应零部件还是授权专利没有关系。我们是为了尊严而战,所以绝对不能输啊。你连这都不明白吗?"

"什么狗屁尊严。"真野还没站稳身子就发出了嘲笑,"那种东西能当饭吃吗?无论再怎么逞强,我们还不是力量弱小的小厂商。"

"那你一个人自认卑微去吧!"江原恶狠狠地说完,转向立花,说道,"走了。"

"去哪儿……"立花不知所措。

江原又对他说:"去给帝国重工送阀门。"说完,他就在一众员工的目送下快步离开了。

3

走首都高速穿过东京都心花了一个多小时,接着他们在常磐道下了高速,导航仪的屏幕上总算出现了帝国重工研究所。

"他们会接收吗……"

立花瞥了一眼货车尾厢,道出了心中的不安。一个层层包裹的木箱端坐在尾厢中,里面装的是他们本来应该提交的那个阀门。

江原没有回答。他知道要把这个交过去很困难，但也做好了心理准备，对方不收下他就坚决不走。

在研究所正门停下车，拿到进入许可后，江原把车子开到了指定的停车场。负责人已经在研究所大楼的一楼等候他们了。

"久等了，这可真是伤脑筋啊。"

浅木一路小跑过来，看到两人便表情阴沉地问："这到底是怎么回事？"

立花一时语塞，江原便替他说了一句："实在对不起，是我们那边出错了。"说完便深深低下了头，但并没提公司内部的具体情况。

"这才是正确的阀门，能请您想办法换过来吗？"

他们打开地上的木箱盖，被包裹在缓冲材料里的崭新阀门散发出金属光泽。

"真不走运，阀门的检测很早就结束了，重新检测恐怕很困难。而且检测报告也已经发给了本次测试的负责人富山……"

"真的不能想想办法吗？"

江原站起来，郑重地低下了头。

"拜托您了。"立花也跟着低下了头。事已至此，光靠讲道理已经行不通了。

"真是让人为难啊……"浅木烦恼地喃喃道。

"现在我们只能依靠浅木先生您了。能麻烦您想想办法，劝说上司吗？"

"请两位稍等一下。"

浅木说着便站起来，走到会客间外打起了电话。

从他的语气推测，对方应该是富山。

"我刚才跟富山商量过了，他不同意。"

"富山先生现在方便接电话吗？请让我向他说明情况。"江原说。

随后他拨打了浅木告诉他的号码。

"您好，我是佃制作所的江原。关于浅木先生刚才联系您的事宜，能请您抽出一点时间来谈谈吗？"

"这种时候打电话来，你也太没常识了吧。"

富山的语气听起来很不高兴，听筒里还传来电车飞驰而过的声音，他恐怕正在回家的路上。

"实在对不起。事情是这样的，昨天我们提交的阀门中有一部分弄错了，目前我已经到筑波的研究所了，希望能换掉那个弄错了的阀门。希望您能同意接收。"

"我说你啊，事情根本不是这样的吧。"富山说，"你肯定是不知从哪儿听说检测出现了异常值，才跑来嚷嚷着要换阀门的吧。"

"不是的，我们确认过库存，发现有一个批次外的阀门混了进去——"

"如果这是火箭，你觉得会导致什么后果？"

富山的质问让江原咬紧了嘴唇。

"如果这是正式发射，单单因为你们的一点小错，百亿日元的火箭就要变成海里的泡沫了。这次测试检验的不仅是品质，还有交货流程啊。"

"这我很明白。"江原回答，"是我们交货出问题了，这点我承认，今后我们会密切注意交货流程，绝不会再出同样的问题。所以，请您允许我们再挑战一次品质检测。"

"真不巧，结果已经出来了。我拒绝再做一次。"

对方给出了决绝的回答。

富山说完就挂了电话,浅木将这一幕看在眼里,同情地皱起了眉。

"真的没办法了吗……"

江原嘟囔了几声,浅木摇摇头。

"我也很想接收,只是,凭我的力量……"

三人间落下沉重的沉默。江原双手握拳放在膝上,关节发白,眼里却布满血丝。

"我承认我们有问题,可还是希望品质能够得到正确的评估。不能因为这种事就导致佃制作所的品质被低估啊。"

浅木低头不语。

帝国重工这个庞大的企业是靠组织逻辑在运作的,里面有严格的规矩,不会因为浅木一个人的想法而发生改变。

就算公司规模不一样,江原心里也明白这点。

"我也不希望因为这种事而无法与佃制作所合作。"浅木说着,陷入了沉思。

不知过了多久,他突然说了一句"请等一等",再次离开会客室去打电话了。

江原他们猜不出这次他要和谁通话。短暂的通话结束后,浅木一脸坚定地走了回来。

"阀门我先收下了。"

椅子"咔嗒"响了一声,是江原惊讶地站了起来。

"真的吗?"

"是的,我已经谈妥了。"

他的表情很阴沉。

"可是浅木先生,您怎么……没问题吧?难道事情变得很糟糕……"

江原对浅木的表现很是担心,但浅木硬扯出一个微笑。

"可能会很糟糕,不过我还是想跟佃制作所合作,便以一个小兵的身份跟组织对抗了一番。"

他们并不知道这意味着什么,但隐约能猜出浅木干了出格的事。

"真是太感谢您了,浅木先生。"

江原两人深深鞠躬,浅木则抱起装着阀门的木箱笑着说:"都怪你们,这下要通宵重新检测了。"说完,他便消失在研究所内部了。

4

"喂,这到底是怎么回事?"富山把捏皱的检测数据拍到浅木面前,"副阀门不是出现了异常值吗,数据上怎么没写?"

"哦,是那个……佃制作所送来了正确的阀门,我又重新做了检测……"在富山的逼问下,浅木含糊地回答道。

"重新检测?"富山尖声道,"谁允许你那样做了?"

"财前部长吩咐的……把阀门收下来重新检测。"

"部长怎么会知道这件事,是你说的吗?"

面对富山的诘问,浅木只说了句"对不起",便咬住了嘴唇。

"少给我乱搞!我不是说了不接收吗!"富山震怒道。

"对不起。"

富山狠狠瞪了一眼赔罪的下属,目光又重新落到数据上。

"一开始那个不良阀门的数据呢?"

富山问了个意外的问题。

"在我这里……"浅木迟疑地回答。

"在副阀门的数据上把那个异常值数据也一并写进去。"富山下了命令。

"这是为什么？"

"你这人真是什么都不懂。"看着表情紧绷的浅木，富山烦躁地提高了音量，"这次测试还包含交货流程，那种错交不良品的公司，连接受性能评估的资格都没有。"

"可是主任……"浅木为难地看着富山，"先跟财前部长说一声吧……"

"部长那边我来说，你今天之内重做报告书交给我。还有浅木，你最好想想自己将来的去路吧。"

留下这句话，富山快步离开了。

5

"这家伙好像对公司方针心怀不满……实在是对不起。"

山崎用中指按住滑落的黑框眼镜，晃着一头长发冲佃低下了头。真野在他旁边一言不发地坐着。佃看着这两个人，无声地抱起了手臂。

"真野，你有话要说吧？"

在山崎的提醒下，真野才不情不愿地说了句"真是对不起了"。

佃见真野毫无反省之意，心里涌起一股怒火，可是实在太气愤了，一时又不知说什么好。

"你有什么不满？"

佃好不容易挤出了一个问题。

"这种事跟社长说了你也不懂。"真野的反应很冷淡。

"你怎么就知道我不懂？说说看吧。"佃用上了全部忍耐力这样说道。其实他很想把这人揍一顿，虽然真野的脸已经肿起来了。

"那我可就说了。我们难道不应该少在宇宙开发这种事情上花钱，而将资金和人才投入到小型发动机这些主产品上吗？无论我们花多大力气研发，都不会得到夸奖的。老实说，这简直太没道理了。"

佃哑口无言地盯着真野。他就因为这种理由用次品替换了正品，甚至伪造了批号吗？这不就跟试图得到父母关注而恶作剧的小孩子一样吗？

"看吧，你果然不懂。"真野嘲讽道。

"我当然不懂，我才不要懂。"佃说，"我们的主要业务确实是小型发动机的研发。只是十年后，或者二十年后，我们不可能还能死守这摊生意。要是不去研发新的东西，像我们这种以技术为本的公司必然会路越走越窄。培养将来的主要收益来源，难道不是理所当然的事吗？"

"因为这样就要搞宇宙研发，我还真是跟不上节奏。社长当然无所谓了，还有山崎部长也是，毕竟你们有在国内顶级研究所研发火箭的业绩和实力。可我们不一样啊，我们只是很普通的技术人员，能麻烦你们想一想更为现实的东西吗？"

"我已经不是研究者了，我是经营者。"佃空虚地喃喃道。

他无法原谅真野，但也对自己很生气，因为他竟没有察觉到下面的不满已经到了这种地步。就算平常低头不见抬头见，员工跟经营者之间依旧有着难以逾越的鸿沟。他早已从各种经历中意识到了这一点。

"我会辞职。"真野说，"我知道自己干了什么事，我会承担责任。"

"开什么玩笑!"佃怒吼一声,"就算你辞职了,也解决不了任何问题。给我听好了,信用这种东西就跟玻璃一样,一旦打碎就无法复原了。"

他感觉真野心中出现了动摇,但对方匆匆移开了视线,让他无法读出那动摇的感情是什么。

"你怎么能如此轻易地说出'辞职'这两个字呢。"佃又叹息道,"你到底有没有认真考虑过工作这件事?"

没有回答。

"我认为啊,工作就像一栋两层楼的家。一楼是吃饭的地方,为了生活而努力工作、赚钱。不过仅仅这样就太低微了。所以我认为,工作还需要有梦想。那就是二楼部分。只顾着追求梦想而吃不饱饭不行,只为了吃饭而没有梦想又很无趣。你心里应该也有梦想,希望在这个公司里实现什么目标吧?现在呢,那个梦想到哪儿去了?"

"你这样说好天真,好幼稚啊。"真野失笑道。

"哦,是吗?但你在嘲笑我之前,先好好想想吧。你的所作所为是在破坏他人的梦想。我绝对不会原谅做这种事的人。"

"破坏梦想的人,难道不是社长吗?"

真野说出了令佃意外的话。

"有些人想做自己喜欢的研究,却苦于没有钱或没有人。结果那种不着边际的研究反倒能得到钱和人。在这种充满制约的环境里,拥有梦想反倒奇怪吧。"

"哪里都有制约!"佃盯着真野说,"我原来在宇宙科学开发机构待过,那里是国家机关,既没有钱也没有人,可是依旧有研究者在那种条件下做出了厉害的研究成果。一切讲究的都是智慧，你这说法是在强求本来就不存在的东西。"

"这话没法谈了。"真野一脸苍白地站起来，"感谢您一直以来的照顾。"

"喂，我说，真野——"

山崎正要阻止，却被佃抬手挡住了。

"你要是辞职了就能有梦想，那就尽管去找那种工作吧。"佃说，"别让我再看到你了。"

真野瞪了佃一眼，愤然离开了社长室。

"现在这种世道，那家伙以为自己跑出公司能到哪里去。"

佃站起来，站在窗边仰望着寒冬的天空。

"到底是谁天真啊，蠢货……"

"你怎么在这儿，让我一顿好找。"

晚上七点多，江原在仓库角落找到了真野。阵阵隆冬刺骨的寒风从敞开的卷帘门外刮进来，真野正坐在门口旁的木头长椅上，独自吹着风。

"我都听说了。真野，你真的要辞职？"

"嗯。没办法，毕竟我干了这么大的事。"

"唉……快到圣诞节了啊。"

江原说着，一屁股坐在抽着烟、表情呆滞的真野旁边，然后也从衬衣胸前的口袋里抽出一根烟。

"辞职了准备干什么？"

"还没想好。"真野说。

"大过年的找工作吗？主动离职，失业保险也领不了多久吧。"

没有回答。真野还有家人，虽说是自作自受，可他还没找好下家就辞职了，心里肯定会不安。

"你也没必要用那种方式表达对公司的不满吧。"江原又说道。

"反正我蠢。"真野自暴自弃地说。

"你真是无论多少岁都不知道成长啊。"

江原无可奈何地说了一声，语气又突然转为疑问。"不过你其实根本没想到会变成这样，对不对？"

真野没说话，江原继续道："听说你对川本说，就算是'落榜'的零部件应该也能取得不错的成绩。你是不是想教训那帮因为阀门系统受到关注而在公司里大摇大摆的人，让他们知道检测合格也没什么大不了？可事实跟你预料的相反，替换过的副阀门测出了异常值，此时你才发现自己把真正的次品给交出去了。难道不是这样的吗？"

"我是怎么想的，现在已经不重要了吧。"

真野茫然地叹了一口气，眯起眼睛盯着烟头。

"可是，你在社长面前却一直梗着脖子不解释，从头对抗到尾，为什么这样？"

"不知道。"

真野脸上露出寂寥的笑容。仓库外面是没有星辰的天空，真野一直盯着那片天，湿润的眼中映出光。

"真野，去跟社长好好道歉吧。他会原谅你的。"

真野低下头，咬紧嘴唇。

"已经晚了。我把辞职书交上去了。"

"那不就是一张纸而已嘛。"江原说，"要是你不好意思对社长说，那就对部长说。你之前不是说，别看山崎先生一副阿宅的样子，其实特别会照顾人吗？他一定会理解你的。他不是也挺喜欢你的吗?"

"那都已经是过去式了。"

真野把烟蒂扔到脚边的空罐里,艰难地站起来抻了抻筋骨。然后,他转向还在原地抬头看着他的江原。

"江原,谢谢你关心我。"说完他就要走,又突然转过头来说,"对了,我想拜托你一件事。下次你跟社长喝酒时,记得替我说一声对不起。你就说……虽然他的做法我不喜欢,可我并不讨厌社长这个人。还有,请他一定要实现自己的梦想。"

"这种话你自己去说。"

真野只是笑了笑,抬起右手。他的身影消失在门外看不见后,江原叹息一声,呆呆地凝视了一会儿夜空。

6

富山的策略很巧妙。

假如把记录了两份数据的报告书经由财前提交给水原,财前肯定会把数据异常的那份去掉。但如果直接提交给水原,就等于越过财前递交资料,属于僭越行为,有程序上的问题。

既然如此,只要在水原也参加的事务联络会议上用"内部询问"的形式进行说明就好了。想到这个妙计,富山为自己的聪明而沾沾自喜,捧着浅木修改过的报告书出席了会议。这是宇宙航空部对星尘计划进度等内容进行汇报的联络会议,以本部长水原打头,其麾下的四十余名部长和主任都要出席。

会议基本事项已经进行完毕,主持人询问是否还有其他事项时,富山举起了手。

"我有件事。关于刚才汇报的阀门系统外包商候选的品质测试一事，我有事想跟各位商量。"

财前猛地抬起头看向富山。他直觉敏锐，从事前没有接到发言知会的细节中就已经察觉了富山的意图。

富山把准备好的阀门测试结果分发给与会人员，然后继续道："对方提交的阀门零部件中，有一件检测出了明显的运作不良结果。经调查发现，零部件成型精度方面有很大问题，让人怀疑继续测试是否还有意义。"

"那是因为对方误将次品混入了检测样品，佃发现后，马上派人来换掉了。"

财前提出反驳，富山却毫不慌张。

"资料上也标出了财前部长所说的替换后的检测数据。只是，区区一百个左右的样品中就混入了次品，这种管理体制本身就很有问题。此外，交换后的阀门数据虽然是正常值，但不能排除对方可能是在得知出现异常值后才又提交了新样品。在我看来，零部件供给厂商的这种行为未免过于随意。鉴于继续测试将要花费更多成本，所以我想请水原本部长做出判断。"

富山若无其事地接住了财前恼怒的目光，等候抱臂思索的水原给出答案。

"要不就取消吧。"过了一会儿，水原说出这么一句话。

富山随之露出了笑容，可就在此时——

财前冷静地说："若取消测试，火箭就无法搭载这个阀门了。"

水原疑惑地问："这是怎么回事？"

"佃制作所是在发现混入了次品后马上提出交换的，而交换后的阀门品质正如您所见。如果因为交货失误这样的理由拒绝将零部件外包，佃那边也有可能采取强硬的态度，拒绝将专利授权给我们。"

"授权专利能让他们得到一大笔钱，他们肯定不会白白放过这个商机吧。"

富山展开反驳，原本平淡的事务联络会顿时擦出了一点火花。

"据说评估负责人之一的田村君在与该公司面谈时，也曾听到对方这么说过。富山，你当时也在场吧？"

富山后悔没让田村删掉报告书上的那段内容，然而现在为时已晚。当时他为了尽量让佃给人留下坏印象，就保留了那段报告内容，没想到此举竟是搬起石头砸自己的脚。

"佃制作所是一家有尊严的公司。"财前继续道，"如果是正面做出评估也就算了，单单因为这种原因就被拒绝，对方恐怕不会接受授权专利这一选项。"

"你们的意见我都知道了。"水原思考了一会儿，又提出了新意见，"那不如先暗示一下测试可能不合格，以此来打探对方是否有授权专利的想法。这件事就交给富山君去做。如果佃连这个都拒绝，届时再考虑包括零部件外包之内的其他方法。这样就没问题了吧？"

说是什么其他方法，但其实根本没有其他方法，不过财前还是只能苦着脸接受了。

"富山君没意见吧？"

被水原问到，富山强忍着心中欢喜，答道："当然。"

江原和立花把替换样品送到研究所三天后的上午，帝国重工的富山打来电话要求面谈。

"他说希望我们今天下午就去一趟，怎么办？"接电话的殿村问佃。突然打电话来叫人当天过去见面，这种行为有些失礼，但佃没有在意。对方虽然收下了替换样品，但他还是很想知道最终的检测结果。正好要联系那边的时候，对方倒是先打电话过来了。

确定了山崎的日程后，最终预约下午两点见面。

他们准时来到帝国重工的总部大楼。富山抱着装有检测结果的文件夹，一脸不高兴地走进了会议室。

"前些天我们出货错误，给您添麻烦了。"佃一开口先道了歉，"非常感谢您接受替换。"

"关于那件事，现在情况有点不妙啊。"

富山的话让佃皱起了眉头。

"我们后来对贵公司提交的替换样品进行了测试，只是上头还是不太能接受混入了次品这个事实，所以测试目前处于中止状态。"

佃和山崎哑口无言地盯着富山。

"可是财前部长——"

"部长不是这次检测的负责人。"富山绷着脸打断了佃的话，直接进入正题，"这个时间点提这种问题可能有点不合时宜，不过我还是希望听听贵公司的意见。检测以这种形式取消，实在不是我的本意，而失去这样的技术，本公司也感到十分遗憾。佃先生，还希望您再考虑考虑专利授权一事，不知您意下如何？"

他认为自己的态度足够诚恳了，可佃还是歪过了头。

"请等一等。出货失误确实是我们的过失，但贵公司要因为这种事取消测试吗？"

听他的口气，好像无法接受这种说法。

"在我看来，这只能被理解为恶意中止测试。莫非你们早就有了定论，搞这场测试只是为了走个过场，无论如何最终结果都是不合格吗？"

"这怎么会是恶意呢……"富山否定道。

"可是我听说,富山先生您一开始连替换样品的请求都拒绝了啊。"山崎听江原说了当时的情况,"您说的上头,是指财前先生吗?"

"不,财前并没有参与此次的测试。"富山说,"我们上头还有一位大领导,他要求比较严格,所以做出了这个决断。"

"现在还不一定会取消吧?"山崎问。

"如果继续这样下去,应该会得出这个结论。"富山轻描淡写地说。

"阀门系统可是我们的梦想啊,富山先生。"佃说,"我希望佃制作所的阀门系统能够搭载到最新研发的发动机上,把火箭带上天去。"

"您的梦想我很理解,只是目前的情况实在很不理想。不如改为专利授权如何?您无须费心,我们会支付合理的使用费。"富山说。

佃两手握拳放在膝头,一言不发。

"佃先生……"

面对富山的催促,佃回答:"我不能接受。"

"如果说我们的阀门存在性能问题也就算了,可是因为一个出货错误就中止测试,这也太过分了。"

"这是上头的意思。我也无能为力……"富山说。

"那我能直接跟他谈谈吗?"

听了佃的话,富山的表情阴沉下来。

"就算您跟他见面了,想必也没用吧。毕竟我们这边的测试本身也包括对交货流程的考察。"富山顽固地说。可是——

"我想尽量让国产的火箭用上我们的阀门。"

佃这一句话让富山立刻换上了打探的口吻。

"您这是什么意思？莫非国外有厂商提出了意向？"

"目前没有，不过只要有意向，我们就会考虑。既然贵公司不行，去其他地方寻找可能性不是理所当然的吗？"

"佃先生，这种生意可不是轻易就能找到的啊。"

富山的表情与话语相反，眼看着越来越焦躁了。这是因为他无法断言可能性为零。

"这我知道。"佃回答，"不过只要有一点可能性，我就想赌一把。相比因为一点无聊的理由就拒绝我们的公司，就算对方是外国企业，只要愿意对我的产品做出正确的评估并接纳，我当然会选择跟那边合作。"

"您的意思是，要把赌注放在不知什么时候才出现，也不知能谈成多少钱的生意上吗？"富山质问道。

"没错。"佃的回答没有一丝犹豫，"要是你们不同意零部件外包，那就算了。不过我也不打算跟你们签专利授权合同。麻烦你把这句话转达给那位上层领导吧。"

之后，佃和山崎就匆匆结束了这场谈判。

"这就是你的谈判结果？"

听完汇报，水原一句话像长枪一样把富山戳得后退了一步，面露狼狈。

"能否允许我过段时间再跟他们谈一次？下次我会想办法——"

"看来对手没那么简单啊。"水原打断了他的话。富山屏住呼吸，想起财前曾经对他说过同样的话。

"够了，我再想想。"

"可是本部长，如果要同意零部件外包，必须获得藤间社长批准。这样下去——"

"这种事你不说我也知道。"水原不高兴地抢白了一句，把富山支了出去，随后掏出手机拨通了一个号码。

"上次那件事怎么样了？佃制作所有没有说什么？"

"我正准备打电话给你。"对方说，"我认为佃对回到大学做研究很有兴趣。他公司内部矛盾重重，正如本部长预料的，经纬创投的收购一事他没有直接拒绝，而是听负责人把话说完了。"

这件事经纬创投的须田已经向他汇报过了。为了收购佃制作所的专利，至少要让佃产生卖公司的想法——这是水原设计的大型舞台装置。

人一旦沉迷于研究，就很难从中解放出来。佃不满足于小型发动机研究，而是追逐曾经的梦想，研发了阀门系统。水原从他的执着中看出了一个尚未完全放弃研究的灵魂。

"那佃在考虑那件事吗？"

水原问了一句，对方的回答却与他的期待相反。

"不，他拒绝了。"

"你说什么？！"

水原的反应正是不折不扣地怀疑自己耳朵出问题了。他明明准备了这么完善的条件，佃竟然还是拒绝了。此人真是令人费解。

"他说要一直待在佃制作所追逐自己的梦想。"

"他怎么会这样想呢？那种指甲盖大的公司能实现什么梦想？"

太难以置信了。水原闷哼道。

"七年了。"对方说，"佃曾经是个彻头彻尾的研究者，可是整整七年的岁月把他改变了。现在的佃航平不是跟我在宇宙科学开发机构共事的那个佃航平，而是经营着佃制作所、带领二百名员工发展的优秀经营者。真不好意思，我该早点联系你才对。"

"没有的事。"水原惶恐地说，"拜托老师做这种事，真是为难您了。"

"要是佃愿意回来，我肯定会特别高兴地把他推荐给教授委员会。没想到最后竟是这个结果，真是太遗憾了。不过佃自己愿意这样，所以我要拜托你多多关照他了。他是个热血男儿。"

"我记住了。"

水原说完，结束了跟三上教授的通话。

他把手机放到桌上，转过椅子，抬头看向大手町的天空。

夕阳染红了外面的大楼。

"是我输了啊。"

水原呆看了一会儿风景，自言自语一句，拿起座机想按富山的内线号码，又停下了动作。因为他发现，自己在不知不觉间选择了容易接受他的意见的人。

他重新按了一个内线号码，对方马上接起了电话。

"你把佃制作所的测试继续下去吧，好好管理不要出错。让你中途接手真是不好意思了。"

电话另一头传来一阵沉默，似乎在斟酌水原的指示。

"明白了，今天就重新开启测试。"

听了财前的回答，水原点点头，长叹一声放下了听筒。

现在零部件供应这边已经有眉目了，接下来的问题就是如何说服藤间。这可以说是留给水原的最后一个难题。

第七章 发射升空

1

佃跟山崎坐的车已经在山路上行驶了将近一个小时。天还没完全亮，即将升起的太阳把东方的天空染成一片明黄色，美得让人忘却了言语。

刚过完年，现在是一月七日的早晨。

坐在四驱车驾驶席上的人是帝国重工的浅木，他们正前往位于茨城县山中、新近建设的帝国重工试验场。这天，帝国重工将在试验场进行代号为"单调"（monotone）的新型氢发动机燃烧实验。佃制作所的阀门通过了一系列品质测试，目前已进入最终阶段。眼前是开拓零部件供应道路上最后且最大的一道难关。

行驶在山路上的车子前方出现了试验场的大门。穿过大门，就来到了建有巨大方形实验塔的场地。

昨天所有实验准备已经完成，实验塔中静静端坐着身着银色长裙的新型发动机，在黎明前清澈的空气中等待。那个真空推力一百三十吨、比推力六百秒的高性能发动机，就是以赢得国际宇宙航空领域先进地位为唯一目标的"星尘计划"的主干。

佃制作所为那台发动机提供了约四十个品种、数量多达八十个阀门。

这几天来，山崎一直跟其他研究员一道，在帝国重工研究所旁观发动机组件的组装工作。此时他正百感交集地凝视着发动机。

一直没有停息的沉重发动机的轰鸣声现在变得更大了，装满液氧和液氢的槽车排成一列，顺着发动机背后的开口进入其中。

浅木把车停好后，带领佃等人走向试验场内部。

"前面这条路被称为'松廊'。"走在通往研究室最深处的走廊上时，浅木这样说道，"佃先生和山崎先生是头一批走进这里的外部人员。"

电梯门一关上，就开始迅速下降。

进行发动机燃烧实验的实验室位于地下十二米深的地方，这里有厚重的水泥墙防护，是兼具顶级防爆结构的现代要塞。

已经有许多研究员在实验室里来回忙碌了。他们第一眼看到的，就是中央大屏幕上映出的实验塔。此时发动机开始进行液氧注入准备，佃看在眼里，仿佛身在火箭发射场管制塔注视发射前的火箭一样心情昂扬。

原本坐在中间椅子上盯着屏幕的人发现佃等人进来，便缓缓走了过来。是财前。

"我等您很久了。"

财前说完，带着佃和山崎在实验室里转了一圈，向他们介绍研究员。总共约有五十人，有人表示欢迎，有人板着脸点点头，反应各不相同。

"站在他们的立场上，心境还是很复杂的。"

大致介绍一圈后，财前边说边请佃他们在中央控制台边的椅子上落座。

"不怕冒犯地说，我们毕竟在技术研发上被城镇中小企业抢了先啊。其实还有部分研究员觉得佃制阀门没什么了不起呢。"

"因为是核心零部件啊。"

听了佃的话，财前默默点头，目光飘向远方。

"对。而且阀门系统是悬在我们心头多年的问题——正如对佃先生那样。"

佃回想起当年，点了点头。

"当时我简直无法相信我的眼睛。火箭为什么会偏离轨道？直到现在我都会梦见当时的场景。我坐在一片骚动的管制室内，只能无助地看着它偏离轨道航线。那时候，我真的感到茫然。不过看着那个画面时，我竟完全没有去想责任之类的问题，我心里只有一个想法。为什么？就这个疑问而已。不过，后来查明原因是电磁阀运作不良时，我一下就接受了。因为那是最复杂的零部件之一。"

"一点没错。"

财前说着，看向屏幕上映出的美丽银色发动机。

佃继续道："当时，我们其实是想从法国进口零部件的，只是法国担心日本的火箭发射技术超过他们，就限制了高新技术零部件的出口。然而使用旧阀门会使精度下降，我们就只能自主研发了。那是个十分无奈的决策，事实上研发过程也非常艰辛。"

为了赶上发射日程，研发节奏被设定得极快。

品质、交期、成本，还有研发时的艰难。佃不打算把发射失败归罪于交期太短，可是，如果有更长的反复实验时间，结果或许就不一样了。

"阀门系统作为核心部件，如果要变更，就要伴随大规模的设计变更。"财前说。

"正是如此。当时的情况更加特殊，最终设计审查结束后，我们为配合新的阀门改变了发动机设计。虽然我不想承认，不过可能真的操之过急了。从某些角度来看，这次的情况也有点相似啊。"

"情况或许相似，但内容完全不同。"

听了财前的话，佃用力点点头。

液氧、液氢燃料注入完成花费了将近两个小时，研究人员已经准备好彻夜进行燃烧实验以获取数据。预定上午十点开始的发动机燃烧实验，瞬间就近在眼前了。

"燃烧实验倒数二百七十秒。"

扩音器里传出富山宣布实验开始的声音。紧接着，如同正式发射现场一样，实验室里响起了自动倒数广播。气氛越来越紧张，所有人的视线都集中在中央大屏幕上。

佃眼睛一眨不眨地凝视着屏幕上的发动机，他旁边的山崎却闭上了眼睛，仿佛在默默祈祷。

"发动机点火。"

富山平板的声音一落下，"单调"瞬间被包裹在火焰与白烟中。

拜托了——

然而——

"这是怎么回事！"

屏幕上的倒数计时进行到一百五十秒时，有人发出了失控的尖叫。"燃料舱内压力异常！"

"发动机紧急停止！紧急停止！"

扩音器里传出富山的喊声，室内一片哗然。

"社长，您快看！"

山崎看着屏幕，喉结颤动，目光闪烁。

眼前映出了明显异常的数值，那是佃供应的阀门运作情况数据，对象是保持液氧舱内压力的主副阀门。

"喂，这到底是怎么回事！"

富山面色狰狞地逼近过来，双手用力砸向台面。没有任何数据能回答他的问题。

"检验，检验！"

周围响起一片呼声。

"怎么会这样……"

佃茫然地看着屏幕，对这个结果感到难以置信。财前在他身旁，一言不发地闭上了眼睛。

燃烧实验彻底失败了。

2

"检验结论表明，失败原因在于保持液氢舱内压力的副阀门没有运作。"

燃烧实验失败第二天，在帝国重工筑波研究所的会议室召开了会议。

"佃制作所有什么说法？"

听完研究员的说明，富山沉着脸看过来。

"本公司的检验团队将燃烧实验中用的阀门进行了拆解分析，但尚未查明原因。"佃回答。

"我说，你能不能赶紧查明啊？大家都是百忙之中抽空来开这个会的。"

富山旁边那个最先发表检验结果的研究员语气非常冲。他叫茂木，看起来近五十岁了。

"你可能不用赶交期，可我们要赶啊，你知不知道？"

茂木的话获得了会议桌边几十个研究员和职员的赞同。

佃反驳道："同类型副阀门在运作测试中完全没有问题，也没有出现材质破损和变形，请问你们检查过控制程序了吗？"

"控制程序没有问题。"

负责人马上大声宣告，同时用责难的眼神看着佃，看来是认定他想把自己的错误推给别人了。

"没有运作的不是程序，而是阀门。"富山说，"别忙着怪别人，麻烦先管理好自己公司的产品吧。"

佃一言不发。

因为佃制作所的检验结果已经出来了。

燃烧实验失败的消息给佃制作所带来了极大的冲击，公司内部立刻组织了一个五人团队来到筑波，着手进行全面而仔细的检验工作。

结论刚刚得出，没有异常。

然而，阀门就是没有正常运作。

"能否让我看看其他零部件？"

佃之所以这样问，是因为检验团队提出了这样的想法。"我们没有在阀门本体上发现问题，如果真的存在问题，那可能是在这个零部件以外。"

"开什么玩笑。"富山怒斥道，"你到底知不知道昨天的燃烧实验花了多少钱？结果因为你们的零部件没有运作，实验失败了，还对项目日程造成了极大的影响。现在呢，连检验结果都还没出来，你太给我们添麻烦了。"

"我也说了，阀门本身没有问题。"尽管佃对富山一味地指责很是气愤，但还是强忍着怒火这样说道。财前坐在圆桌中央，抱着手一动不动地听他们争论。

"那阀门为什么没有运作？"富山又说，"阀门没有运作这是事实吧，既然如此，你就告诉我原因啊。"

"这我也说了，检查阀门并没有查出原因，所以希望能不仅限于阀门,把其他相关因素也纳入调查范围。"

"不好意思,阀门以外的零部件我们都进行了检验。"富山给出了让佃无话可说的回答,"结果没有异常。"

"你们工厂是不是用的民用品标准啊?"

说出这话的是一位老资格研究员,他语气平稳,但明显对佃充满不信任。

"品质检测的时候提交高品质产品,一旦被采纳后,品质管理就松懈了。虽然这种事比较少见,不过此时也要考虑这个因素……"

"这绝对不可能。"佃终于表露出了烦躁,"我再问一次,能否将发生问题的阀门以外的零部件也让我们检验一下?若不这样,我们就永远得不出结论了。"

"知道了,那你就一直检验到满意为止吧。"

财前这句话让富山脸色大变。

"部长!"

"现在的优先事项是找到原因。"财前做出了冷静的判断,"计划不等人,只要找不到原因,我们就无法继续推进计划,难道不是吗?"

富山气愤地闭上了嘴,没有回答。

"混蛋,那帮人到底什么意思啊!"从筑波回公司的路上,山崎骂道,"社长,他们就是想把失败的原因全都推给我们。"

"毕竟不知道原因何在,这也难怪啊。"佃尽量客观地说。

"可是社长——"

"阀门没有运作确实是事实。"

"话是这么说……"

山崎沉默下来。

"上次也这样。"

"您是说十年前吗?"山崎握着方向盘问道。

"对,就是发射失败那次。白痴媒体抱团起哄,说我们浪费税金。最后为了挽回名誉,机构内部开始追究责任。"

"结果责任就落到了社长头上。"

"刚才的争论让我特别生气,同时也很伤心。"

佃语气消沉,山崎忍不住瞥了他一眼。

"研究所这种德行,真是多少年都不会变。"

"一旦牵扯到钱,就会变成那样吧。"

"可是哪有工作不牵扯到钱呢。"佃说。

"刚才我听到一个不太妙的说法。"山崎略显迟疑地说,"他们已经开始讨论,要是经证明这次实验失败的原因在于我们的零部件,就要让我们赔偿实验费用,同时还有可能取消零部件外包订单。"

这可不是听过就算的话。

"赔偿实验费用和计划延迟费用,搞不好要几个亿啊。"

佃坐在副驾上,很不高兴地盯住前窗外没有星星的夜空。

回到公司,殿村似乎等候多时,佃一露面就赶了过来。不仅是殿村,津野和唐木田,还有年轻一辈的江原和迫田他们都陆陆续续围过来倾听事情经过。

佃在凝重的沉默中说明了情况,同时提出在帝国重工研究所进行二次检验的日程。

"如果原因在于我们的阀门……"江原紧张地咽了口唾沫,"到时候……会怎么样?"

这可能是所有人心中的疑问。

"那也要看原因的性质。"佃回答。

"最糟糕的情况下，他们会取消阀门外包吗？"江原一脸严肃。

"会。"佃简单地回答道。

届时佃制作所唯有放弃"火箭品质"这个目标了。正如帝国重工的研究员所说，一旦证明是他们的原因，佃制作所就不得不承认自己是"民用标准"，佃个人的梦想和佃制作所的挑战都将到此为止。

"还是相信我们的技术实力吧。"

这句话不仅是对员工说的，也是佃对自己说的。

3

一月的第三个星期三，佃来到筑波的帝国重工研究所。早上六点，他便与技术研发部的山崎，率领五名中坚力量与青年技术员离开东京。八点多他们便早早进入研究所，开始燃烧实验的二次检验。

"那边怎么样？"

山崎站起来摇摇头，表情复杂地俯视摆在桌上的部件。帝国重工的研究员也参与了此次检验，目前整个实验室乍一看就像个旧货市场。

帝国重工同意佃制作所对阀门以外的零部件也进行检验，这是一个很大的进展，但同时也意味着检验工作将复杂化和长期化。

果然，众人牺牲休息日，从三天前就开始检验，但至今仍未发现任何线索。没有新发现，唯独时间在一点点流逝，让人感到越来越焦躁。

"社长那边怎么样?"

佃停下了手头的作业,苦着脸不说话。

"我再看看阀门。"

今早佃也这么说过,那时山崎只是露出不可思议的表情,没有说话。其实佃也觉得事到如今再看阀门也没什么用,只是觉得这就像调查进入瓶颈时警官重返现场一样,有其必要性。

从今天开始,原本五个人的检验团队将增加到十人。新来的人带来了佃制作所的内部检查结果,证实该型号的阀门并未出现过运作异常现象。

尽管如此,阀门还是没有运作。

帝国重工的浅木和佃制作所的垫村也过来帮忙,目前三个人正在仔细检查拆解下来的零件,这个作业是为了确认零件是否存在变形或零点几毫米单位的扭曲。佃检查过的零件会再经由垫村和浅木进行确认。

这种费神的精细作业总会导致好几倍的疲劳。

手表指针指向下午两点。

"再加把劲吧。"

佃对山崎说完,又回到了不知何时才是个头的作业。

在帝国重工作业区站立作业的佃制作所技术人员都显露出了疲态。

要是找不到失败的原因,发动机燃烧实验就只能继续延期。为了争取让帝国重工正式采用佃制作所的阀门,这是个必须跨越的门槛。

在永无止境的作业中,佃已经疲劳到了极点,不过,又过了几个小时,他突然发现阀门内部有个细微的痕迹。

"垫村啊，你觉得这是什么？"

那个痕迹无比细微，稍一晃神就会看漏。乍一看完全看不出来，也没有变形，只不过对着光稍微倾斜零件，那痕迹就会像全息影像一样浮现出来。

佃用放大镜对准那个地方，又调了调光。

"什么东西？"

垫村一开始好像并不理解佃在说什么。

"你仔细看，有个地方不是会跟随角度改变发生变色吗？"

"好像是个划痕啊。"

佃点头赞同了垫村的观察结果。

"你觉得这是什么？"

"不知道。至少阀门内部没有残留造成这个痕迹的物质。"

佃摊开发动机系统图，用指尖划出问题副阀门到主燃料舱的路线。液体燃料经过副阀门后，会直接经由管道输送到主燃料舱。

"社长，是这个管道。"

垫村马上找到对应零部件，把佃叫了过去。管道经过断裂等一系列检验，被原样保存下来了。

某种东西在阀门内留下了那个痕迹。

如果那东西经过阀门排出去了，那应该会通过这个管道。

"有发现了吗？"

背后传来一个声音。是富山。他带着一脸嘲讽的微笑，轮番看了看佃和管道。

"我们在阀门内侧发现了微小痕迹，正在寻找原因。"浅木替佃回答道。

"痕迹？"

"就是这个。"

浅木展示了拆散的副阀门内侧。富山一言不发地看了一会儿，似乎没有什么兴趣。

"是不是研磨阶段制造的痕迹啊？"

"不可能。"佃说着，开始仔细观察管道部分安装的过滤器，"请让我对这个进行检验。我想看看上面是否附着了什么东西。"

富山没有回答他，而是叫了一声。"喂，近田先生。"

一位老资格研究员跑过来，佃忍不住跟山崎对视了一眼，就是他上次在会上说出那句让佃至今难忘的责难之辞——你们工厂是不是用的民用品标准啊？

近田看都不看佃这边。

"佃先生说想检验这个管道。这里应该是你负责的吧？"

"管道？"近田露出吃惊的表情，"那东西能有什么？"

"阀门内侧出现了疑似划痕的痕迹，所以我想看看管道上是不是附着了东西。"

听完佃的说明，近田的表情带上了怒气。

"你查这个之前，不是应该重新检查一遍阀门的零件吗？比如螺丝规格之类的，这些都检查过了吗？"

"当然。"山崎在一旁说。

"那就请便吧。不过麻烦你别在上面留下奇怪的划痕哦。"

佃他们当然不可能在上面留划痕，只是这个叫近田的研究员始终摆出居高临下的态度。

"那人到底以为自己是谁啊，他想说我们都是外行吗？"富山和近田离开后，山崎毫不掩饰心中的厌恶。

"爱说什么就由他说吧。"佃这样说道，跟山崎过去检查管道状态，"埜村，给我拿个显微镜。"

佃把从公司带来的特殊显微镜尖端小心翼翼地伸入管道内部。这项作业平时基本上不需要佃来做，不过他年轻时在研究室里经常被叫去做这个，早就是个熟手了。他动作极为娴熟，看得山崎都瞪大了眼睛。

"社长，你很厉害啊。"

山崎一副俨然发现了意外特技的口气，佃笑道："我很想说这种事有什么厉害不厉害的，不过有时候，偏偏是这种小事能起决定性作用啊。好了，你看。"

佃固定小屏幕，指向内部影像。

"在哪里？"山崎问。

"这个，你不觉得很可疑吗？"

垫村和浅木也聚精会神地看了起来。

"里面有个貌似灰尘颗粒的东西，对不对？那不是光点。我要取出来了。"

接下来的操作要更加慎重。佃使用显微镜顶端的小触须，采集到了可能需要放大镜才能勉强看到的颗粒物。

"采集成功。"佃把采集到的东西放到试料用的小碟上递给垫村，"能麻烦你带回去分析吗？"

"那个……能让我来做吗？"浅木主动提出，"化学类实验器材应该是这里的更齐全。方便的话，垫村先生也请一起过来。"

密封好采集到的颗粒物后，浅木便行了个礼，跟垫村一起走了出去。

过了大约一个小时，两人带着令人意外的消息匆忙走了回来。

"社长，是二氧化硅。"

"二氧化硅？"听到垫村的汇报，佃忍不住反问，"怎么会有这种东西？"

氢发动机的燃料自然只有氢和氧。液体燃料舱确实会为了稳定压力而注入氦气，可不管怎么说，都跟二氧化硅毫无关系。问题在于，这东西是从什么地方混进去的。

佃又一次查看发动机系统图。

"假设这个二氧化硅是引起副阀门运作异常的罪魁祸首，那它应该是顺着燃料从阀门内部流过来的。所以……"

佃用指尖回溯阀门内部的燃料流动路线，山崎、埜村和浅木的视线追逐着他的动作，所有人的目光都停在了一个点上。

阀门内过滤器。

"我这就拆下来。"

山崎谨慎地拆出过滤器，置于放大镜下方。

凝神观察的时间显得漫长而沉重。

不一会儿，山崎口中冒出一句话。

"是这个吗？"

佃也凑了过去。

是一颗用放大镜才能勉强观测到的颗粒，就附着在过滤器表面。

"这也太小了。"埜村发出近似惨叫的声音，"还有点发白，更难观测了。"

浅木也看了一眼，随即惊叹一声。

"富山主任，能麻烦您过来一下吗？"浅木喊道，"您看看这个。"

"来了、来了，别吵吵了。"

富山气哼哼地走过来，一下子就被过滤器表面附着的异物吸引了注意力。

接着他直起身子，无言地站了一会儿。

"这是什么？"过了许久，富山问。

"可能是二氧化硅颗粒。"

佃又对浅木的回答做了补充。"您可能知道，制造过滤器时会生成二氧化硅。详情还需要仔细检验过后才能判断，不过我推测，这上面的颗粒是制造过程中附着上去的。这样一来，我们阀门表面的痕迹也能得到解释了。"

富山没有马上回话，而是把近田叫了过来。

"近田先生，麻烦你来一下。"

"又怎么了？"近田一脸不耐烦地说。

"他们说这个过滤器上附着了二氧化硅颗粒。"

"那怎么可能！"

果不其然，近田一听就矢口否认。

"是真的，近田组长。您请看这个。"浅木说着，把放大镜递给近田。

没过多久，这个半信半疑把脸凑过去的人的脸上就没有了笑容。

"可是，你能肯定这就是运作异常的原因吗？"近田抬起头对浅木说，"这种东西能让阀门不动？"

"能。"佃断言，"这是用放大镜就能观测到的大型颗粒，一旦卡在调整阀和气缸之间，完全有可能造成运作异常。"

"那只是你的推测吧。"近田嘲讽道。

"那也是无限接近事实的推测。"佃慎重地说。

这时富山问："这个过滤器是谁在负责？"

"是我，怎么了？"近田可能也有点尴尬，含糊地应了一声。

"我们应该有备用品，你拿过来确认一下。"

"备用品？主任啊——"

"备用品在哪里?"富山已毫不掩饰烦躁的态度,打断了近田的话。

"在管理库里。"

"浅木君,你也跑一趟,我想确认一下。"

近田跟浅木离开了实验室。佃制作所虽然也生产过滤器,不过这回他们并没有配套使用自己的配件,而是使用了帝国重工指定的过滤器,提出这项要求的人正是富山。

将佃制作所生产的零部件控制在最小限度——这个要求的意图非常明显。现在富山之所以脸色大变,必定也是因为他敏锐地察觉到,自己也要为这件事承担一部分责任。

浅木把从管理库拿来的备用过滤器按批次摆在工作台上,山崎随机抽取了一个进行检查。所谓检查,只是用放大镜观察上面是否附着了颗粒而已。换言之,如果真的发现了,就证明他们把如此简单的品检就能发现的次品给漏掉了。

"这上面也有。"

只消片刻就发现了一例,近田的表情扭曲了。山崎的作业还在继续,其他研究员也围了过来。

"怎么了?"

富山听到这个声音,猛地转过头去,随后表情绷住了。

一个人从研究员身后走了出来,是财前。

"有发现了吗?"

"发现阀门内部的过滤器上附着有二氧化硅颗粒。"富山说,"不过现在还不确定这就是发生异常的原因……"

财前并不理睬富山这番无力的辩驳,而是接过山崎手上的放大镜观察了一会儿过滤器。随后,他说了一句戳中富山痛处的话:"是我们的产品吗?"

"是的。"富山表情复杂地说,"可能是制造过程中附着上去的。"

"竟然把这个漏掉了吗?"

"非常抱歉。"富山麻利地道了歉。

"给佃制阀门做测试时并没有出现异常吧?"

财前会问这个问题是很合理的,只是让富山更加无言以对了。

"那个时候的条件不一样。"他战战兢兢地解释道。

"条件不一样?是什么意思?"财前的声音严肃起来。

"产品测试时用的是我们自己的过滤器。"佃回答,"但上次发动机燃烧实验时,贵公司提出要使用自己的过滤器,便更换了这个零部件。"

财前用力咂了一下舌,随后咬着嘴唇沉思了一会儿,看看佃,又看看过滤器。当他再看向低眉顺眼的富山和近田时,目光中冒出了怒气。

"佃先生,这个可以确定是导致阀门运作异常的原因了吧?"财前问。

"从阀门内部残留的痕迹来看,我认为应该没错。只可能是有异物卡在了阀门内的调整阀和气缸之间,导致运作不良。"佃说。

"这只是你的推测吧。"

近田尝试反驳,但财前并不理睬,而是说:"富山主任,立刻重新审查过滤器制造过程。"随后他又对噤了声的近田说,"你也就口头功夫很了得啊,就不敢坦率承认自己的错误吗?"

面对这样的谴责,近田只能咬着嘴唇沉默。

4

"搞到底竟然是我们的失误啊,真是太丢人了。"听完火箭燃烧实验的最终报告,水原叹息道。

"实在对不起,今后将会更进一步严格管理。"财前道完歉,深吸一口气准备进入正题,"燃烧实验虽然失败了,不过上回我找您商量的——"

"阀门吗?"水原抢了他的话,然后一脸为难地移开视线,盯着办公室的墙壁。

财前继续道:"要是这次燃烧实验成功,他们就算是通过所有测试了。"

"你的意见还是没有改变,认为应该采用他们的阀门吗?"

"他们的阀门性能和稳定性都没有问题,这样还能控制成本。"财前说,"本部长,我们应该采用。"

水原双手交叉放在办公桌上,长叹一声。

"如此一来,只剩下最大的难关了——我该如何说服藤间社长。"

这句话意味着他同意采用佃制阀门了。

"谢谢您。"财前深深行礼,然后继续道,"能否请您同意我在下次管理层会议上直接进行说明?"

"你有好想法吗?"

"我仔细调查了藤间社长的履历,想知道他为什么坚持星尘计划全自主制造。"

水原扬起眉毛,似乎有点意外。

"藤间社长以前是宇宙航空领域的人。不仅如此,社长还有过火箭发射失败的经历。"

从水原的表情就能看出他对财前的话产生了兴趣。

财前继续道:"藤间社长跟佃制作所的社长佃航平有着同样的过去。"

"真的吗?"

水原忍不住直起身子,财前点点头。

"不会有错。我相信,只要好好说明佃是带着什么样的心情去研发那个阀门系统的,藤间社长一定能理解。"

"这个难关虽然过去了,不过我们不能忘记那时的情形,真的相当危急。"佃在会议上说。如果一直无法确定原因,导致检验程序拖延下去,那么采用阀门的议案可能就会遭到搁置。

他得到消息,说财前昨天已经向本部长提交了最终报告书,正式承认燃烧实验失败的原因是过滤器上附着有二氧化硅颗粒。之后佃便召集组长以上的员工开了这个联络会。

"刚才帝国重工的财前部长打电话联系我,告知了是否采用阀门的情况。"

佃这话刚说出口,会议室里的人就都屏住了呼吸。

"结论出来了吗?"殿村瞪大眼睛问。

"最终结论还没出来。"

这句话仿佛在紧张的空气中开了个大洞。然而就在人们快要松懈下去时,佃的话又一次绷紧了气氛。

"目前还剩下两个难关。第一个是那边的宇宙航空部将会在下次的董事会上提交采用我们的阀门的议案,彼时就要看坚持自有化方针的社长是否同意该议案了。另一个难关想必无须我明言,那就是必须让下一次燃烧实验成功。"

"董事会审批有希望吗?"

江原之所以这样问，是因为敏锐地察觉到了这或许才是最重要的问题。

"财前部长会亲自进行说明，不过结果如何还要届时才知道。"佃回答。

"要是议案被否决了怎么办？"江原问。

"那……"佃看着员工们的脸说，"很遗憾，我们公司的挑战就到此为止了。"

财前站在会议室前方的投影机前，所有公司高层的视线都集中在他身上。

"今天我想就星尘计划推进过程中，大型氢发动机研发阶段出现的问题进行说明，并向董事会征求意见。"

财前打个手势，会议室内的灯光变暗，屏幕上映出了帝国重工正在研发的商用大型火箭T3预定搭载的新型氢发动机"单调"的整体图。本次董事会用的演示文稿是在财前的亲自指示下做的。

简单介绍了新发动机的设计和在商业火箭市场上的竞争力之后，财前终于进入了今天会议的正题。

"构成新型氢发动机的主要零部件中，只有一样并非本集团自主研发——那就是阀门。我们一度全力投入阀门研发，遗憾的是，这项技术存在先行者，因此我们未能获得专利。"

昏暗的会议室中有人面露疑惑，有人在思索，氛围正在慢慢地改变。

"是的，非常抱歉。"

财前只能道歉，但他来这里并不是为了道歉的。

屏幕上的画面变为发动机专用阀门样品图，很快又转为性能表。

此时展示的比对数据是帝国重工研究所对美国的"航天飞机"、欧洲宇宙机构的"阿丽亚娜"、俄罗斯的"安加拉"、中国的"长征火箭"和乌克兰的"泽尼特"所使用的阀门分别进行耐久性测试后得出的。

"这份数据是机密资料,请各位不要记录。"

财前如此声明后,用记号笔在数据上画下一道横线。

"这是本部门此前研发的阀门的测试结果。"

那根线高高居于互相交错的几根线之上,董事会成员明显兴奋了起来。尽管这项技术没能变成产品,说到底是件遗憾的事,然而这一数值无疑表明帝国重工的技术之优越性。

"很遗憾,由于一点细微的时间之差,这个阀门无法变为产品。"

接下来该如何引入接受佃制作所产品的话题呢?就在财前试图判断现场氛围时,一个沉重的声音传来,让财前绷紧了身子。

"我能说句话吗?"

说话的不是别人,正是社长藤间秀树。

"专利被抢先,跟阀门完成度是两回事。就算专利被抢先,持有那项专利的人也不一定能制造出耐久性如此优秀的阀门。不是吗?"

"您说得对。"财前回应了这个出人意料的问题,"出于这个想法,我们便向持有该专利的企业提出以专利授权形式的合作请求。遗憾的是,这个提议被回绝了。"

会议室四处传来叹息声。不过这叹息并非源自失望,反倒更接近于愤慨。什么人,竟把堂堂帝国重工的合作请求回绝了——现场仿佛卷起了这种尊严的涡流。

"持有专利的是什么企业？"

果然，一位董事提出了这样的问题。

"公司名叫佃制作所，位于大田区。是个资本金三千万日元，年营业额不足百亿的中小企业。"

"这到底是怎么回事？"藤间恼怒地问，"这种规模的公司竟然比我们先拿到了宇宙开发相关技术的专利？这位社长究竟是个什么人？"

"社长佃航平七年前还是宇宙科学研发机构的研究员。您记得吗，当时有一个代号叫赛壬的发动机。他就是那款发动机的研发主任。"

"赛壬？"

昏暗的光线中，可以看到藤间盯着财前的双眼眯了起来。

搭载赛壬的大型火箭就是国家研发机构委托帝国重工制造的。当时以帝国重工负责人身份，率先打开宇宙航空事业的人正是藤间。因此，在场所有董事会成员中，最了解那个号称世界最尖端技术的氢发动机赛壬的人，恐怕就是藤间本人了。如果想让藤间同意佃制作所的零部件供应申请，这是唯一的突破口，所以，财前把所有赌注都押在这上面了。

"你是说，研发那个发动机的人，做了这个阀门？"

"是的。"财前说，"这是佃制作所阀门的测试结果。"

屏幕上的线形图上又多了一根线，下一个瞬间，整个会议室陷入了寂静。

"经过研究所性能评估测试，证实佃制作所的阀门系统比本公司自主生产的产品品质更为优异。或许……"财前拿起手头的资料，念出了研究员写下的评价，"凭借这一系统的优良性能，或许能在未来三年间维持高水平国际竞争力。"

董事会成员都盯着屏幕上新添加的线条，不约而同地沉默了。

"那个火箭，"不一会儿，又是藤间打破了沉默，他如此说道，"应该是发射失败了。我听说研发主任引咎辞职了，莫非就是那个佃吗？"

"正是他。"财前冲藤间点点头，"佃很清楚赛壬为何会失败，所以他才会着眼于阀门系统，并针对这个进行持续不断的研发。"

"失败原因，我记得是燃料供给系统异常。"藤间说道。

"没错。再往深里追究，就是阀门系统运作不良。正如各位所知，掌握了阀门，就能掌握火箭发动机。阀门系统正是火箭发动机的核心部分。"财前环视会议桌，"佃深知这一点，而他研发的阀门系统可谓火箭零部件中的杰作。目前世界上可能都不存在能超越它的阀门。我可以断言，佃阀门是最好的阀门系统。"

说完财前按亮了会议室里的照明，迎来了决定胜负的时刻。

"我希望董事会能够批准采用佃制作所的阀门系统，应用到星尘计划中。"

总让人联想到白发雄狮的藤间马上向他投来仿佛燃烧着火焰的视线。

"如果不用这个阀门，会怎么样？"

真是个直接的问题。

财前回答道："可以坚持自主研发能超越这一阀门的技术，但不知道要花多少年时间。或是沿用以前的阀门系统。"

"沿用的话，国际竞争力就会下降，是吗？"藤间问。

"以本公司目前掌握的技术，要研发超过它的系统基本不可能。从当今国际上的技术水平来看，我们的竞争对手情况应该也差不多。但若采用这个阀门，想必能够大幅提高火箭发射的成功率。"

成功率就是竞争力。

"我说啊,"圆桌旁的一位董事开口道,"想必你也知道,我们的方针是核心零部件自主生产,你现在是建议打破这个原则吗?"

财前早已预料到会有这样的质疑,现在他必须鼓起勇气回答"是"还是"否"。

"是的。"财前说,"这是考虑过公司利益后的选择,希望在座各位能够认可。"

会议室陷入沉默。理所当然的,在场的每个人都有各自的想法,肯定也有人不赞同财前的提案。然而,最终决定是否接受这个提案的人只有一个,那就是藤间。

"要是不采用这个阀门,坏处就只有竞争力下降吗?"

可以看出藤间心中的天平在摇摆。

"不,不仅如此。"财前表情紧张地回答道,"如果我们不采用,它有可能被竞争对手采用。"

如此一来,藤间主张的用压倒性的技术优势推进宇宙航空战略的星尘计划就会沦为一纸空谈。

所有人都屏息静气,目光集中在藤间身上。

"知道了。"最后,藤间总算长叹一声说,"那就用这个阀门吧。各位没有意见吧?"

连藤间都点头了,自然不会有人反对。

"非常感谢。"

财前深深低下头,水原则带着松了一口气的表情,露出了一丝笑容。

"董事会还没结束吗?"

殿村已经反复看了好几遍手表和挂钟，一副坐立不安的样子。

"主公，你就不能冷静一点吗？"

"你叫我怎么冷静！"被津野一说，殿村竟还罕见地反驳，"这可是决定我们的一场辛苦能否得到回报的关键时刻啊。"

"你现在这个神经质的模样，跟个银行家似的。"津野调侃道。

"反正我就是……"殿村说到一半就闭上了嘴，因为说了也没用。

社长室里除了殿村和津野，还有神情紧张的山崎和唐木田。

帝国重工的董事会上午八点半开始，根据财前的事先知会，关于阀门的议题大约会在十点提出。

现在时钟的指针已经走到十点半了。

"财前应该要等到董事会结束才出来吧，搞不好这会要开一个上午。"唐木田这样说道。

"社长，要是决定采用了，我们就把广告词换成'佃制作所，火箭品质'吧。"津野特别心急。

"你该不会已经用这个来跑业务了吧，津野兄。"唐木田说。

"有问题吗？"津野呛了回去，"我们为了填上京浜机械的大坑，可是费了老大的劲。能用的都要拿来用，顾不上这么多了。"

"肯定会有好消息的，我们就带着信心等待吧。"

听了殿村的话，佃也点点头。

中岛工业的诉讼让他们的信用一度跌至谷底，庭外和解的报道出来以后才慢慢有所挽回。尽管还没有大宗交易订单，不过小额订单倒是在持续增多。为提升营业额，大宗交易自然再好不过，但考虑到公司的稳定性，不会一次性造成巨大缺口的小额交易才是公司的地基，这也是佃这一年间领悟到的道理之一。

"要是这次能拿到订单，那更加——"殿村正说到一半，佃放在桌上的手机响了起来。

是财前。

"来了！"

津野站起来，招呼了一声在门外等候的员工们。最先进来的是江原，后面跟着迫田、垫村和立花这些技术研发部的年轻人。

"久等了，董事会刚刚结束。"

不知是不是心理作用，财前的声音好像有点欢快。

"佃先生的阀门，我们决定采用了。这是藤间社长的决策。"

"非常感谢。"

佃捏紧右拳，朝员工们做了个胜利的手势。室内瞬间炸响欢呼声。

年轻人互相击掌表达心中的喜悦。殿村笑出了一脸褶子，站起来轮番跟津野、唐木田和山崎握手。不知是谁带头鼓起掌来，掌声顿时扩散至整个办公区。

"下次实验请务必要成功。"财前应该也听到了这边的骚动，以强而有力的语气说，"我坚信，这是全世界最好的阀门。"

5

帝国重工董事会决定采用佃制作所的阀门后又过了两周，佃再次来到帝国重工的试验场。

"单调"就端坐在清晨冷冽的空气中，冬日苍白的阳光让其银色外壳熠熠生辉，发动机正在等待液体燃料注入完毕。

佃在研究大楼的监视器屏幕上看着它。实验室位于地下十二米处，室内气氛紧张，工程师们正专注于进行实验前的最后检查。

"距离实验还有二百七十秒,自动倒数开始。"

富山的声音通过扬声器传出来,随后是自动倒数声。

佃来到显示发动机内部数据的屏幕前,凝视着上面的数值。

他旁边是山崎,身后是垫村和为了这一刻已经在这里熬了一整夜的十二名佃制作所的员工。所有人的精力全部押在这次实验上,做好了可谓万全的准备。

能做的都做了,接下来只剩带着信心,等待实验完成。

控制台上方的屏幕中已经看不到作业员的身影,发动机点燃的时刻即将到来。

三、二、一……

"发动机点火!"

富山那平时缺乏感情的平板声音也因为紧张而绷紧了。佃带着近乎祈祷的心情凝视着屏幕上的影像。

"单调"的银色外表被轰然喷出的白烟和火焰笼罩。

单看屏幕上的光景似乎悄无声息,唯有发动机仿佛注入了生命的气息,猛烈地喷发着火焰,消耗着巨大的能量。在这如同无声电影的画面中,计算燃烧时间的自动数秒器兀自跳动着。

十秒……二十秒……

四百、四百一十、四百二十……四百八十秒……

"发动机停止。"

扩音器里传出富山的指令。

突然出现一片死寂,这寂静从屏幕里延伸出来,包裹整个室内。

"实验,成功!"

有人鼓起了掌,掌声瞬间传遍整个实验室,接着又加入了排山倒海的欢呼声,久久不能平息。

* * *

殿村的手机一响,佃制作所二楼办公区里的所有人都停下手头的工作,抬起了头。

他们事先约好了,由山崎打电话通知殿村。

为了及时听到这天的实验结果,所有人都没有外出,而是留在办公室处理文件。按照江原的说法,这种日子,就算出去跑业务,也会因为太在意实验结果而谈不成事。

此时——沐浴在所有人的目光中,殿村以一句"知道了,我会转达。谢谢你"结束了通话,随后低下头,用力闭上了眼睛。

"主公……"津野战战兢兢地叫了一声,"怎么样?莫非不行吗?"

殿村闻言抬起头,脸上竟满是泪水,把津野、唐木田,还有江原和迫田这些员工吓得话都说不出来。

"刚才……刚才山崎先生打电话给我。"殿村用带着哭腔的颤抖声音说,"燃烧实验……刚刚结束了。实验、实验……"殿村的脸颊也颤抖起来,"成功了。"

员工们爆发出欢呼,整个办公区顿时躁动起来。年轻人高声喊叫着,高举双手恣意表达着喜悦。

"别吓唬人啊,主公。我还以为失败了呢。"津野笑着走过来跟殿村握手。

"真抱歉,我一时太激动了。"殿村流露出感性的一面,掏出手帕擦了擦眼角,"一想到大家为这个做了多少努力,吃了多少苦……"

"那你也不用哭啊,部长。"在旁边调侃的江原也是两眼通红。

"我……我太高兴了!"殿村又忍不住哭了起来,"太好了。真的,太好了!"说完干脆毫不顾忌地大哭了起来,大家纷纷过来拍拍他的肩膀、晃晃他的身体，笑着跟他分享喜悦。

"各位，为了庆祝阀门正式被采用，我们来三呼万岁吧！"

唐木田对已全部集中到办公区中央的员工们说。

"那请殿村部长带头吧。"

江原提议，殿村则抽着鼻子走了出来。

"既、既然被点名了，那我就祝愿佃制作所和在场的各位繁荣康健——"

"太死板啦。"有人调侃一句，四周顿时响起笑声。殿村又哭又笑，挤出了满脸褶子。

"真不好意思，我太死板了。可我就是这样的人。那我重来一次吧。"殿村重新说道，"我们让帝国重工的人见识到了佃品质！"

"好！"迫田喝了声彩。

殿村继续高喊道："我们，成功了！跟着我的节奏！佃品质和我们的佃尊严——万岁！"

"万岁！"

大田区一角的小公司里传出欢呼声，那声音仿佛要一直送到佃的耳边。

"万岁——万岁！"

在这个阳光已染上了一丝春意的二月早晨，佃制作所完成了向航空企业供应阀门系统零部件的挑战。

6

"一个挑战的结束，是另一个挑战的开始。"

在蒲田一家餐厅召开的小庆功会上，佃说了这样的话。

这天，已经与帝国重工正式签订了零部件供应合同的佃制作所又迎来了新捷报。

津野一直在跑的大型运输设备厂商亚洲运输设备，终于发来了大宗订单申请。这份订单的预计年营业额为七亿日元。再加上其他公司的小额订单，京浜机械造成的空缺就基本上填平了。

终于走到了这一步。

然而，佃制作所真正的考验，其实才刚开始。

"佃先生，您讲得真好。"

干杯后，受邀前来的神谷律师举起威士忌酒杯，来到佃身边。

"我们能走到今天这步，还是多亏律师您的帮助。真是太感谢您了。"佃低头表示了谢意。

"哪里哪里，我只是尽了一点微薄之力。"神谷谦虚地说完，突然换上严肃的表情，"话说回来，那个阀门专利找到技术转用的路子了吗？您说的新挑战，就是那个吗？"

神谷很清楚。搭载于火箭发动机上的高品质阀门专利，不应该限定于氢发动机这一单一应用领域，而应该把它培养成支撑佃制作所的下一代主力。

佃心里也这样想。

为此，现在应该做些什么？不过——

"不。"佃摇摇头，"我连自己该挑战什么都没搞清楚……所以我认为，当前最紧要的课题就是找到挑战的方向。"

"您也不用着急。"神谷轻松地说，"主意不是想有就能有的，指不定什么时候就会冒出来了。灵感肯定就落在什么地方等待您发现呢。要是您找到了，届时也请让我出一份力。"

神谷现在已经是佃制作所的顾问律师了。佃制作所以技术研发为事业重心，因此拥有精通专利法等相关法律业务的顾问律师意义重大。

支持佃的不只有神谷,全国投资的浜崎也在为他打探新的投资,一切都可能有重大转变。

庆功会渐渐进入高潮。

"阿山,你怎么想?"接待完前来道贺的客人后,佃对身边的山崎问了一句,"该怎么活用那个阀门专利呢?现在是时候考虑这个了。"

"是啊……"山崎拿着啤酒杯,抱起了胳膊,"可以开发具有普适性的氢发动机啊,现在部分汽车厂商也在研究这个。"

佃也考虑过这个。

佃制作所向各个领域供应过小型发动机,因此这个选择很不错。只是,佃对民用氢发动机的未来持有疑问,因为他无法想象搭载了氢发动机的汽车在普通公路上行驶的样子。就算那个时代真的会到来,恐怕也会是遥远的将来吧。

"但我觉得不太现实。"

佃说完,山崎好像也这么想,所以没有反驳。

"我想要个更脚踏实地的主意。"

此时的佃完全无法想象那究竟是什么。

庆功会过去了一段时间,一天早晨,他收到已离职的真野发来的一封邮件。

"我来到新环境,已经快过去一个月了。"

邮件以这句话开头,详细介绍了他在大学研究所当职员的日子,跟以前截然不同的工作内容,以及对学习新事物的热情。

> 我本以为这是山崎部长介绍的工作,不过最近才发现,其实是佃社长拜托三上教授给我介绍的工作。我做了那种无

法挽回的事，您却还是对我关照有加，我真是不知该如何表达心中的感激之情。真的，真的非常感谢您。另外，我想对自己的所作所为表示歉意。实在是对不起。

"傻小子……我早就不生气了。"

佃坐在洒满初春和煦阳光的社长室里看着这封邮件，心中竟有些怀念，兀自念叨了一句。那件事后，江原跑来向佃汇报，说真野并没有让测试不合格的意图。他还替真野道了歉，并请求佃帮他一把。

曾经是真野上司的山崎提议，不如把真野介绍到大学的研究所当助手。幸运的是，研究所正好有个职位空缺。

过得好就是好事。

佃带着这份心情继续读下去，却被后面的文字打了个措手不及。

在这封邮件里谈这样的内容可能有不敬之嫌，但我想说，对于佃制作所的阀门系统，我有一个提议。我被分配到了医疗器械研发小组，不久前参加了与人工心脏研发相关的讨论会，因此有机会听到了关于心脏瓣膜运作的各种前沿信息。写到这里，想必您已经猜到我要说什么了。佃制作所的新阀门系统应该能应用到人工心脏上，全世界的许多患者都在焦急地等待着这样的产品。这个项目虽然跟氢发动机没什么关系，但我认为，佃制作所研发的最尖端技术应该能应用到医疗领域。希望佃社长在实现了自己的梦想后，也为全世界两千万名等待着心脏移植的重症心脏病患者实现他们的梦想。

我希望有一天能再次跟佃制作所的伙伴们共事。

佃盯着那些文字,久久不能移开目光。

人工心脏……

他从未考虑过这个方面。

"挺有意思啊。"

他拿起桌上的电话,立刻拨通了山崎的号码。

"阿山,真野给我发了一封特有意思的邮件。"

"真野?您是说那个真野吗?"山崎在电话另一头悠然问道。

"你过来一下,这说不定是新商机。"

尾声

上午七点，屏幕上是一片灰色，分不清是天空还是大海。

财前站在佃身边，一脸严肃地盯着屏幕，默不作声。

凌晨一点结束的会议决定发射计划照常进行。

昨夜气压转为西高东低，当时最大瞬间风速达到每秒十五米。根据事先商定的"火箭发射主要制约条件"，发射时的临界风速是十六点四米，因此已经接近临界值。要是在发射前风速进一步增强，那就只能延期发射了。

在这不允许有丝毫误判的情况下，主张照常执行发射计划的人，就是在种子岛宇宙中心兼任发射执行主管的财前。不久之后，火箭就从机体组装场运输到灯火通明的发射点，开始注入燃料，并冒出阵阵白烟。

"超低温检查完毕。"

广播响起，发射管制塔内的气氛越发紧张了。

预定发射时间是上午十点半。由于燃料注入前已经发出了全员退避三公里外待机的指令，现在屏幕上除了阵阵波浪般的白烟，什么都看不到。

只有忙碌了一整夜的技术员们在发射管制室内默不作声地工作。

"社长，最终检查完毕。"

听到山崎的话，佃点点头站了起来。

"那我们也到观景台去吧。"

"我们真的不用守在这里吗？万一出了什么事……"

山崎露出忧心忡忡的表情，佃却笑着摇摇头。

"不可能发生那种事的,对吧?"也没人要求他们守在管制塔内。

"呃,那倒是……"

"走吧,公司的人应该给我们占好了位子,大家一起见证吧。那个,我们先走了。"

财前闻声回过头来,一言不发地竖起拇指。

"说句烂大街的话。祝好运。"

佃说完,便带领完成最终作业的员工们走出了管制司令部。

"社长!这边,这边!"

来到挤满了看客的观景台,马上有人喊他。

是殿村发现了他们,正朝他们挥手。殿村旁边站着佃的母亲和利菜,周围是公司的员工。津野、唐木田和江原那些年轻人等好几十个员工等着。

"今天我们公司是开门不营业啊。"佃忍不住嘀咕道。

不过是他自己说能过来看火箭发射的就尽量过来,所以现在也不好发火。而且,看到年轻人如此积极地专程赶到种子岛来,他反倒有些高兴。他已经事先说好,差旅费全由公司承担。

这是佃制作所值得纪念的一件大事。

"你来了啊。"佃对利菜说。他自己一周前就来到种子岛配合发射工作了。

"因为奶奶说我可以不去上学。"利菜的回应很冷淡。

"其实她可期待了。"母亲悄悄凑到佃耳边说。

"妈妈呢?"佃问利菜。他也给沙耶发出了邀请,问她如果有时间要不要过来。

"她说要准备学术研讨会,实在太忙了。明天就要出发去英国呢。"

还是老样子啊，佃苦笑着想。

"推动那架火箭的发动机里，装的就是我们的阀门啊。"江原感慨万千地说。

"没错，那里面装着我们的阀门。"佃回应道，"大家一起见证那个阀门飞向宇宙吧。"

佃凝视着远处的发射点。搭载了帝国重工新型引擎"单调"的火箭就端坐其上。

不知对着管制台的财前心里在想什么呢？

"糟糕，风速变强了。"一直看着风速计的垫村担心地说，"刚才一直很平稳，现在却有十三米了。"

"还有不到十分钟就该发射了，不会有问题吧？"

江原不安地眺望着宇宙中心。

怎么办呢，财前——佃在心中发出了疑问。

空中的云朵静静移动着。那些云里包含有水汽，却迟迟没有变为雨滴。就在这时——

"开始了。"

发出喊声的人是殿村。佃侧耳倾听，风声送来了外部扩音器的声音。

"距离发射还有八分钟，开启自动倒数程序。"

那正是财前的声音。他真的决定发射了。观景台上的看客们发出了欢呼。

听着自动倒数的声音，所有人都屏息静气，凝视着发射点上的火箭。

"拜托了，一定要成功！"

殿村两手紧握在胸前，仿佛在祈祷。津野则揽着他的肩膀给他鼓气。

"没问题的,主公!一定能成功。"

员工们的心都聚在了一起。

倒数十秒开始,所有人齐声高喊。

"九!八!七!六!五——"

"单调,点火!"山崎大喊。

"四!三!二!一!"

"固体火箭助推器,点火!"佃也发出震颤的声音,"去吧,单调!离地!离地!"

"上去!"殿村大喊起来,江原也声嘶力竭地喊了起来。所有人高喊着发出声援。

单调喷出橘红色的火光,四台辅助发动机推动着火箭轻轻浮起。

裂帛之声震动空气,随着一阵爆破音,全长五十六米的火箭飞向天空。

起飞了,丝毫不畏惧空中的强风。

"上去啊,单调。"

山崎喃喃念叨着,火箭不断加速,像一支巨大的铁矢直贯云层。

江原的目光着迷地追随着它的轨迹。

已化作橙红色烈焰的火箭留下一道白色痕迹,瞬间就穿透了低垂的云层,从视野中消失。

耳边只剩下遥远的发动机轰鸣,在空气中留下残响。

就像单调给佃他们留下的临别话语。

一阵强风吹散了火箭的轨迹,让它消弭在空气中。风声再次传来了宇宙中心发射后的计时声。

"第一对固体辅助火箭点火。"

是财前冷静的声音。

"很好!很顺利!"

山崎握紧了拳头。

佃闭着眼,想象单调朝着平流层全力燃烧——承载着我们的梦想。

"不会有问题,不会有问题。"津野在对所有人说,"相信我们自己的技术吧。"

四分二十五秒后,外部扩音器传来卫星整流罩分离的汇报。

"好啊!"江原大喊一声,眼泪流了下来,"上上上上!"他的叫声几近嘶哑。

财前的声音再次传出——第二级发动机,点火。

"还差一点了,各位!"佃站在人群中,对员工们说,"一定会成功。一定会。"

然后——终于,外部扩音器传出了那个消息。财前用若无其事的语气,淡淡地说出了那句话——确认卫星正常分离信号。

"成啦!"

江原爆发出喜悦的喊叫,殿村也少见地摆了个胜利的姿势。

快乐在蔓延,人们纷纷拥抱彼此。

忍了许久的眼泪终于溢出,等佃回过神来,发现自己正反复说着"谢谢大家"。

他本来打算等发射成功时来一场应景的演说。可是现在,心中涌出的喜悦和兴奋让大脑无法思考,嘴里冒出的只有感谢的话语。

"社长——!"江原跑过来一把抱住了他,早已泣不成声。

"我们成功了。"佃努力挤出声音,"大家都努力了!干得好!谢谢你们!我、我——"

佃想说，你们让我骄傲。

可这句话变成了一声呜咽，并没有说出来。阴云密布的空中裂开一道缝隙，阳光倾洒在火箭升空后的发射点。

这时，利菜不知从哪里拿出了一大束鲜花，送到佃手上。

"爸爸，恭喜你！"

佃深受感动，高兴得大脑一片空白。

"谢谢你，利菜。"

把女儿搂在怀里，佃透过云层的裂缝，看到了钻蓝色的天空。

那片天空，跟宇宙相连。

无人谢幕的舞台上，正要开始发射成功后平淡的清理作业。

SHITAMACHI ROCKET
Copyright © 2010 Jun Ikeido
Original Japanese edition first published by Shogakukan Inc.
Simplified Chinese translation rights arranged with Office IKEIDO Inc.
through The English Agency(Japan) Ltd. and East West Culture & Media Co., Ltd.
Simplified Chinese translation rights © 2019 by New Star Press Co., Ltd., Beijing China.

图书在版编目（CIP）数据

下町火箭／（日）池井户润著；吕灵芝译 .——北京：新星出版社，2019.8
ISBN 978-7-5133-3615-4

Ⅰ.①下… Ⅱ.①池… ②吕… Ⅲ.①长篇小说-日本-现代 Ⅳ.①I313.45

中国版本图书馆 CIP 数据核字（2019）第 131192 号

午夜文库
谢刚 主持

下町火箭

（日）池井户润 著；吕灵芝 译

责任编辑：王　欢
特约编辑：赵笑笑
责任校对：刘　义
责任印制：李珊珊
装帧设计：人马艺术设计_储平

出版发行：新星出版社
出 版 人：马汝军
社　　址：北京市西城区车公庄大街丙3号楼　100044
网　　址：www.newstarpress.com
电　　话：010-88310888
传　　真：010-65270449
法律顾问：北京市岳成律师事务所

读者服务：010-88310811　service@newstarpress.com
邮购地址：北京市西城区车公庄大街丙 3 号楼　100044

印　　刷：大厂回族自治县彩虹印刷有限公司
开　　本：910mm×1230mm　1/32
印　　张：10.25
字　　数：155千字
版　　次：2019年8月第一版　2019年8月第一次印刷
书　　号：ISBN 978-7-5133-3615-4
定　　价：48.00元

版权专有，侵权必究。如有质量问题，请与印刷厂联系调换。